KB266198

ⓒ 강원도

일러두기

· 외래어 표기는 한국어 어문 규범 원칙을 따랐으나 일반적으로 널리 쓰여 굳어진 것이나, 현지음에 가깝게 적는 것이 적절하다고 판단한 경우에는 관용 표기를 적용했다. '포레스트'나 '삐로그' 등이 그런 예이다. 괄호 쓰임도 비슷하다. 통상 고유어에 대응하는 한자어, 고유어나 한자어에 대응하는 외래어나 외국어 표기를 아울러 보일 때는 대괄호를 쓴다. 하지만 이 책에서는 고유어에 대응하는 한자어를 제외하면 모두 소괄호를 사용했다. 역시 일반적인 쓰임을 따른 것이다.

· 성경 구절은 (재)대한성서공회 '표준새번역'을 따랐다.

· 19세기 당시 러시아는 율리우스력(구력)을 사용하고 있었다. 따라서 본문에 언급된 19세기 관련 연월은 모두 율리우스력에 따른 것이다. 일례로, 도스토옙스키가 페트라솁스키 사건으로 체포되어 사형 직전까지 갔던 날은 율리우스력으로 1849년 12월 22일이지만, 이를 그레고리력(신력)으로 환산하면 1850년 1월 3일이 된다. 러시아는 1917년 볼셰비키 혁명을 거친 후, 1918년부터 그레고리력을 채택했다.

· 183쪽 삽화는 설명이 필요하다. 여러 그림, 영화, 전기 등에서 서사적 긴장 감을 극대화하기 위해 도스토옙스키가 총구 앞에 선 것으로 묘사한다. 이 삽화 또한 그런 방식을 취하고 있으나 사실과는 다르다. 도스토옙스키는 "5분 뒤 나도 저 자리에 서게 될 것"이라는 사실을 인지하고 있었을 뿐 사형 집행인들 앞으로 끌려 나가지는 않았다. 1849년 세묘놉스키 광장에서 벌어진 이 사건은 니콜라이 1세가 치밀하게 기획한 잔혹한 연극이자 심리적 고문이었다. 황제는 반체제 인사들에게 죽음의 공포를 각인시킨 뒤 극적인 사면령으로 자비를 베푸는 식의 각본을 짰고, 도스토옙스키는 그 연극의 무대 위에서 자신의 생이 단 5분밖에 남지 않았다는 절멸 인식을 통과하며 이를 자신의 문학으로 승화시켰다.

· 본문 삽화는 저자 김정아의 구상을 바탕으로 인공 지능을 활용해 완성했다. 한편 그녀는 도스토옙스키를 '도 선생님'이라 지칭하는데, 이는 존경의 뜻에 친근함을 더하여 부르는 애칭이다.

도스토옙스키
번역 일기

김정아 지음

샘터

추천사

인류사에 빛을 발하고 문학사에 길이 남을 도스토옙스키의 작품들을 공들여 번역한 작가의 번역 일기를 읽는 일은 그 자체로 소중하고도 새로운 기쁨입니다. 도스토옙스키의 4대 장편을 제대로 읽을 수 있도록 미리 친절하게 준비시켜 주는 고마운 책, 독자들을 저절로 공부하게 만드는 선물 같은 책입니다.

이해인(수녀, 시인)

나는 시 쓰는 사람이고 또 독서량이 많지 않은 사람이라서 도스토옙스키에 대해 아는 게 별로 없습니다. 도스토옙스키에 대해 지극히 상식적이고 인상적인 내용만을 알고 있는 사람이지요. 겨우 읽었다면 19세 때, 그의 대표작이기도 한『죄와 벌』을 한 번 읽었을 뿐입니다. 암울하고 까다로운 내용이지만 이상스러울 만치 흥분되고 아슬아슬 재미있었던 느낌이 지금도 생생합니다. 러시아 여행을 한 차례 하는 동안 도스토옙스키 문학관도 찾아본 일이 있는데 다른 문학관과는 다르게 무언가 심플하고 예각적으로 강렬한 인상을 받았습니다.

그런데 이번에 우리 한국의 번역가 김정아 선생이 당신의 10년 세월을 바쳐 도스토옙스키 4대 장편 소설을 한국 최초로 완역했다는 소식을 들었습니다. 놀랍고 감사한 일입니다. "10년이면 강산도 변한다."는 옛 말씀이 있는데, 그 세월 동안 새벽 시간 잠을 줄이고 줄여 그 많은 양의 러시아 문장을 우리 문장으로 바꾸었다는 것은 놀랍고 존경스럽기 그지없는 일입니다.

김 선생이 이번에 샘터사에서『도스토옙스키 번역 일기』란 에세이집을 출간한다고 합니다. 우선은 이 책을 읽을 일이요, 여력이 있다면 4대 장편 번역서를 차례대로 읽어 볼 일입니다. 우리나라에도 이런 지조 높고 뚝심 있는 번역가가 있다는 것이 한없이 자랑스럽습니다.

나태주(시인)

작가의 말
점 심 한 끼 가 책 한 권 을 낳 다

이 책은 원래 2년 뒤에나 나올 운명이었다.

　나는 이미 다른 출판사와 『도스토옙스키, 영혼으로의 여행』(가제)이라는 꽤 무겁고 진지하며 학구적인 책을 계약해 둔 상태였다. 그 책은 준비만 해도 2년은 걸릴 터였다. 원고 분량이 만만치 않은 만큼, 마음가짐도 단단했다.

　그런데 인생은 대개 예기치 않은 일 하나 때문에 틀어진다.

　2026년 1월 21일, 한 일간지의 문학 담당 기자와 점심을 먹었다. 그 기자는, 내가 보기엔 너무 맑고 귀여운 영혼의 소유자였고, 무엇보다 나로 인해 도스토옙스키에 '입덕'해 버린 사람이었다. 그래서 더 사랑스러웠다.

우리는 평범하게 식사를 시작했다. 나는 늘 그렇듯 도 선생님 이야기를 꺼냈고, 번역하며 있었던 비하인드 스토리를 몇 개 들려주었다. 눈물, 허리 복대, "4주간 울지 마세요." 처방, "우라!"를 외치던 새벽…. 아직 형상화되지 못한 이야기들, 내가 나열해 놓은 글자만으로는 이해할 수 없는 그런 이야기들….

그 기자는 내 말을 가만히 듣다가 제안했다.

"선생님, 이 이야기는 학술서 틀 안에서는 표현할 수 없어요. 에세이로 쓰셔야 해요. 제가 제일 먼저 사서 읽고 또 홍보도 할게요."

그 말은 농담처럼 들렸지만, 내 안에서 뭔가 '딸깍' 소리가 났다. 비유적으로 말해 보자면 스위치가 켜진 것이다.

나는 그 자리에서 깨달았다. 2년 뒤에 나올 진지하고 탐구적인 책도 필요하지만, 지금 당장 누군가의 심장을 두드릴 수 있는 책이 더 먼저일지도 모른다고. 도 선생님의 세계에 한 사람이라도 더 빨리 입문하게 만들 수 있는 책이 필요하다고.

그날 저녁, 최근 알게 된 샘터사 김성구 대표님께 전화를 드렸다. 내 계획을 말씀드렸더니, 잠시 정적이 흐르는가 싶었는데 느닷없는 외침 소리가 수화기 너머에서 들려왔다.

"할렐루야!"

나는 순간 웃음이 터졌다. 어떤 느낌을 받았길래 출판사 대표가 "할렐루야!"라고 외치게 되었을까. 그건 아마도 인상이었을 것이다. 흔히 출판에서 말하는 '그림이 그려졌다'고 표현해도 될 것 같다. 어쩌면 그건 인상이 아니라, 인연이었을 것 같다. 그렇게 해서 예정했던 책보다 이 이야기를 먼저 세상에 내보내기로 했다.

그리고 또 하나의 사건(?)이 벌어졌다.

나는 원래 저녁 약속이 없다. 그 대신 점심 약속이 많다. 점심 한 번 나가면 하루가 끝난 것 같은 사람이다. 점심이 피크다. 점심이 클라이맥스다. 그래서 점심은 늘 풀이다.

그런데 2월 7일, 코로나에 걸렸다. 모든 점심 미팅이 취소되었다. 모든 약속이 사라졌다. 마치 세상이 나를 격리한 것이 아니라, 나에게 시간이라는 특별한 선물을 준 것처럼.

나는 약을 먹고 잤다. 자면서 다음 꼭지를 생각했다. 일어나 한 꼭지를 썼다. 기력이 떨어지면 다시 약을 먹고 잤다. 그리고 또 썼다. 이 과정을 이삼 주 반복했다. 그사이, 본문은 물론이고 앞뒤에 들어갈 원고까지 모두 다 써 버렸다.

나는 오랜 시간 동안 번역만 해 오면서 내 글이 나오지 않아 고민하던 사람이었다. "내 문장은 이제 다 번역체가 된 건 아닐까." 괜히 우울해지곤 했다. 그런데 이번에는 술술 흘러나왔다.

다시 또 비유적으로 말해 보자면, 그분이 오신 것이다. 그분이 오지 않고서는, 이렇게 글이 나올 수 없다. 그분은 도 선생님일 수도 있고, 영감의 뮤즈일 수도 있다. 나는 굳이 구분하지 않는다. 이번엔 인연이 아니라 인과였다.

나는 그 기자에게 감사한다.

그녀가 아니었으면, 아직도 "2년 뒤에나…" 이러며 미적거리고 있었을 것이다.

나는 코로나에도 감사한다.

그 덕분에 세상으로부터 격리된 시간이 생겼다.

나는 샘터사 김성구 대표님의 "할렐루야!"에도 감사한다. 그 환영이 없었다면, 이 책은 여전히 파일 속에 있었을 것이다.

나는 이 책의 갈피마다 숨을 불어넣어 준 샘터 사람들에게도 감사한다.

머릿속에 파편처럼 흩어져 있던 추상적인 이미지들을 정갈하게 구성해 준 정성이 있었기에 비로소 시각적인 생명력을 얻을 수 있었다. 보이지 않는 곳에서 묵묵히 힘을 보태 준 이들의 헌신을 되새기면, 세상은 감사할 일로 가득 차 있음을 새삼 깨닫는다.

우리가 마주하는 일상의 평온함 뒤에는 언제나 누군가의 보이지 않는 손길이 닿아 있다. 그 따스한 연대의 온기가 모여 희망 하나를 이루었다고 믿는다.

이 책은 학술적인 분석이나 이론을 앞세운 딱딱한 연구서가 아니다. 제목처럼 일기다. 지난 10년간 러시아 문학과 마주하며 고민해 온 번역가의 고백이며, 한 인간이 도스토옙스키라는 산을 넘으며 겪은 기록이다. 그가 남긴 텍스트를 따라 쉼 없이 걸어왔던 그간의 시간과 마음을 있는 그대로 옮겨 적었다.

만약 이 책을 통해 단 한 사람이라도 "아, 도스토옙스키를 한번 읽어 볼까?" 이렇게 생각하게 된다면, 나는 성공한 것이다.

점심 한 끼가 책 한 권을 낳았다. 코로나 격리가 원고 마흔다섯 편을 낳았다. 그리고 많은 사연들이 모여, 이 책이 되었다. 시작은 언제나 우연인 듯 보였으나, 실은 피할 수 없는 흐름 속에서 차곡차곡 쌓여 온 결과였다.

이제, 당신 차례다.
도 선생님을 만나러
함께 들어가 보지 않겠는가.

2026년 4월,
사랑하는 도스토옙스키와 함께
조금 더 좋은 사람이 되다.

김정아

차례

I 『죄와 벌』
벼랑 끝에 선 인간

II   『백치』
　　 너무 맑아서 부서진 사람

III 『악령』
신을 잃은 자들의 광기

IV 『카라마조프가의 형제들』
모든 심연을 껴안은 사람들

거인의 그림자에서 벗어나 광장으로

새벽이 내게 선물한 것

잘 읽히는 게 좋은 번역이지

이어령 선생님과 나눈 점심

이어령 선생님과 점심을 먹었던 날을 또렷이 기억한다. 선생님이 사시는 동네에 있는 이탈리아 음식 전문점으로, 꽤 예쁜 이름을 간판으로 걸고 있는 식당이었다.

나는 평소 먹는 것에 꽤 까칠한 편이다. 메뉴를 고를 때도, 식당을 정할 때도 생각이 많다. 그런데 그날만큼은 달랐다. 오랫동안 흠모해 오던 대작가 앞에서, 나는 그 까다로움을 잠시 접어 두기로 했다.

"선생님이 추천해 주시는 걸로 할게요."

뭔가 먹긴 했는데, 메뉴는 정확히 떠오르지 않는다. 이런 일은 음식, 특히 점심을 매우 중요하게 생각하는 나에게는 극히 드문 일이다. 다만 그날 대화 하나가 내 번역 인생의 방향을 바꿔 놓았다는 사실만은 분명하다.

나는 그때 도스토옙스키의 4대 장편을 혼자 번역하는 프로젝트를 막 시작한 참이었다. 무모하다면 무모한 작업이었다. 러시아 문학을 전공했고, 도스토옙스키를 평생 붙잡고 살아왔지만, 네 권을 혼자 맡는다는 건 체력과 정신력은 물론이고 약간의 광기가 필요한 일이었다. 특히 가장 나를 괴롭힌 문제는 따로 있었다.

'껄끄러움'을 어떻게 할 것인가….

러시아어는 단어 하나하나가 강세를 가진 언어다. 동시에 읽을 때는 분명한 리듬과 높낮이가 있다. 그런데 도스토옙스키, 특히 그의 4대 장편은 그 리듬을 일부러 비틀어 놓는다. 읽는 사람이 편하지 않게, 숨이 턱 막히게, 문장을 곧장 삼키지 못하게 만들어 놓는다. 러시아어를 모국어로 하는 독자조차 읽다 말고 돌아서게 만든다. 그래야 문장을 씹고, 다시 씹고, 결국 생각하게 된다는 계산이 깔려 있는 게 아닌가 짐작해 본다.

그래서 고민했다.

이 껄끄러움을 그대로 살릴 것인가.

아니면 독자를 위해 다듬을 것인가.

『죄와 벌』을 번역하며 나는 그 갈림길 앞에 서 있었다. 원문에 충실하고 싶다는 욕심은 컸다. '도 선생님'이 일부러 비틀어 놓은 문장을 내가 감히 부드럽게 펴도 되는가 하는 죄책감 비슷한 망설임도 들었다. 그런 생각을 하던 중에 마침 이어령 선생님과 점심을 먹게 된 것이다. 나는 조심스럽게 고민을 털어놓았다.

　"선생님, 도스토옙스키가 일부러 읽기 불편하게 비틀어 놓은 문장을요, 번역에서도 똑같이 불편하게 만들어야 할지 고민입니다."

　선생님은 잠시 듣고 계시다가, 아주 간단히 말씀하셨다.

　"독자가 읽기 쉬운 게 좋은 번역이지."

　그 말은 짧았고, 너무 단순해서 오히려 충격적이었다. 내가 머릿속에서 몇 달째 빙빙 돌리고 있던 문제를, 선생님은 한마디로 끝내 버렸다.

　내가 고민했던 문제는 중역본 중심의 러시아 번역물이 여전히 출판 시장을 지배하는 현실에서, 나의 번역이 독자들에게 낯섦으로 다가가지는 않을까, 그래서 외면받지는 않을까, 하는 점이었다. 예전 판본들은 일본에서 번역한 것을 다시 우리 언어로 옮기는 중역이 많았다. 이미

한 번 다듬은 문장을 다시 옮긴 것이어서 읽기 편했다. 반면에 요즘 번역은 원어에서 직접 옮기다 보니, 번역가의 성실한 번역이 오히려 독자의 읽기를 방해하는 경우가 생긴다.

여기서 독자와 역자 사이에 간극이 생긴다. 독자에게 중요한 것은 역자가 얼마나 고생해서 옮겼는지가 아니다. 그것은 별개의 문제다. 독자가 원하는 것은 정확한 번역이다.

그런데 정확한 번역이라는 것은 또 무엇일까? 원문 그대로 옮기는 것일까? 그런 것은 이론에서만 가능하다. 누군가의 언어는 나의 언어로 등치되지 않는다. 그럼 누구나 쉽게 이해할 수 있는 것이 번역일까? 그건 환상에 가깝다.

쉽게 답을 찾지 못하던 순간에 이어령 선생님은 그 방향을 가리키고 계셨다.

그날 점심을 먹고 나오며 결심했다. 도스토옙스키가 일부러 만들어 놓은 껄끄러움은 과감히 포기하기로 했다. 그 대신, 잘 읽히는 번역을 하기로 했다. 그러나 단순히 매끈하게 만드는 번역이 아니라, 그의 다른 의도들―문학적 상징, 종교적 암시, 문화적 코드, 인간 심리의 미세한 떨림 — 은 단 하나도 놓치지 않는 번역을 하기로 다짐했다. 독자를 먼저 생각하는 번역, 그러면서도 인간이 할 수 있는 가장 성실하고 충실한 번역을 하기로 했다. 원문의 숨결은 해치지 않으면서, 언어의 깊이는 끝까지 따라가는 번역.

그 이후의 시간은 길고 고되었다. 네 권을 번역하며 수없이 원문으로 돌아갔고, 수없이 문장을 버렸다 다시 썼다. 가끔은 내가 번역가인지, 도스토옙스키의 그림자인지 헷갈릴 정도였다. 그렇게 긴 여정 끝에 책이 나오고, 독자들의 반응이 들려오기 시작했다.

"번역이 정말 자연스럽다."

"도스토옙스키가 이렇게 잘 읽히는 작가인 줄 몰랐다. 새로운 영역을 보는 것 같았다."

그 말을 들을 때마다 속으로 이어령 선생님을 떠올렸다. 하마터면 모래처럼 버석거리는, 일부러 껄끄러운 번역을 독자들 앞에 내놓을 뻔했다. 그걸 막아 준 한마디 덕분에, 독자들과 함께 호흡할 수 있었다.

이 글을 쓰는 지금, 나는 도스토옙스키의 4대 장편을 혼자 번역한 사람이 되었다. 그리고 샘터 대표님과 나눈 통화 이후, 일반 독자들도 쉽게 읽고 도스토옙스키에게 흥미를 느낄 수 있는 '번역 일기'를 써 달라는 공식 제안을 받았다. 불쑥 의욕이 솟았다. 번역의 시작부터 끝까지, 그 후에 벌어진 뜻밖의 이야기들까지, 도스토옙스키의 그림자처럼 걸어온 시간까지 하나의 이야기로 엮어 보고 싶어졌다.

이 여정의 첫 장에는, 아마 이 장면이 놓일 것이다. 이어령 선생님과의 그 평범한 점심 그리고 "독자가 읽기 쉬운 게 좋은 번역이지."라는, 너무 단순해서 평생을 붙잡게 된 한마디 말이다.

편역과 완역

맛보기는 눈물 나게 맛있어야 한다

학계에 있지도 않은 사람이 이런 프로젝트를 맡았다는 사실이 이상하게 보일 수도 있겠다. 실제로 그런 시선도 있었다. 도스토옙스키 4대 장편을 혼자 번역했다는 사실보다, 그 출발점이 '편역'이었다는 점이 더 못마땅했을 것이다.

지식을만드는지식(이후 지만지)은 인문학 서적을 중심으로 다양한 분야의 책을 출간하는 출판사다. 대표적으로 '인문학 3,000권 프로젝트'라는 시리즈를 낸다. 국내외 고전을 3~5퍼센트 선에서 발췌해 번역하는 편역 프로젝트인데, 이름만 들으면 가볍게 느껴질 수도 있지만, 좋은 편역은 결코 가볍게 생각할 일이 아니다. 오히려 무엇을 살리고 무엇을 덜어낼지 판단해야 하기에, 작품 전체를 읽고 이해한 사람만이 할 수 있는 작업이다.

나는 편역을 대형 마트의 '시식 코너에서 내미는 작은 종이컵'이라고 생각한다. 컵 안에는 본품을 사기 전에 한 입 먹어 볼 수 있는 맛보기가 들어 있다.

그런데 그 한 입이 맛이 없다면 누가 비싼 값을 치르면서 제품을 집어 들겠는가. 비록 시식은 한 입에 불과할 뿐이지만 맛은 눈물 나게 좋아야 한다. 그래야 사람들은 본품을 카트에 담고 지갑을 연다.

편역도 마찬가지다. 정말이지 재미있어야, 독자는 엄청난 시간을 들일 것을 마다하지 않고 장편이라는 제품으로 기꺼이 넘어간다.

나는 유학생 시절에 이 사실을 몸으로 배웠다. 펭귄 출판사의 『19세기 러시아 문학』 한 권에는 도스토옙스키, 톨스토이, 투르게네프, 고골의 주요 작품 핵심이 모두 담겨 있었다. 전공자가 아닌 독자에게는 이보다 더 좋은 입문서가 없다. 굳이 생각해 보지 않아도 뻔한 이야기다. 한두 시간 수업을 위해 『카라마조프가의 형제들』을 읽어 오라고 하면, 그걸 끝까지 읽는 사람이 과연 몇이나 되겠는가. 그 두꺼운 책을 사 보라고 하는 것도 꽤 잔인한 요구다.

유학을 마치고 한국에 돌아와 서울대학교에서 19세기 러시아 문학을 가르칠 때, 나는 각 작품에서 중요한 부분을 발췌해 편집한 자료를 학생들에게 나누어 주었다. 반응은 분명했다. 학생들의 독해가 한결 촘촘해졌고 토론도 살아났다. 문학은 다 읽는 것도 중요하지만, 읽고 싶어지게 만드는 것이 더 중요하다는 걸 그때 다시 깨달았다.

그런 와중에 지만지에서 『지하생활자의 수기』 편역을 맡아 달라는 제안이 왔다. 나는 석사 논문을 이 작품으로 썼고, 누구보다 애정을 품고 있던 텍스트였다. 쌍수를 들어 환영했다. 그리고 정말 열심히 했다. 문체적으로, 상징적으로, 테마적으로 중요한 부분은 최대한 살렸다. 생략되는 부분은 핵심을 잘 간추린 후 요약해, 독자의 생각이 끊기지 않도록 이어 붙였다. 이 편역본 하나만으로도 독자가 작품 전체의 분위기와 문제의식을 느낄 수 있기를 바랐다.

그래서 해설에도 유난히 공을 들였다. 본문이 150쪽 남짓이었는데, 역자 해설만 거의 40쪽이었다. 본문의

4분의 1이 넘는 분량이었다. 나중에 다른 편역본들을 보니 해설은 한두 쪽이 전부였고, 어떤 책들은 중요한 장면 하나를 뚝 잘라 거의 그대로 옮겨 붙인 수준이었다. 출판사 사장님도 그동안 받았던 원고들이 자기가 생각하는 방향성과 맞지 않아 고민하고 있었는데, 내가 작업한 방식을 보고 길을 찾았다며 기뻐했다.

그런데 그 지점에서 '편역'이라는 방식을 두고 비판이 나왔다. 『로쟈의 인문학 서재』로 유명한 이현우도 그중 한 사람이었다. 서울대 87학번, 나와는 동기다. 그는 편역이라는 형식 자체에 꽤 엄격했고, 내가 편역에 이렇게까지 진심인 걸 이해하지 못했다. 감정의 골이 생긴 것은 아니지만 그 일로 우리는 지금도 살짝 어색하다. 이제는 웃으며 말하고 싶다.

"현우야, 나도 결국 네가 좋아하는 '완역'을 했다. 그것도 도스토옙스키 4대 장편으로."

이름이 나는 일도 아니고, 돈이 되는 일도 아닌데, 나는 성격상 뭔가 맡겨지면 늘 최선을 다하는 사람이다. 10의 노력만 해도 될 일에도, 가진 100을 다 쏟는다. 막내 아이는 그런 나를 보고 답답하다며 '고구마'라고 부르고, 쓸데없이 몰입한다며 '진지충'이라고 부른다. 지인들도 효율이 나지 않는다며 말린다. 하지만 나는 원래 그렇다. 아예 안 하면 몰라도, 일단 하면 끝까지 간다. 그리고 완벽을 추구한다.

남들 눈에는 어리석어 보일지 모른다. 그 어리석음 덕분에, 오늘의 내가 있다. 편역이라는 작은 시식 코너에서 시작해, 결국 4대 장편 완역이라는 본품을 독자의 카트에 담은 사람. 도스토옙스키를 위해 그의 말을 전하며 그 의미를 떠들고 다니는, 조금 과한 전도사 말이다.

영혼의 스파크

가장 비싼 코스와 가장 무거운 제안

출판사 대표를 만나는 일은 어렵다. 내가 먼저 청하면 혹시 책을 내 달라고 조르는 것처럼 비칠까 봐 그렇고, 그가 먼저 청하면 준비도 안 된 원고를 내놓으라고 할까 봐 그렇다. 출판사 대표와 저자 관계를 비유하자면, 가깝고 친절한 이웃이긴 한데 집 앞에서 마주치면 살짝 어색한 그런 사이다.

지만지에서 연락이 왔을 때 조금 당혹스러웠던 것은 그 때문이었던 것 같다. 그것도 독대란다. 나중에 들으니 사장님이 임원 없이 저자를 만나자고 한 것은 처음 있는 일이었다고 한다. 내 긴장이 괜한 것이 아니었던 셈이다.

우리는 청담동의 한 식당에서 만났다. 장독대 아이스크림으로 유명한, 미슐랭 별을 받은 식당이다. 사장님은 자신의 마음을 가장 잘 표현할 수 있는 식당에서 대접하고 싶었다고 했다. 메뉴를 고르며 "제일 비싼 걸로 드시죠."라고 했는데, 그 코스는 와인 페어링이 포함된 메뉴였다. 나는 술을 한 번도 마셔 본 적이 없고, 앞으로도 그럴 생각이 전혀 없다. 그래서 조심스럽게 "제가 술을 전혀 안 마십니다."라고 했더니, 괜찮다며 그냥 제일 비싼 코스로 주문하셨다. 와인은 사장님이 다 마셨고, 나는 음식에만 집중했다.

식사가 중반쯤 넘어갔을 때, 사장님이 본론을 꺼냈다.

"도스토옙스키 4대 장편을 선생님 완역으로 독자들에게 읽히고 싶습니다."

나는 거의 반사적으로 고개를 저었다. 낮에는 패션 회사 CEO로 살고 있었고, 번역은 내게 있어 일종의 취미이자 놀이였으니까. 새벽 시간을 쪼개면 6개월에 한 권 정도 편역을 하는 것은 가능하겠지만 장편 완역은 차원이 다른 문제였다. 출장과 미팅, 게다가 세 아이를 키우고 있는 엄마라는 현실을 생각하면 도저히 감당할 수 없는 일이었다.

그래서 솔직하게 말했다.

"그건 좀 무리일 것 같습니다."

사장님은 잠시 침묵하더니, 조용히 말을 이었다.

"선생님 번역에서는 도스토옙스키와 교감하는 영혼의 스파크가 느껴집니다."

반사적으로 그를 바라보았다. 살짝 놀라기도 했지만, 그보다는 정확한 생각을 읽을 수 없었기 때문이다.

이어진 말은 더 강했다.

"선생님의 글에서는 번역자의 뇌와 도스토옙스키의 뇌가, 영혼의 탯줄로 연결되어 있는 것 같습니다."

문자 그대로 온몸의 세포 하나하나에 전율이 일었다. 역자로서 들을 수 있는 말 가운데, 그보다 더 큰 찬사가 있을까. 그 말은 나를 설득하려는 수사가 아니라, 내 마음을 꿰뚫으려는 창과 같았다. 도스토옙스키를 인생의 나침반이자 스승이라고 부르며 살아온 나에게, 그 말은 거절 불가능한 제안이었다.

나는 평소 도 선생님을 'The Author'라고 부르곤 한다. 이는 단순히 작가라는 의미가 아니다. 영어 정관사 'The'가 지시하는 배타성과 절대성에 지배를 받는다. 그래서 이를 우리말로 번역하는 것은 불가능하다. 어떤 식

영혼의 스파크

으로 옮겨도 그 의미를 전할 수 없기 때문이다. 하지만 다른 나라의 글자를 늘어놓고 독자 보고 알아서 해석하라고 하는 것은 번역가의 직무 유기다. 결국 나는 이 말을 '단 하나의 작가', '대체 불가능한 작가', '나의 작가'라고 여러 층위를 두어 옮기기로 한다. 하지만 이것은 번역이지 나의 마음을 옮기는 것은 아니다. 나만이 가질 수 있는 친밀성과 내적 전유(專有)를 설명할 수 없으니까….

가끔 번역보다 선생님을 향하고 있는 마음을 설명하는 것에 더 어려움을 느낀다. 내가 선뜻 출판사 제안을 받아들였던 것은 완역이야말로 그 마음을 설명할 수 있다고 생각했기 때문이다.

사장님은 말을 이었다. "제게 도스토옙스키는 그저 위대한 작가 중 한 명이었을 뿐입니다. 그런데 선생님 번역을 읽고 나서, 그는 제게도 'The Author'가 되었습니다. 우리 회사에서 나오는 새 총서의 첫 책은 『죄와 벌』이 될 겁니다."

나는 그 자리에서 더 이상 이성적인 계산을 하지 않았다. 시간도, 체력도, 현실도 잠시 내려놓았다. 그 대신 한 가지 생각만 남았다. 누군가 도스토옙스키를 이렇게까지 사랑하게 되었다면, 그 불씨를 외면할 수는 없겠다는 사명감이 들었다. 더구나 그 누군가가 인문학에 열의를 보이는 출판사의 수장이라면 도스토옙스키의 말을 더 많은 독자에게, 더 쉽게 전할 수 있지 않겠는가. 나는 더 망설이지 않고 "해 보겠습니다."라고 말했다.

집에 돌아오자마자 번역을 시작했다. 그날이 정확히 언제였는지는 기억나지 않는다. 다만 그날 이후 나의 새벽이 달라졌다는 것만은 분명하다. 낮에는 회사 대표로 살고, 새벽에는 도스토옙스키의 그림자로 살기 시작했다. 물론 그전에도 비슷하게 살고 있기는 했다. 다만 그전의 새벽이 도 선생님과 가볍게 대화하며 시간을 보내는, 말하자면 '썸'이었다면, 이제는 정말 진지한 관계로 들어선 셈이었다.

내 삶의 방식은 경제적이지 못하다. 에너지를 아껴 쓰는 법을 몰라 작은 일에도 온 마음을 다 쏟는다. 막내의 장난 섞인 놀림이나 친구들의 "너, 그러다 금방 지친다."라는 현실적인 조언도 틀린 말은 아닐 것이다.

그 성격 덕분에 나는 결국 4대 장편을 모두 번역했다. 누가 시켜서도 아니었고, 돈이 되어서도 아니었다. 그냥, 영혼의 탯줄을 한번 잡았으면 끝까지 따라가야 하는 사람이기 때문이다.

돌아보면 그날 우리가 만났던 식당에서 가장 비쌌던 것은 코스 요리가 아니었다. 그 만남에서 가장 값졌던 것은 "영혼의 스파크"라는 한마디 말이었다. 그 한마디가 내 인생의 10년을 조용히 가져갔고, 그 대신 도스토옙스키를 한국 독자들에게 조금 더 가까이 데려다 놓았다. 그걸로 충분하다.

나는 오늘도 생각한다. 번역이란 결국 한 사람의 영혼이 다른 영혼에게 건네는 불씨 같은 것이라고. 그리고 그 불씨가 살아 있다면, 언젠가는 또 누군가의 밤을 밝힐 것이라고.

두 개의 세계, 그러나 하나의 중심

산문적 세계와 시적 세계

내게는 두 개의 시간이 공존한다. 하나는 스페이스눌의 CEO로 살아가는 낮의 시간이다. 회의, 숫자, 계약, 일정, 판단과 결정이 쉴 없이 이어진다. 전화는 끊임없이 울리고, 메일은 읽는 속도를 앞질러 쌓인다. 나는 이 시간을 '산문적 시간', 이 시간이 지배하는 세계를 '산문적 세계'라고 부른다. 이 두 개념은 늘 나에게 무엇인가를 해내라고 요구한다.

　다른 하나는 새벽의 시간이다. 집 안이 고요해지고, 세 아이의 숨소리만 희미하게 들리는 시간. 그때 나는 도스토옙스키와 마주 앉고, 쿤데라와는 말다툼을 하고, 지

드와는 은근히 사랑에 빠지며, 카프카와는 나란히 앉아 한숨을 쉰다. 이 시간만큼은 오롯이 내가 주인이다. 나는 이 시간을 '시적 시간', 이 시간이 지배하는 세계를 '시적 세계'라고 부른다.

중요한 건, 이 두 세계가 내 삶에서 같은 무게를 갖지 않는다는 사실이다. 나는 뼛속까지 인문학자다. 나의 주된 세계는 산문적 세계가 아니라 시적 세계다. 시적 세계가 없다면, 나는 이 산문적 세계를 하루도 살아 낼 수 없다. 낮의 세계는 기능과 성과를 요구하지만, 의미는 주지 않는다. 의미는 언제나 새벽에서 온다.

산문적 세계가 플라톤이 말한 '그림자의 세계'라면, 시적 세계는 '이데아의 세계'에 가깝다. 모든 존재와 인식의 근거가 되는 실재의 시간. 시적 세계는 내가 도망치는 곳이 아니라, 낮을 버텨 낼 힘을 얻는 본진이다. 나는 이 세계에 뿌리를 두고 있다. 이런 내가 어쩌다 패션계라는, 요란하고 시끌벅적한 세계에 발을 들이게 되었을까. 여기에는 분명 산문적인 사정이 있다. 먼저 산문적인 세계 이야기부터 하자.

2002년, 미국 유학을 마치고 귀국한 나는 서울대학교 대학원에서 문학을 가르치고 있었다. 강의실에서는 도스토옙스키와 톨스토이를 이야기했고, 강의실을 나서면 다시 현실이 시작됐다. 어느 날 연예 기획사를 운영하는 지인을 만났는데, 그는 자신의 소속 배우 A의 이야기를 들려주었다.

어린 시절의 불우함, 홀로 버텨 온 시간, 그리고 성공. 웬만한 드라마는 명함도 못 내밀 이야기였다. 나는 거의 울먹이며 듣고 있었다. 문학을 가르치는 사람 특유의 직업병이 발휘되기 때문인지, 남의 인생 앞에서 나는 늘 감정이 먼저 반응한다. 바로 그때, 지인은 내 오지랖을 정확히 겨냥한 한마디를 던졌다.

"A가 매장을 내고 싶어 해. 옷 가게를 하고 싶대."

사실 그런 자리가 처음은 아니었다. 누군가의 사연을 듣고, 고개를 끄덕이고, 안타까워하다가, 결국 각자의 일상으로 돌아가는 자리. 나는 늘 그렇게 감정만 소비하고 돌아섰다.

그날은 자리에서 일어설 수가 없었다. 어려움을 이겨내고 홀로서기에 성공한 사람이 새로운 도전을 한다는데, 거기에 조금이라도 도움이 될 수 있다면 돕고 싶다는 마음이 먼저 앞섰다. 게다가 옷이었다. 본능적으로 눈이 먼저 가고, 자석에 이끌리듯 손이 반응하는 영역이었다.

그렇게 나는 기획사 사장과 배우 A가 반반씩 투자한 패션 회사의 이사가 되었다. 한 달에 한 번 매입한 옷을 보고, 점심을 먹고, 소정의 거마비를 받는 조건이었다. 좋아하는 옷도 보고, 밥까지 얻어먹는다니. 그때의 나는 이 제안이 얼마나 많은 산문을 불러올지 전혀 몰랐다.

얼마 뒤 A는 본격적으로 판매를 위한 바잉(제품 선별, 구매)을 하기 위해 이탈리아로 출장을 떠났다. 모두가 기대했다. 패셔니스타로 이름을 날리던 배우였으니, 감각적이고 멋진 선택지를 안고 돌아올 거라 믿었다.

그런데 현실은 전혀 달랐다. A는 팔아야 할 물건은 하나도 없이, 자신이 입을 옷만 잔뜩 사서 돌아왔다. '사업가'의 비즈니스가 아닌 '배우'의 쇼핑이었다. 그리고 결정적으로 결별을 예고하는 순간이 왔다. 이탈리아에서 본 옷들을 베껴서 팔자는 제안이었다.

나는 누군가와 각을 세우지 못하는 편이다. 사람과 부딪치는 일을 피하고, 웬만하면 말을 삼키는 쪽을 택해 왔다. 그러나 그때만큼은 달랐다. 처음으로 분명하게 고개를 저었다. 그건 절대 안 되는 일이었다.

이후의 일들은 빠르게 흘러갔다. 초기 자본금은 눈에 띄게 줄어들었고, A의 태도도 변했다. 그는 경영에서는 발을 빼고 크리에이티브 디렉터로 디자인 관련 업무만 하고 싶다며 월급을 요구했다. 투자는 반반씩 했지만, 자신의 이름이 걸린 프로젝트이니 리스크는 자신이 더 크다는 논리였다. 그러면서도 추가 투자는 할 수 없다고 했다. 투자금은 지키고 싶고, 수익은 더 갖고 싶다는 말이었다. 나는 그에게 사업은 보험이 아니라 투자라고 설명했으나, 나의 말은 더 이상 그에게 가 닿지 않았다. 그렇게 기획사와 배우 A의 동업은 끝이 났다.

문제는 그다음이었다. 사업이라는 배는 이미 출범했고, 많은 돈을 들인 온라인 매장은 열려 있었으며, 돈 또한 들어갈 만큼 들어가 있었다. 결국 지인은 내게 에스오에스를 보냈다. "1~2년만 맡아 줘."라고.

솔직히 무서웠다. 가계부 한 장 제대로 써 본 적 없는 내가 사업을 한다는 건 산문적 공포에 가까웠다. 한참 나중에야 '무슨 생각으로 그랬을까.' 스스로도 의아했지만 그때 나는 도망치지 않았다. 그렇게 몽환적인 편집숍 '스페이스눌'이 태어났고, 생각지도 못했던 CEO가 되었다.

이제, 시적 세계의 이야기다. 돌아보면 내가 이렇게 시적 세계에 깊이 기대어 살아가게 된 데에는, 설명하지 않고는 넘어갈 수 없는 배경이 있다. 바로 부모님이다.

엄마는 늘 '아름다운 것'을 사랑하는 사람이었다. 집에서도 항상 드라마틱할 정도로 예쁜 옷을 입으시고, 꽃과 색과 질감에 유난히 민감하다. 연세가 많아진 지금도 몸과 마음 그리고 주변을 가꾸는 일을 소홀히 하지 않으신다. 다만 책과는 거리가 멀다. 내가 공부하는 모습을 보기만 해도 머리가 아프다고 하실 정도다. 종종 "너는 박사인데 왜 아직도 공부를 하냐?"고 핀잔을 주신다.

아빠는 정반대다. 늘 곁에 책을 두신다. 한 손에 책을 든 채, 엉뚱한 짓을 하는 엄마와 딸들을 보면서도 항상 "예쁘다."라며 허허 웃는 분이다. 세상을 이해하는 방식이 조용하며 깊다. 거창한 말보다는 진솔한 문장을 믿는 분이다.

이토록 훌륭한 부모님의 좋은 유전자는 네 살 터울 언니에게로 '몰빵'이 됐다. 언니는 엄마의 생물학적 유전자를 이어받아 정말 예뻤고, 아빠를 닮아 어려서부터 지적이고 성숙했다. 어린 나이에도 돈이 생기면 서점으로 달려가 삼중당에서 나온 세계 문학 문고판을 사서 읽을 정도였다. 그녀는 나와는 다른 차원에 사는 성의 성주 같았고, 질투나 부러움이 아닌 경외의 대상이었다. 내게 이런 언니가 있다는 사실이 마냥 자랑스러웠다.

달달구리를 좋아하는 미래의 번역가

반면에 나는 엄마의 생물학적 예쁨은 닮지 못했지만, 아름다운 것을 좋아하는 엄마의 비문화적 요소는 고스란히 체화했다. 돈이 생기면 서점으로 향하는 언니와 달리, 슈퍼마켓이나 문방구로 달려갔다. 짤랑거리는 동전을 손에 들고, 내 영혼을 가장 빠르고 행복하게 만드는 달달구리 간식을 사 먹거나, 귀여운 티셔츠나 바비 인형의 옷을 샀다. 적어도 도스토옙스키를 만나기 전까지는 그랬다.

그 시절의 나는 책보다 먼저 색과 질감에 반응하는 아이였다. 의미보다 형태에, 논리보다 분위기에 먼저 끌렸다. 지금 생각해 보면, 그것은 결핍이 아니라 방향이었는지도 모른다.

결국 나는, 생각보다는 늦게 그러나 아주 깊이 시적 세계로 들어왔다. 지금의 나는 안다. 나는 산문적 세계에서 일하지만, 시적 세계를 살아가는 사람이라는 것을.

시적 세계가 무너지면, 산문적 세계는 하루도 버티지 못한다. 나의 시적 세계를 구축한 것은 도스토옙스키와 만나던 새벽이다. 이제 내 삶의 중심은 언제나 새벽에 있다.

새벽이 있는 삶

웃픈 생존이 습관이 되기까지

살다 보면 삶의 태도와 관점을 송두리째 바꾸는 순간을 만난다. 한 권의 책이나 한 편의 영화처럼 조용히 스며들 기도 하고, 때로는 일상을 와장창 무너뜨리는 사건으로 들이닥치기도 한다. 중요한 건 그 사건 자체가 아니라, 그걸 어떻게 통과하느냐다.

내게 그 결정적 계기는 '새벽이 있는 삶'이었다. 밤 8시 반이면 잠자리에 들고, 새벽 2시나 3시에 일어나는 생활. 지금은 나를 설명하는 하나의 특징이 되었지만, 이 리듬은 우아한 자기 관리의 결과가 아니었다. 낭만은 없 었고, 선택지는 더더욱 없었다. 삶보다는 처절한 생존에 가까운 몸부림이었다. 그래서 더 짠하고, 그래서 왠지 헛웃음이 터져 나오고 만다.

1997년, 나는 일리노이대학교 어배너 샘페인 캠퍼스에서 문학 석박사 과정을 시작했다. 그런데 하필이면 그때, IMF가 터졌다. 한국을 떠날 때 1달러는 800원쯤 했다. 계산기를 두드리며 "이 정도면 해 볼 수 있겠지." 스스로를 격려했는데, 도착하자마자 원 달러 환율이 2,000원 가까이 치솟았다. 숫자 하나가 인생을 이렇게까지 바꿀 수 있다는 걸 그때 처음 알았다. 많은 유학생들이 짐을 싸서 귀국하는 것을 보았다.

머릿속에서 '도움'이라는 개념 자체를 지워야 했다. 아이 둘을 키우며 공부해야 했지만, 돌보미를 쓸 여유는 없었다. 그나마 다행이었던 건 티칭 어시스턴트(TA), 즉 강의 조교를 하면 학비가 전액 면제되고, 한 달에 700달러 남짓을 받을 수 있다는 점이었다. 단비 같은 돈이었다. 그래서 나는 TA를 했다. 그건 자존심의 문제가 아니었다. 생존의 조건이었다.

문제는 TA의 강도였다. 내가 맡은 건 300명 규모의 대형 강의 두 개였다. 당시 아이가 둘인 상태에서, 그 많은 학생들의 과제와 시험을 관리하고, 토론을 지도하고,

질문에 답하고, 교수의 수업을 보조하는 일은 말 그대로 체력과 시간을 갉아먹는 일이었다. 낮에는 학생들 사이를 뛰어다니고, 밤에는 아이들을 재우고, 새벽에는 책을 읽었다. 하루 24시간을 48시간처럼 쓰지 않으면 도저히 감당이 되지 않았다.

그 시절, 머릿속에는 늘 두 개의 시간이 동시에 돌아가고 있있다. 하나는 아이들을 위한 시산, 하나는 논눈과 시험을 위한 시간. 둘 중 하나라도 놓치면 모든 게 무너질 것 같았다.

일리노이에는 나보다 먼저 미국에 왔던 대학 선배가 둘 있었다. 두 사람 모두 박사 학위를 마치지 못했다. 한 분은 석사 시험에서 좌절했고, 다른 한 분은 종합시험까지는 통과했지만 논문을 내지 못해 끝내 학위를 받지 못했다. 함께 시작한 미국인 동기들 역시 대부분 마찬가지였다. 그곳에서 문학으로 박사 학위를 받는다는 것은, 생각보다 훨씬 더 많은 탈락의 과정을 견뎌 내야 하는 일이었다.

이런 상황에서 학위를 받지 못한다면, 나는 또 한 명의 '실패한 한국인 유학생'이 된다. 만약 나마저 중도에 그만두면, 일리노이에서 문학의 길을 걷고 싶은 한국인

후배들의 입지가 좁아질지도 모른다는 생각이 들었다. 외국에 있다 보면 한 개인이 아니라, 나라를 대표한다는 마음으로 살게 된다. 애국가만 들어도 눈물이 난다. 그 시절만큼 내가 대한민국 국민이라는 사실을 뼈저리게 의식하며 산 적은 없었다.

하지만 그때 내게는 어린 두 딸이 있었다. 돌보미 없이 아이 둘을 키우며 공부를 한다는 건 몸과 마음을 갈아 넣어야 한다는 뜻이었다. 그렇게 하지 않으면 앞서 탈락한 선배들처럼 아무것도 얻지 못한 채 집으로 돌아갈 가능성이 높았다. 그래서 시간을 쥐어짜듯 살았다. 하루하루 매 순간이 엄격한 계율을 따르는 수도승의 일과처럼 돌아갔다.

아침 8시, 잠이 깨지 않은 아이 둘을 카시트에 앉히는 것으로 하루가 시작됐다. 실랑이를 줄이려 전날 밤 미리 옷을 입혀 재우는 것은 필수였다. 옷 고르는 시간조차 사치였던 시절이었다. 첫째를 킨더가든에, 둘째를 프리스쿨에 차례로 내려 주고 나면 오전 9시. 매일이다시피 아슬아슬하게 캠퍼스에 발을 들였다.

도서관에서 공부하고, 강의를 듣고, TA 오피스에서 학생들과 상담하고, 과제를 채점하다 보면 어느새 오후

5시였다. 아침에 왔던 길을 그대로 돌아 아이들을 태우고 집으로 와 간단하게 저녁 식사를 마치곤 했다. 어떻게든 시간을 짜내서 아이들과 함께 수영장이나 모래밭에서 놀기도 하고, 호수 주변을 따라 인라인스케이트를 타기도 하며 추억을 쌓았다. 또 아이들이 정서적 안정감을 충분히 느낄 수 있도록 스킨십과 사랑한다는 말을 아끼지 않았고 작은 것에도 폭풍 칭찬을 퍼부었다. 녹초가 된 아이들을 씻긴 후 침대에 눕히고 책을 읽어 주면 어느덧 저녁 8시. 오른팔에는 첫째를, 왼팔에는 둘째를 안고 잠이 들었다.

그리고 새벽 2시쯤 눈을 떴다. 그때부터 다시 공부가 시작됐다. 촌음을 아껴 책을 읽고 공부를 하다 보면, 어느새 아침이었다.

커피를 끊게 된 것도 이때였다. 처음에는 잠을 쫓겠다고 새벽마다 커피를 다섯 잔, 여섯 잔씩 마셨다. 한 달도 안 돼서 위장이 먼저 항의했다. 나는 아프면 안 되는 사람이었다. 아니, 아플 여유가 없는 사람이었다. 그래서 커피 대신 우유를 마셨다. 효과는 비슷했으나 체중이 늘었다. 인생은 늘 그렇게 균형을 맞춘다.

아직도 눈에 선한 정말 웃픈 이야기를 하나 나누겠

다. 석사 시험 준비로 도서관에 앉아 공부를 하던 어느 날의 일이다. 여느 때처럼 머리가 터질 정도로 책을 들여다보고 있다 보니 어김없이 아이들 하교 시간이 다가왔다. 정신없이 차를 몰아 두 아이를 태운 후 집으로 돌아와 자동차 뒷문을 열었는데, 카시트에 혼자 앉아 있던 둘째가 커다란 눈을 깜빡거리며 "엄마, 언니는 어디 있어요?"라고 묻는 게 아닌가.

아뿔싸, 첫째 픽업을 깜빡한 것이다. 6시가 훌쩍 넘은 시간, 눈앞이 캄캄했다. 다시 차를 돌려 첫째가 있는 학교로 갔다. 어둑한 체육관 바닥에 혼자 덩그러니 앉아 있던 첫째는 눈물이 그렁그렁한 채로 나를 바라보고 있었다. 미안함, 죄책감, 대견함에 말없이 아이를 꼭 안아줬다. 이런 엄마 마음을 알았는지 아이 역시 그 작은 팔로 힘 있게 나를 안았다. 불안, 걱정, 안도, 사랑이 복합적으로 담겨 있던, 일찍 철든 여섯 살배기의 그 눈동자를 나는 아직도 잊지 못한다.

우여곡절이 많았지만 이런 새벽이 있는 삶 덕분에 미국에서 석사와 박사 학위를 4년 반 만에 끝내는 것은 물론 모든 과목에서 최고 등급을 받으며 박사모를 쓸 수 있었다. 함께 공부한 사람들에게 부끄럽지 않은 동문이

된 것 같아 자부심이 일었다.

『백만 불짜리 습관』의 저자 브라이언 트레이시는 "사람이 습관을 만들고 습관이 사람을 만든다."라고 했다. 나의 경우에는 상황이 습관을 만들게 했고, 그 습관이 일리노이에서의 모든 것을 가능케 했다. 2002년 한국으로 돌아온 후에도 지금까지 쭉 '새벽이 있는 삶'을 지속하고 있다. 새벽이 있는 삶 덕분에 도스토옙스키 문학 작품을 20여 권 번역했고 지금도 번역을 하고 있다. 또 내 사업 경험을 바탕으로『패션 MD』시리즈와『모칠라 스토리』등을 출간할 수 있었다.

낯선 땅에서의 유학 생활과 고단한 육아, 여기에 엎친 데 덮친 격으로 터져 버린 IMF라는 거대한 파도. 경제적으로도 어려웠지만 육체와 정신이 모두 소진될 만큼 버거운 4년 반이었다.

하지만 끝이 보이지 않는 터널 같던 그 시절을 떠올리면 가슴 한구석이 따뜻해진다. 어배너 섐페인에서 느꼈던 햇살과 그곳에서 나눈 소박한 온기는, 고통을 상쇄하고도 남을 만큼 차고 넘치는 행복이었다.

미국 유학 시절처럼 나는 여전히 새벽을 산다. 앞으로 어떤 변곡점이 생기지 않는 이상 새벽이 있는 삶은 지속될 것이다.

새벽은 어둠이 빛으로 넘어가는 교차의 시간이다. 나는 교차점에서 방황하지 않고 삶의 날을 날카롭게 벼리곤 했다. 그 새벽들이 있었기에 도스토옙스키의 문장을 옮길 수 있었고, 지금도 옮기고 있다.

지금 돌아보면 한없이 농밀하게 응축된 시간이었다는 생각이 든다. 그 시간을 보여 주고 싶어 이야기가 길어졌다. 그 시간들이 없었으면, 이 이야기들도 없었을 테니까.

번역 일기 탄생의 바탕이 된 서사는 여기까지만 하자. 이제부터는, 그 새벽마다 내가 마주했던 한 사람,『죄와 벌』을 쓰던 도스토옙스키의 이야기로 넘어가려 한다.

진짜 역자 일기는, 이제부터다.

I

『죄와 벌』

벼
랑
끝
에
선
인
간

지긋지긋한 가난
배고플 때 연기가 제일 잘되더라

내가 좋아하는 배우 윤여정 선생이 한 말이 있다.

"배고플 때 연기가 제일 잘되더라."

그 말이 묘하게 오래 남았다. 배가 고픈 인간은 이를 해소하기 위해 집중한다. 발등에 불이 떨어지면 머리가 번쩍인다. 학창 시절, 대부분 사람들이 벼락치기할 때 가장 잘 외워진다고 하지 않던가. 물론 나는 벼락치기를 하면 앞이 하얘지는 타입이다.

나는 뭐든 미리 해 두지 않으면 심장이 벌렁거린다. 중앙일보와 패션비즈에 칼럼을 쓸 때도, 한 달 치가 아니라 두세 달 치를 한 번에 써서 보내 버렸다. 안 그러면 마감이 머리 꽁지에 붙어 있어서 밥도 제대로 못 먹는다. 매일 마감을 해야 하는 기자들을 나는 존경한다. 나 보고 그런 삶을 살라고 하면 일주일도 못 가 쓰러질 것이다.

그런데 대부분의 인간은 절박할 때 최대 효율이 나온다. 도스토옙스키도 그랬다. 아니, 그는 거의 평생을 절박하게 살았다.

많은 사람들이 이렇게 말하곤 한다. "도박쟁이가 쓴 책이 뭐가 그리 대단하냐." 그 말을 들을 때마다 나는 가슴이 아프다. 도 선생님이 평생 가난했던 이유를 도박 중독 하나로 설명하는 것은, 거대한 코끼리의 꼬리 하나만 붙잡고 몸통 전체를 다 안다고 말하는 것만큼이나 단편적인 해석이다.

그의 채무 지옥이 시작된 것은 형 미하일이 죽은 1864년부터다. 그전에 형과 함께 창간한 잡지 《브레먀(시간)》는 폴란드 봉기(1863) 관련 기사를 실었다가 검열에 걸려 폐간되었고, 뒤이어 창간한 《에포하(세기)》는 형의 죽음과 함께 좌초했다. 형이 남긴 빚이 전부 도스토옙스키에게 넘어왔다. 증서가 있는 채무만이 아니었다. 아무나 와서 "당신 형이 나한테 200루블 빌렸소."라고 말만 해도 그는 자신이 갚겠다고 했다. 법적으로 책임질 필요는 없었지만 외면하지 않았다. 그에게 더 무거운 것은 돈이 아니라 도덕적 채무였기 때문이다.

『백치』의 미시킨을 떠올려 보라. 거액의 유산을 상속받자마자 사기꾼들이 몰려들고, 그는 거의 다 나눠 준다. 『카라마조프가의 형제들』에 나오는 드미트리도 돈을 쥐면 흘려 보낸다. 『죄와 벌』의 소냐는 남의 굶주림을 먼저 생각한다. 도스토옙스키의 세계에서 돈을 악착같이 모으는 인물은 대개 긍정적으로 그려지지 않는다. 연민이 먼저이고 계산은 나중이다.

그는 돈을 못 벌어서 가난한 것이 아니었다. 돈에 무심했고, 돈을 붙잡지 못했고, 붙잡을 생각도 없었다. 출판사에서 선인세를 받으면, 사망한 첫 아내의 아들 파벨이 나타나 "아버지, 급히 돈이 필요합니다."라고 하고, 형 미하일의 유족들이 "형님이 남긴 빚이…"라며 손을 내민다. 그래도 외면하지 않고 선뜻 내주었다. 책을 써 2,000루블이 들어와도 그의 손에 남는 것은 몇십 루블뿐이었다.

그런 상황에서 유럽으로 떠났고, 첫 카지노에서 돈을 땄다. 초심자의 행운.

도박 연구에 따르면 처음 도박에서 큰 승리를 경험한 사람은 중독 위험이 급격히 높아진다고 한다. 그는 이

가난은 미화할 수 없다.

빚은 낭만이 아니다.

그러나 어떤 예술은,

지긋지긋한

현실의 틈에서 태어난다.

지긋지긋한 빚을 한 번에 해결하고 싶었다. 부자가 되고 싶어서가 아니라, 빚쟁이들의 독촉에서 벗어나고 싶어서였다. 러시아로 돌아가고 싶어서였다. 그리고 어쩌면, 손을 내미는 사람들에게 더 이상 "없다."고 말하지 않아도 되는 사람이고 싶어서였다.

그는 대책 없이 연민이 많은 사람이었다. 자기 앞가림도 못 하면서 남의 처지를 먼저 헤아리는 사람. 나는 이런 그가 짠하고 사랑스럽다. 하지만 내 딸이 이런 남자를 데려오면? 도시락 싸 들고 다니며 결사반대할 것이다. 인간적으로는 위대하지만, 생활적으로는 재난이다.

1866년,《에포하》의 실패와 채무 독촉 속에서 쓴 작품이「도박사」다. 빚을 갚기 위해, 그리고『죄와 벌』을 지키기 위해 쓴 소설. 계약 기간을 지키지 못하면 저작권을 잃는 상황에서, 속기사 안나와 만나 밤을 새워 쓰고 또 썼다. 배고플 때 연기가 잘된다던 윤여정 선생 말처럼, 발등에 불이 떨어진 작가의 문장은 무섭게 살아 있다. 그렇게 빚에서 잠시 해방된 후 마침내『죄와 벌』연재를 완결한다.

그러니 아이러니하다. 우리가 오늘 서점에서 들고 있는 그 두꺼운 책이, 영혼을 위로하는 책이 한 사람의 절박함에서 태어났다. 그가 부자가 되었다면, 조금 더 계산적인 사람이었다면, 사람을 향한 연민이 부족했다면, 이 소설이 나올 수 있었을까?

가난은 미화할 수 없다. 빚은 낭만이 아니다. 그러나 어떤 예술은, 지긋지긋한 현실의 틈에서 태어난다. 도스토옙스키의 경우가 그렇다.

그는 부자가 되고 싶어 도박을 한 것이 아니라, 빚에서 벗어나고 싶어 도박을 했다. 잘 먹고 잘살기 위해서가 아니라, 빌린 돈을 갚고 싶어서였다. 비록 그는 힘겨운 삶을 살았을지 모르나 우리는 『죄와 벌』을 얻었다.

세상에는 참 이상한 계산이 있다. 그는 평생 돈에 쫓겼지만, 우리는 그의 문장으로 정신적인 면에서 부자가 되었다. 그는 늘 가난했지만, 그의 작품은 지금도 팔리고 읽히며 사람을 흔든다.

지긋지긋한 가난이 낳은 위대한 소설.

배고플 때 연기가 잘된다는 윤여정 선생의 말에는 서사를 넘어서는 진리가 있다. 도스토옙스키의 배고픔에도 우리가 짐작하기 어려울 만큼 깊은 사유가 있다. 그 깊이가 작품이 되어 무사히 우리 시대까지 도착했다는 사실이 기쁘다.

마멀레이드의 고해

1986년 겨울, 복도 왁스 칠과 『죄와 벌』

1986년 고3 겨울이었다. 학력고사를 치르고 논술 고사를 남겨 두고 있던 때. 학교에서 나눠 준 독서 목록에 도스토옙스키의 『죄와 벌』이 있었다. 청소 시간이었고, 우리는 복도에 양옆으로 길게 늘어앉아 왁스 칠을 하고 있었다. 왁스 냄새는 늘 이상한 각성을 준다. 어른이 되면 그 냄새가 '노동'으로 치환되지만, 그때의 나는 '잠깐의 자유'로 기억했다.

나는 옆에 『죄와 벌』을 펼쳐 놓고 읽고 있었다. 원래 청소 시간에 책을 보는 건 허락되지 않았지만, 그 시절에는 기묘한 면허가 있었다. '공부 잘하는 애'라는 면허. 나는 전교 1~2등을 할 정도로 성적이 좋았고, 서울대에 갈 수 있는 학생들 중 하나였다.

그 시절 고3 담임 선생님들은 '서울대 합격자 수'에 자존심과 능력에 대한 평가라는 두 개의 멍에를 짊어지고 있었다. 명문대 합격자 한 명은 학생 한 명이 아니라 실적으로 인식되던 시절이었다. 그러니 '서울대에 갈 수 있는 우리'는 청소 시간에도 책을 볼 수 있었고, 심지어 체육 시간에 양호실에서 자는 것도 대체로 묵인되었다. 지금 생각하면 꽤 기이한 풍경이다. '특권'이 이토록 노골적으로 작동하고 있었다니.

나는 당시 눈이 몹시 나빠 알이 책처럼 두꺼운 안경을 끼고 있었다. 발톱을 깎을 때마다 발을 코끝까지 올려야 했다. 요가도 그렇게까지는 안 한다. 그런데 그런 육체적 맹안은, 이상하게도 정신적 맹안으로 이어졌다. 누가 나를 시기하든 부러워하든, 나는 잘 보지 못했다. 아니, 안 보였다. 그저 최선을 다해 공부를 할 뿐이었다.

그날 내가 읽고 있던 대목은, 라스콜리니코프가 우연히 들어간 허름한 주점에서 마르멜라도프를 만나는 장면이었다. 그리고 그 남자가, 술기운을 빌려 자기 인생을 한 번에 쏟아 놓기 시작하는 부분이었다.

그는 말한다. 자기는 하급 관리였노라고. 귀족 출신의 카테리나 이바노브나라는 부인이 있는데, 그 여자는 전 결혼에서 낳은 어린 세 아이를 데리고 있다고. 그리고 그 여자가 얼마나 절박했으면 자기 같은 사람의 손을 잡았겠느냐고.

마르멜라도프의 독백에 힘이 실리는 이유는 자기 파멸을 인식하면서도 멈추지 못하는 인간임을 스스로 잘 알기 때문이다. 변명이 아니라 자기 고백이다.

그는 또 말한다. 얼마 전 다시 직장을 얻었을 때 집안이 축제 분위기에 휩싸여서 모두가 희망을 믿었다고. 그런데 첫 월급을 받은 뒤, 그는 그 돈을 훔쳐 술을 마셔 버렸고, 며칠째 집에도 못 들어가고 술에 절어 있다고.

소설에는 '아내의 궤짝에서 월급을 훔쳤다'는 내용이 정확하게 나온다. 도스토옙스키가 이런 서술을 한 이유는 무엇일까. 파멸로 치닫는 인간의 심연을 보여 주며, 이토록 무력한 영혼도 구원이 절실함을 역설하고자 했던 것은 아니었을까.

그리고 소냐 이야기를 꺼낸다. 자기의 딸 소냐는 의붓동생 셋을 먹여 살리기 위해 몸을 팔러 나갔고, 매춘 허가증인 황색 감찰(창녀들이 지녀야 했던 표식)을 받아야 했고, 그래서 집에서도 떨어져 살아야 했다고. 마르멜라도프는 그 사실을 알고도, 그 돈에서 30코페이카를 받아 술을 마셨다고 말한다. 그것도 자기 입으로, 마치 자기를 스스로 고발하듯이.

그런데 독자로서가 아니라 인간으로서 이해할 수 없는 대목이 있다. 그는 자신의 파렴치함을 외면할 만큼 영리하지도, 자신의 충동이나 기만을 모를 만큼 무지하지도 않은 자이다. 소냐가 순결의 대가로 30루블을 가지고 돌아온 밤, 자기는 바닥에 취해 있었지만 아내 카테리나가 소냐의 침대 곁에 앉아 얼마나 울었는지 다 느끼고 있었다고 말한다. 그리고 지금 마시는 술도 소냐가 아껴 둔 돈, '깔끔함'을 위해 모아 둔 것일지 모르는 돈에서 나왔다고, 자기가 염치도 없이 손을 내밀었다고 말한다.

그가 말하는 '깔끔함'이란 단순한 청결이 아니라, 매춘을 지속하기 위해 외양을 가꾸고 치장하기 위한 것을 말한다. 즉 생계를 책임지고 있는 소냐에게는 절대적인 돈이다. 그런 돈에 손을 뻗었다는 것은 가족의 삶을 지탱하는 최소한의 조건을 빼앗는 것일 뿐 아니라, 아버지로서 딸의 육체적 희생을 모독하는 것이 아닌가. 그 장면에서 머리에 망치를 맞은 느낌이었다.

이런 사람은 용서할 수 없을 것 같았다. 아니, 용서 이전에 이해가 안 됐다. 이게 사람인가. 이게 아버지인가. 십 대의 여리고 어린 딸이 몸을 팔아 번 돈에 손을 내미는 남자를, 어떻게 연민의 눈으로 바라볼 수 있나.

　　그런데 도스토옙스키는 그렇게 했다. 더 정확히 말하면, 도스토옙스키는 그를 '단죄'하지 않았다. 작가는 마르멜라도프를 고발하면서도, 동시에 그 고발이 단순한 연민이나 비난에 그치도록 하는 게 아니라 '자기 고발'로 승화하도록 이끈다. 우선 그가 자기혐오라는 형벌 속에 스스로를 가두고 있음을 보여 준다. 이런 객관화는 자신의 비열함을 무지나 환경 탓으로 돌리려는 유혹을 거부한 채, 스스로를 '가장 낮은 곳의 죄인'이라 선고함으로써 역설적으로 구원의 필요성을 증명한다. 즉 마르멜라도프는 변명하지 않는다. 오히려 아주 집요하게 자기 죄를 늘어놓는다. 그러면서도, 그는 신에게 용서를 구할 권리가 있다고―아니, 구원받을 것이라고 말해 버린다.

　　이 대목에서 내가 느낀 것은 분노보다는 깊은 당혹이다. 도스토옙스키는 왜 이 파렴치한 인간에게조차 믿음의 끈을 놓지 않는가. 그가 믿을 만한 존재여서가 아니라, 그 비천한 영혼마저 긍정하지 않으면 신성이 붕괴될지도 모른다는 절박함 때문이었을까. 인간을 심연 끝까지 밀어 넣고도 끝내 손을 내미는 작가의 선의가 생경했기에, 나는 오래도록 그 연민을 받아들이기 어려웠다.

도 선생님이 연민하는 건 이해하겠는데, 나는 연민할 수 없을 것 같았다. 내 안의 정의감이 아니라, 내 안의 혐오가 더 빨리 반응했다. 어쩌면 추악한 진실과 거룩한 믿음 사이의 압도적인 괴리 때문이었을지도 모른다.

그래서 나는―그 겨울, 복도에 왁스 칠을 하며―마르멜라도프를 '사람'이 아니라 단순히 '이름'으로 이해했다. 마르멜라도프. 마멀레이드 같은 사람, 젤리 같은 사람, 의지가 흐물흐물한 사람, 미스터 의지박약.

이 이름은 분명 도스토옙스키가 의도한 것이 분명하다. 너무 노골적이라서 오히려 잔인하다. 그의 이름 자체가 하나의 복선이 되어, 그를 단단한 세상에 적응할 수 없는 무력한 존재로 규정해 버린 것처럼.

그리고 시간이 한참 흐른 뒤, 이번에는 번역가로서 그를 다시 만났다. 번역은 신기하다. 같은 문장을 다시 읽는데, 내가 달라져 있다. 고3의 나는 '판결'을 내리려 했고, 번역가인 나는 '이해'를 시도했다. 이해는 용서와 다르다. 하지만 적어도 타인의 고통을 '구경'하지 않게 한다.

번역하며 보니, 의지박약함 때문에 가장 괴로워한 사람은 바로 마르멜라도프 자기 자신이었다. 그 고통은 변명이 아니라 형벌이었다. 그는 술을 마시며 도망치지만, 도망치는 동안에도 자기 죄를 붙잡고 있었다. 그러니 러시아 정교회의 흐름 속에 있는 러시아 문학 관점에서 보면 그는 이미 고통 속에 있었다. 그리고 도스토옙스키는 그 고통을 '구원의 문턱'으로 본다. 고통을 통해 사람이 깎이고, 마침내 겸허해질 때, 구원이 가능해진다는ㅡ우리에게는 낯설고도 이상한 개념.

그렇다고 해서 그가 성자가 되는 건 아니다. 그는 끝까지 추하다. 다만 도스토옙스키는 그 추함의 바닥에서, 인간이 인간을 버리지 않는 순간을 한 번이라도 더 찾으려 한다.

어쩌면 마르멜라도프가 죽어 갈 때, 그가 '구원받는 것처럼' 보이는 것도 그 때문이다. 그리고 뒤늦게 알게 된 서사의 한 조각이 내 마음을 더 복잡하게 만들었다. 그것은 마르멜라도프가 죽은 뒤, 그의 주머니에서 아이들을 주려고 산 '진저브레드 수탉(수탉 모양의 생강 과자)'이 나왔기 때문이다. 그는 만취했지만 아이들을 잊지 않았다고 카테리나가 말한다.

그 장면 하나가 비열한 사람을 갑자기 선량한 사람으로 만들지는 않는다. 하지만 인간이란 원래 그런 존재라는 생각을 하게 이끈다. 한 사람이 최악일 수도 있고, 동시에 아주 작은 최선일 수도 있다는 것. 그 작은 최선이 때로는, 그 사람을 단죄하는 우리를 멈춰 세운다는 것. 자신마저 포기한 밑바닥 삶 속에서도 아이들을 위해 챙겼던 그 진저브레드는 마르멜라도프라는 인물을 아름다운 비극으로 완성하는 장치인지도 모른다.

살다 보면 의지가 강한 사람도 있고, 전혀 없어 보이는 사람도 있다. 우리는 각자 그 스펙트럼의 어딘가에 위치한다. 그리고 그 차이는 생각보다 크지 않을지도 모른다. 어떤 날은 누구나 젤리처럼 무너진다. 어떤 날은 또 강철같이 용감해지기도 한다. 감히 내가 누구를 온전히 판단할 수 있겠는가.

고3의 나는 마르멜라도프를 용서하지 못했다. 쉰 줄에 들어선 번역가로서의 나는, 적어도 그를 '쉽게' 미워하는 일은 경계하게 되었다. 도스토옙스키의 연민은, 연민 자체가 아니라 그 연민을 가능하게 한 겸허에 대한 요청이었다. 그것은 타인을 단죄하려는 아집을 내려놓고, 비극적 실존 앞에 함께 서자는 권유이기도 하다.

마르멜라도프와 소냐

한 사람이

최악일 수도 있고,

동시에 아주 작은

최선일 수도 있다는 것.

그 작은 최선이 때로는,

그 사람을 단죄하는

우리를

멈춰 세운다는 것.

복도에서 왁스 칠을 하며 도스토옙스키를 읽던 그 열아홉 겨울, 나는 처음으로 '문학이 인간을 단죄하지 않을 수 있다'는 사실을 배웠다. 그리고 네 편의 장편을 번역하며, 그 사실이 내 안에서 조금 더 깊어졌다.

마르멜라도프, 마멀레이드 같은 사람. 그는 내게 여전히 불편한 인물이다. 하지만 도 선생님은, 그 불편함을 통해 내가 누구를 쉽게 재단하지 않도록—내가 나 자신을 포함한 인간을 조금 더 오래 바라보도록—문장을 건네고 있었다.

그게 도스토옙스키다.

초록색 숄을 두른 절규

카테리나, 상처 입은 오만과 가난한 여성의 운명

『죄와 벌』에 등장하는 이들 가운데 가장 비극적인 인물을 꼽으라면, 나는 주저 없이 카테리나 이바노브나를 선택하겠다. 황색 감찰을 십자가처럼 짊어진 소냐도, 서구 사상의 파열음 속에서 살인을 저지르고 시베리아로 향하는 라스콜리니코프도, 비극과 희극이 뒤섞인 마르멜라도프도 아니다. 마르멜라도프가 연민의 문을 여는 인물이었다면, 카테리나는 심장을 찢어 놓는 인물이다. 카테리나는 비극 그 자체다.

물론 겉으로 보면 그녀는 희극적인 인물처럼 보일 수 있다. 남편 수염을 잡아당기고 머리끄덩이를 질질 끌며 이웃들 앞에서 고함을 치는 장면, 허름한 집 안에서 귀족식 예법을 고집하며 아이들을 다그치는 장면. 이웃들은 키득거리며 웃는다. 그러나 많은 희극이 그렇듯, 희극의 주인공에게 그것은 웃음이 아니다. 그것은 추락이다. 그것은 무너짐이다. 희극의 잔인함은 바로 거기에 있다.

카테리나는 『죄와 벌』 속 누구보다도 출신이 귀하다. 침모 징교의 딸로 태어나, 귀족 학교를 다니며 교육도 많이 받은 사람이고, 졸업식 때는 지방 행정 책임자인 현지사와 귀빈 앞에서 발표를 해 금메달과 상장도 받았을 만큼 총명했다.

도스토옙스키는 굳이 이런 세부적인 성장 배경을 넣는다. 왜일까. 그녀가 단순히 '가난한' 여자가 아니라, 어딘가로부터 '떨어진' 사람이라는 것을 보여 주기 위해서다. 그녀는 밑바닥에서 태어난 사람이 아니다. 한때는 존엄과 교양이 있었던 귀족 출신이다. 지역 최고 권력자 앞에서 발표를 하던 과거의 영광은 현재에 이르러 그녀를 파괴하는 비극으로 작용한다.

그런 여자가 왜 마르멜라도프의 손을 잡았을까.

도스토옙스키는 정답을 말하지 않는다. 그 대신 우리에게 질문을 던진다. 대여섯 살짜리 아이 둘, 열 살 남짓

한 아이 하나가 있는 여자. 남편은 갑자기 죽어 버리고, 몸은 폐병으로 허약하고, 19세기 러시아에서 여성이 일용할 양식을 벌 수 있는 직업은 거의 없고.

이게 19세기가 아니라 21세기라 해도 막막하지 않은가. 아이 셋을 데리고, 병든 몸으로, 생계를 책임져야 한다면. 그녀가 마르멜라도프의 손을 잡은 것은 사랑이 아니라 생존이었다.

그런데 그 생존은 또 다른 파멸로 이어진다. 마르멜라도프가 죽은 뒤, 카테리나는 초록색 모직 숄을 머리에 두른다. 그것은 마르멜라도프가 선술집에서 만난 라스콜리니코프에게 가족이 같이 사용하고 있다고 했던, 가족의 온기를 지켜 주는, 유일한 모직물로 된 커다란 녹색 숄이다. 그리고 남편의 추도식 날, 카테리나는 집주인의 속물적인 태도를 참지 못하고 폭발하고 만다. 그녀 역시 비좁고 불결한 셋방의 한구석을 빌려 쓰는 처지였으나, 무질서하고 술에 취한 이웃들을 밀치고 눈물범벅이 된 채 거리로 뛰쳐나간다. 지금 당장 어디로든 가서 '정의'를 찾아야 한다는 목적을 붙들고.

아이들에게 노래를 시키는 장면. 거리 한복판에서 아이들에게 춤을 추게 하고, "우리 집은 귀족 집안이다."라고 외치는 장면. 그것은 광기가 아니다. 그것은 마지막 자존심이다. 그녀가 생각하는 정의는 고귀한 신분에 합당한 대우이다. 그녀는 끝까지 "나는 이런 여자가 아니다."라고 말한다. 나는 존엄한 사람이었다고, 나는 이 아이들에게 이런 삶을 물려주려던 사람이 아니었다고.

하지만 그녀가 찾는 정의는 실체가 없다. 그것은 현실의 고동을 잊기 위한 환상일 뿐이다. 그 절규는, 오만과 겸허가 동시에 섞여 있다. 상처 입은 오만. 그리고 아무런 잘못도 없는데 가혹한 운명 앞에 무너지는 인간의 겸허.

죽음의 침상에서, 그녀는 신을 거부한다.
이 장면을 번역할 때, 나는 숨이 막혔다.
이 장면은 나를 더 깊이 흔들었다.

러시아 문학에서 신은 대체로 마지막 구원의 문이다. 그런데 카테리나는 그 문 앞에서 등을 돌린다. 왜인가. 신조차 자신의 억울함을 해결해 주지 않았기 때문이다. 이토록 가혹한 운명을 허락한 신을, 어떻게 받아들일 수 있겠는가.

도스토옙스키는 가난한 사람들을 연민한다. 가난한 남성은 술에 취해 무너질 수 있다. 그러나 가난한 여성은 무너질 수 없다. 무너지면 아이들이 굶는다. 무너지면 거리로 내몰린다. 그래서 카테리나는 무너지지 않으려 발버둥 친다. 귀족적 자존심을 붙들고, 예법을 강요하고, 아이들을 단정히 세우고, 세상을 향해 '나는 아직도 귀하다.'고 외친다.

가난은 누구에게나 잔인하지만, 여성에게는 한 겹이 더 얹힌다. 생계의 책임, 모성의 부담, 사회적 시선, 도덕적 판단. 카테리나는 그 모든 것을 한 몸에 떠안는다. 그녀의 광기는 개인의 성격 결함이 아니라, 구조적 압박의 결과다.

도스토옙스키가 가난한 사람들을 연민하는 방식은 카테리나를 통해 더 깊이 드러난다. 그녀의 분노, 오만, 체면 의식, 과거에 대한 집착은 단지 기질적 결함이나 성정의 문제가 아니라 생존 전략이다. 자존심을 잃는 순간, 그녀는 완전히 무너진다. 그래서 끝까지 죽음보다 무거운 자존심을 붙든다.

도스토옙스키는 그녀를 조롱하지 않는다. 오히려 그녀의 자존심을 끝까지 존중한다.

가끔 이런 생각이 든다. 도스토옙스키는 최초의 페미니스트가 아니었을까.

그는 여성의 억울함을 직접적으로 외치지 않는다. 그 대신 여성에게 가장 잔인한 조건을 던져 놓고, 그 안에서 버티는 모습을 끝까지 따라간다. 카테리나는 나약하지 않다. 오히려 너무 강해서 세상 속에서 부서진다. 그 강함이 비극이다.

이번 번역 작업 중, 『죄와 벌』에서 가장 먹먹한 심정으로 문장을 옮긴 부분이 바로 카테리나의 마지막 장면이었다. 마르멜라도프를 번역할 때는 분노와 연민이 뒤섞였다. 그러나 카테리나를 번역할 때는, 목이 잠겨 문장이 손끝에서 무거워졌다. 번역은 단어를 바꾸는 일이 아니라, 누군가의 절규를 온전히 받아 적는 일이라는 걸 그때 다시 느꼈다.

21세기에도 우리는 여전히 묻는다. 아이를 둔 여성이 생계를 책임져야 할 때, 사회는 무엇을 해 주는가. 가난한 여성은 왜 더 쉽게 비난받는가. "왜 그런 남자와 결혼했느냐?"라는 질문은 던지면서, 왜 그녀가 그런 선택을 할 수밖에 없었는지는 묻지 않는가.

너무 강해서

세상 속에서 부서진다.

그 강함이

비극이다.

82

카테리나는 19세기 러시아의 인물이지만, 그녀의 절규는 낯설지 않다. 우리는 여전히 비슷한 뉴스를 본다. 비슷한 기사 제목을 읽는다. 비슷한 절망을 접한다. 나는 카테리나를 번역하며 단순히 문장을 옮긴 것이 아니라, 한 여성의 절규를 받아 적고 있다는 기분이 들었다.

도스토옙스키는 그녀를 구원하지 않는다. 다만 그녀가 남긴 눈물을 한 시대의 설규로 기록함으로써, 그 외침이 결코 헛된 소음이 아니었음을 증명한다. 그녀를 존엄의 영역에 머물게 한다. 어쩌면 그것이 구원의 다른 이름일지도 모른다. 카테리나 이바노브나는 세상을 이기지 못한다. 그러나 패배자로 남지 않는다. 그녀는 끝까지 항거하는 인간으로 남는다.

초록색 숄은 단순한 소품이 아니다. 그것은 마지막 존엄이다. 그 존엄은 시대를 넘어 우리를 찌른다. 그것이, 우리가 오늘 다시 도스토옙스키를 읽어야 할 이유다.

나는 그 숄을 번역하며, 오래도록 가슴이 먹먹했다.

초인 사상은 도 선생님이 먼저라고

낙타는 이미 러시아에 있었다

라스콜리니코프는 살인을 한다. 그리고 그 살인을 이론으로 정당화하려 한다. 이 지점에서 『죄와 벌』은 범죄 소설의 외피를 벗어던지고 실존적 고뇌를 다루는 철학이 된다.

그의 살인 동기는 세 가지로 정리된다.

첫째, 가난. 학비가 필요했다. 그러나 이 설명은 금세 허물어진다. 그는 훔친 물건의 가치에 관심이 없다. 얼마나 챙겼는지 따지지 않는다. 강물에 던져 버리려 하거나 바위 밑에 숨겨 둔 채 다시 들춰 보지 않는다. 돈은 목적이 아니었다. 돈은 핑계였다. 가난은 변명이었다.

둘째, 공리주의. "이 한 마리 해충을 제거해 3,000루블을 얻고, 그 돈으로 백 명, 천 명을 돕는다면 괜찮지 않은가?"라는 계산. 숫자로 환산된 윤리. 그러나 이 역시 핵심은 아니다.

셋째, 가장 불편하고도 중심적인 문제. 내가 선을 넘을 수 있는 인간인지, 즉 초인인지 아닌지 시험해 보고 싶었다는 것.

여기서 소설은 위험해진다.

라스콜리니코프는 인간을 두 부류로 나눈다.

'평범한 인간'과 '비범한 인간'.

평범한 인간은 법과 도덕을 따라야 한다. 비범한 인간은 인류의 발전을 위해 기존의 질서를 넘어설 권리가 있다. 나폴레옹을 예로 든다. 수많은 피를 흘렸지만 역사는 그를 위인으로 기억한다. 마호메트도 마찬가지다. 질서를 깨뜨린 자들. 그렇다면 나는? 나는 선을 넘을 자격이 있는가?

이 논리의 끝에서 우리는 자연스레 한 사유의 주인공과 마주한다. "신은 죽었다." 그리고 "초인이 온다."라고 말했던 사람, 망치를 들어 기존의 가치를 깨뜨리고자 했던 철학자, 니체.

그러나 잠깐.

도스토옙스키는 1821년생이다. 니체는 1844년생이다. 니체가 스물세 살이나 어리다. 『죄와 벌』은 1866년 출간되었다. 니체의 『자라투스트라는 이렇게 말했다』는 1883년부터 1885년 사이에 출간되었다. 거의 20년 뒤다.

시간표는 의외로 단순하다. 도스토옙스키가 한 청년의 파멸을 예고했던 '범인(凡人)'의 논리는, 20년 뒤 니체의 거침없는 망치를 통해 비로소 '초인'이라는 철학적 실체로 완성된다. 그렇다면 우리는 조금 냉철해질 필요가 있다. 초인의 문제를 서사 속에서 치밀하게 해부한 사람은 누가 먼저였는가.

나는 이 질문을 던질 때마다 괜히 억울해진다. 니체는 '자라투스트라'라는 실존 인물이자, 자신의 철학 속 인물을 통해 정신의 세 단계 변형, 즉 '낙타-사자-어린아이'를 말한다.

첫 번째는 낙타다. "너는 마땅히 너의 의무를 다해야 한다."라는 당위의 무게를 짊어진 채 전통과 관습, 의무라는 사막을 묵묵히 걷는 존재다. 두 번째는 사자다. "나는 원한다."고 포효하며 기존의 가치를 부순다. 그러나 파괴만으로는 부족하기에, 정신은 비로소 어린아이가 되어 새로운 가치를 창조하는 성스러운 긍정의 단계에 도달한다. 세 번째 존재의 등장이다.

이 구조를 읽을 때마다 나는 묘한 기시감을 느낀다.

낙타는 라스콜리니코프가 경멸하던 그 '평범한 인간'이 아니던가. 선을 넘지 못하고, 질서를 따르고, 기존 도덕에 묶여 있는 인간. 그게 니체의 낙타로 형태만 바뀐 것이 아니던가.

니체는 그들을 낙타라 불렀고, 도스토옙스키는 이미 소설 속에서 '평범한 인간', 즉 '범인'이라 불렀다. 물론 니체의 체계는 더 정교하고 철학적으로 조직되어 있다. 그러나 씨앗은 어디에서 왔는가. 나는 감히 이렇게 말해 본다. "낙타는 이미 러시아에 있었다."

라스콜리니코프는 니체가 20년 뒤에나 설파한 낙타가 되고 싶지 않았을 것이다. 그때는 없던 개념이었을 테지만, 그는 사자가 되고 싶었을 것이다. 선을 넘어설 권리를 가진 존재가 되고 싶었을 것이다.

그러나 도스토옙스키는 시간을 앞서 그 사자가 어떻게 무너지는지를 보여 준다. 초인이 되려는 인간이, 결국 인간이라는 사실에 부딪혀 붕괴하는 과정을 집요하게 따라간다.

니체는 선언한다. "신은 죽었다."라고. 그리고 그 자리에 초인을 세운다. 니체의 이 파괴적인 선언은 곧 창조의 시작이다. 신이 자리를 비워야만 비로소 인간의 가장 높은 형상인 '초인'이 들어설 수 있으므로.

도스토옙스키는 묻는다.

"그 초인은 견딜 수 있는가?"

이 차이는 미묘하지만 결정적이다. 니체는 초인을 필요로 했다. 도스토옙스키는 초인을 의심했다.

여기서 나는 살짝 장난스러운 의심을 해 본다. 니체는 도스토옙스키를 "내가 무언가를 배울 수 있었던 유일한 심리학자"라고 말했다. 쇼펜하우어, 스피노자, 바그너 그리고 도스토옙스키 등 니체가 존경한다고 말한 사람은 사실 몇 손가락에 들 정도로 짧다. 그런데도 『죄와 벌』에 대한 직접적인 언급은 없다.

왜일까? 정말 안 읽었을까? 그럴 가능성은 낮다. 『지하생활자의 수기』, 『백치』, 『악령』은 읽었다고 기록에 남겨 두었다. 그가 읽었다고 밝힌 작품들의 순서를 보아도, 『죄와 벌』을 건너뛰었다는 건 이상하다. 아니면, 읽었지만 굳이 말하지 않았을까.

소설가는 이야기로 사람을 흔든다. 철학자는 선언으로 사람을 흔든다. 이야기는 오래 걸리지만 선언은 즉각적이다. 그래서 더 눈에 잘 띈다.

나는 거인들에게서 이런 작은 인간적 결을 발견할 때마다 오히려 안심한다. 초인을 말한 철학자도, 먼저 문제를 제기한 소설가도 마찬가지다. 인간은 결국 서로의 그림자 위에 서 있다. 위대한 사상은 하늘에서 떨어지지 않는다. 어딘가의 문장 위에서 자란다.

그래서 초인 사상 이야기가 나올 때마다 살짝 억울해진다. "왜 우리는 초인 사상을 말할 때 러시아 소설가보다 독일 철학자를 먼저 떠올리는가." 하고.

그리고 속으로 중얼거린다. 초인 사상은, 도 선생님이 먼저라고. 초인은 철학자의 책갈피에서 처음 등장한 것이 아니라, 가난한 대학생의 열병 같은 사유 속에서 먼저 모습을 드러냈다고. 낙타는 이미 러시아에 있었다고.

이 말은 니체를 깎아내리려는 것이 아니다. 그저 선후를 공정하게 보자는 것이다. 그렇다고 니체가 작아지지는 않는다. 다만 도 선생님의 그림자가 조금 더 또렷해질 뿐이다. 초인을 말하기 전에 인간을 끝까지 응시했던 한 소설가를 기억하자는 작은 고집이다.

위대한 사상은

하늘에서

떨어지지 않는다.

어딘가의

문장 위에서

자란다.

낙타는 이미 러시아에 있었다.

그리고 그 낙타는, 아직도 우리 안에 있다.

때때로 생각해 보곤 한다. 니체가 『죄와 벌』을 읽고 조용히 책을 덮으며 중얼거리는 장면을.

"흠, 이거 단어만 좀 반질반질한 걸로 바꾸고 사람들이 이해하기 어렵게 말을 막 배배 꽈서 늘어놓으면 꽤 먹힐 거 같은데? 라스콜리니코프가 도끼를 든 건 '초인의 산고'라고 미화하고, 그의 죄책감은 '노예 도덕의 잔재'라고 포장하는 거지. 물론 내가 이 책을 읽었다는 건 비밀로 해야겠지. 원래 경탄은 신비주의에서 시작이 되는 법이니까 말이야."

이건 어디까지나 번역가의 상상이다.

그러나 그 상상을 하면, 나는 이상하게 입가에 미소가 번진다.

채찍과 연민 사이에서

암말의 꿈, 토리노의 말 그리고 우리의 하루

『죄와 벌』에서 라스콜리니코프는 여러 차례 꿈을 꾼다. 그 꿈들은 단순한 장치가 아니라, 그의 영혼을 해부하는 현미경이다. 의식 아래에서 꿈틀거리는 진실을 끌어올리는 장면들이다. 그중에서도 암말의 꿈은 가장 잔혹하고, 동시에 가장 순수하다.

어린 '로쟈'—라스콜리니코프의 애칭—는 술 취한 농부들이 늙고 야윈 암말을 마차에 묶어 놓고 채찍질하는 장면을 본다. 말은 이미 기진맥진해 움직일 힘이 없다. 그런데도 짐은 줄지 않고, 채찍은 멈추지 않는다. 구경꾼은 웃고, 폭력은 반복된다. 어린 로쟈는 울며 달려가 그 말을 껴안는다. "때리지 마세요!" 그 절규는 도덕이 아니라 본능이다. 아직 분열되지 않은 인간의 심장이다.

라스콜리니코프라는 이름은 '라스콜(раскол)'−분열, 균열이라는 러시아어에서 왔다. 단순히 '왔다'라고 표현했지만, 이는 망치를 든 철학자가 오기 전, 이미 스스로의 이름으로 기존 가치에 균열을 내려고 했던 선구자의 고통을 함의한다.

그는 둘로 갈라진 존재다. 한쪽에는 타고난 연민이 있다. 자기도 가난하면서 마르멜라도프 집에 돈을 털어놓고 나오고, 술 취해 걷는 소녀를 도와주라고 경찰에게 돈을 건넨다. 그러나 곧 돌아서 "저 애도 몇 퍼센트 확률로 저 길을 가겠지."라고 냉혹하게 말한다.

다른 한쪽에는 서구에서 들여온 계산법이 있다. 사람을 몇 퍼센트, 즉 산술적인 가치로 판단하는 사고. 사람을 몇몇 부류와 등급으로 재단하는 도식. 선을 넘을 권리가 있는 인간과 그럴 수 없는 인간으로 가르는 사유. 러시아적 연민과 서구적 공리주의가 그의 안에서 싸운다.

그러나 암말의 꿈에는 아직 그 분열이 없다. 거기에는 연민만 있다. 이 장면을 읽을 때마다, 나는 토리노를 떠올린다.

1889년 1월, 이탈리아 토리노의 카를로 알베르토 광장 근처. 니체는 마부에게 채찍질을 당하는 말을 보고 달려가 그 말을 껴안는다. 그때 니체의 나이 마흔넷. 인생의 의미를 모른다고 할 수 없는 나이다. 그는 그날 이후 정신적으로 붕괴한다.

니체는 연민을 경계했다. 그는 그것을 '노예의 원한 감정'과 결부시키며 저어해야 할 부정적인 것으로 보았다. 약자의 감정이며 인간을 약함의 틀 속에 가두어 두게 하는 감정이라고 했다. 죄책감 또한 그가 의심한 감정이었다. 기독교적 죄책감은 인간을 묶어 두는 사슬이라고 여겼다. 그는 인간에게 채찍을 들었다.

"낙타여, 짐을 내려놓고 사자가 되라. 초인이 되라."

그러나 토리노의 말 앞에서 그는 연민을 멈추지 못했다. 여기서 나는 다시 묻지 않을 수 없다. 니체가 『죄와 벌』을 정말 읽지 않았을까.

그는 도스토옙스키를 "내가 무언가를 배울 수 있었던 유일한 심리학자"라고 말했다. 『지하생활자의 수기』, 『백치』, 『악령』을 읽었다고 기록했다. 그렇다면 초인의 문제를 가장 정교하게 다룬 『죄와 벌』을 건너뛰었다는 것이 과연 말이 되는가.

암말의 꿈과 토리노의 말은 너무도 닮아 있다. 한쪽에는 어린 로쟈가, 다른 한쪽에는 늙은 철학자가. 두 사람 모두 채찍질당하는 말을 껴안는다.

물론 이것은 심증일 뿐이다. 그러나 문학과 철학은 종종 직접적인 인용 없이도 서로의 그림자 속에서 움직인다.

니체는 초인을 말했고, 도스토옙스키는 초인을 시험했다. 니체는 낙타를 넘어 사자가 되라 했고, 도스토옙스키는 사자가 무너지는 순간을 보여 주었다. 니체는 신을 죽이고 인간을 극복의 대상으로 보았지만, 도스토옙스키는 인간을 끝까지 연민의 눈으로 바라보았다.

토리노의 그 순간, 니체는 무엇을 보았을까. 낙타처럼 보이던 인간들이, 그 삶을 살아 내는 데에도 이미 초인적인 힘이 필요하다는 사실을 보지 않았을까. 매일 짐을 지고 일어나고, 고작 감자 두 알로 하루를 버티고, 마차를 끌고 나갔다 돌아오는 그 반복이 얼마나 고된지.

벨라 타르의 영화《토리노의 말》은 토리노 광장에서 매를 맞던 늙은 말과 매질을 하던 늙은 마부의 하루를 반복해서 보여 준다. 감자를 삶아 먹고, 물을 길어 오고, 말에게 먹이를 주고, 다시 어둠을 맞는다. 사건은 없다.

그러나 하루를 버티는 것 자체가 사건이다. 하루를 살아 내는 것 자체가 드라마다.

우리의 삶도 그렇다.

우리는 거창한 초인이 아니다. 우리는 매일 아침 일어나 자기 몫의 짐을 지고 하루를 살아 낸다. 출근하고, 아이를 키우고, 부모를 돌보고, 계약서를 읽고, 마감에 쫓기고, 때로는 그저 버틴다.

그러나 그 "그저 버틴다."는 말 속에 얼마나 무거운 삶의 무게가 들어 있는가. 어쩌면 초인은 거창한 선언 속에 있지 않을지도 모른다. 초인은, 매일 아침 일어나 자기 몫의 짐을 지고 하루를 끝까지 살아 내는 사람일지도 모른다. 나는 이제 초인을 이렇게 정의하고 싶다.

낙타처럼 묵묵히 하루를 지고 가는 사람. 넘어지지 않으려고 애쓰는 사람. 밤이 되면 자기 자신에게 "오늘도 수고했다."고 말할 수 있는 사람.

니체가 말한 초인은 아직 오지 않았을지 모른다. 그러나 도스토옙스키가 보여 준 인간은 이미 우리 곁에 있다. 채찍이 아니라 연민으로, 판결이 아니라 이해로, 우리는 서로를 바라볼 수 있다.

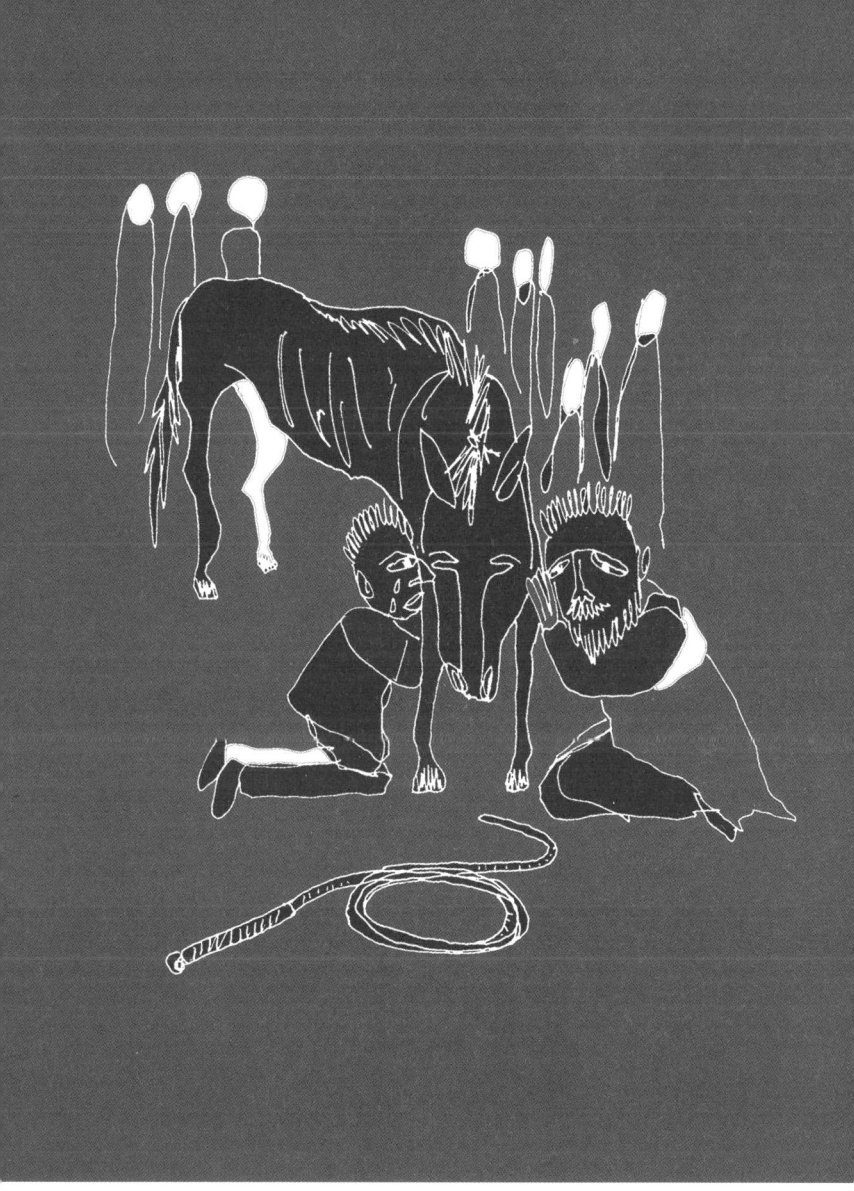

어린 라스콜리니코프와 마흔넷의 니체

낙타처럼 묵묵히

하루를 지고 가는 사람.

넘어지지 않으려고 애쓰는 사람.

밤이 되면 자기 자신에게

"오늘도 수고했다."고

말할 수 있는 사람.

그리고 오늘 하루를 묵묵히 살아 낸 당신. 누구도 보지 않는 자리에서 감자를 삶듯, 조용히 자신의 몫을 해낸 당신.

감자는 19세기 유럽 노동 계급에게 품위를 지키며 살기 위한 식사가 아니라, 오로지 내일 또다시 짐을 지기 위한 생명 연장 도구였다. 고흐의 「감자 먹는 사람들」에도 그런 현실이 고스란히 드러난다. 그들의 서늘한 식사 장면은 따뜻한 공동체의 상징이 아니라, 소진을 간신히 연장하는 과정처럼 보인다. 그 생존의 상징은 21세기를 살아가는 우리에게 다른 의미로 다가온다. 묵묵히 오늘 하루를 버틴 당신이라는 존재가 가장 단단한 희망이기 때문이다.

당신은 이미 충분히 대단하다. 당신은 이미 충분히 강하다. 스스로에게 말해도 좋다.

"오늘도 잘 살았다."

"장하다."

그 말을 건넬 수 있는 우리가, 이미 초인이다.

『죄와 벌』은 왜 초록이 되었는가

소녀의 숄과 번역가의 고집

내가 번역한 『죄와 벌』의 표지는 초록색이다. 디자인 팀의 감각적인 제안이 아니었다. 번역가의 고집이었다. 원고를 마친 후 생각했다.『죄와 벌』은 초록이어야 한다고.

처음부터 그런 확신이 있었던 건 아니다. 번역을 시작했을 때만 해도 나는 표지 색을 고민할 만큼 한가하지 않았다. 문장 하나를 두고 한 시간씩 씨름하고, 허리와 손목을 부여잡고 새벽을 넘기던 시절이었다. 그런데 이상하게도, 중요한 장면마다 어떤 색 하나가 자꾸 눈앞에 어른거렸다.

초록.

그 초록은 숲의 초록도 아니고, 감각적인 민트도 아니고, 런던 해처즈 같은 고급 서점에서 볼 수 있는 모던한 올리브색도 아니다. 그것은 다 낡고 해진 소냐의 모직 숄 색깔이다.

소냐는 가족을 위해 처음으로 몸을 팔고 돌아온 날 밤, 그 숄을 머리에 뒤집어쓰고 침대에 누워 흐느꼈다. 작은 어깨가 들썩이고, 가냘픈 몸이 떨렸다. 그 숄은 수치의 가림막이었고, 동시에 체온을 지켜 주는 마지막 온기였다. 마르멜라도프가 마차에 치여 죽어 가던 순간, 어린 폴렌카가 언니 소냐를 데리러 갔을 때도 그 숄은 그녀의 어깨에 둘려 있었다. 남편이 죽고 집주인에게 쫓겨날 때도, 카테리나 이바노브나가 반미치광이가 되어 정의를 찾겠다며 거리로 뛰쳐나갈 때도 그 숄은 머리에 덮여 있었다. 울고, 분노하고, 부서질 때마다 초록은 그녀들 곁에 있었다. 라스콜리니코프가 범행 후 소냐를 찾아가 떨리는 목소리로 고백할 때도, 유형을 받은 그가 시베리아 감옥에서 처음으로 희망을 떠올릴 때도, 소냐는 늘 그 숄을 두르고 있었다.

번역을 하다 보면 어떤 소품이 점점 주인공처럼 보이기 시작한다. 이 초록색 숄이 그랬다. 문장을 옮기면서 생각했다. 이건 그냥 천이 아니다. 이건 온기이고, 보호이고, 존엄이고, 십자가다. 가난과 수치 속에서도 인간이 인간으로 남게 하는 최소한의 색이다. 라스콜리니코프의 메마른 영혼을 감싸안는 성스러운 후광이다.

만약 『죄와 벌』을 몇 줄로 요약한다면 영락없이 범죄 이야기처럼 보일 것이다. 피와 죄, 고백과 수사….

누군가는 표지를 검정으로 하자고 했고, 누군가는 붉은색을 떠올렸다. 나도 잠깐 흔들렸다. 피의 색을 차용하여 책의 상징으로 쓰는 것이 맞을 것 같았기 때문이다.

그런데 번역을 마치고 나니 모든 것이 선명해졌다. 이 책은 피로 끝나지 않는다. 라스콜리니코프는 살인자로 시작하지만 끝은 부활이다. 시베리아에서, 소냐 곁에서, 그는 다시 태어난다. 초록은 겨울에 죽은 것처럼 보이던 땅이 봄이 되면 다시 살아나는 색이다. 씨앗이 흙을 밀어 올리는 색이고, 얼어붙은 강이 녹는 색이다. 멈춤이 아니라 회복, 끝이 아니라 재시작의 색이다.

"이건 초록이다."

원고를 보내며 나는 그렇게 말했다. 디자이너가 잠시 멈칫했다. "죄와 벌인데요?" 나는 고개를 끄덕였다. "그래서 초록입니다."

그 초록은 생명력을 뿜내는 숲의 빛깔도, 매끄럽게 가공된 도시의 민트나 올리브색도 아니었다. 그것은 마르멜라도프가 마차 바퀴 아래서 스러져 갈 때 어린 폴렌카가 소냐를 데리러 가던 절박함이었고, 광기에 휩싸인 카테리나가 거리로 뛰쳐나갈 때 머리에 뒤집어쓴 비참한 수치였다.

죄를 고백하던 라스콜리니코프의 떨림 곁에 그리고 시베리아의 차가운 눈바람 속에서 그가 생애 처음으로 희망을 움켜쥐던 찰나에도 소냐는 늘 그 숄을 두르고 있었다. 고통의 심연을 통과해 본 사람만이 두를 수 있는 색, 슬픔을 견디고 구원으로 나아가는 유일한 길. 내게 『죄와 벌』은 그 지독하고도 성스러운 초록이어야만 했다. 내가 초록을 놓을 수 없었던 이유다.

4대 장편을 모두 맡아 달라는 제안을 받았을 때, 내가 내건 조건은 두 가지였다. 하나는 마감일을 요구하지 말라는 것이었다. 나는 계약서에 마감일이 적혀 있는 걸 못 견딘다. 마감일이 있으면, 머리카락 끝에 실이 하나 매달린 느낌이다. 잠잘 때도 그 실이 나를 잡아당긴다. 그래서 마감일 없는 계약만 한다. 그 대신 나조차 신기하다는 생각이 들 만큼 언제나 예상보다 빨리 원고를 넘긴

고통의 심연을

통과해 본 사람만이

두를 수 있는 색,

슬픔을 견디고

구원으로 나아가는 유일한 길.

다. 이것 역시 성격 탓이다. 이제 나와 일해 본 출판사들은 말없이 마감일 없는 계약서를 가져온다.

또 하나는 럭셔리 한정판으로 내 달라는 것이었다. 미국에서 박사 과정을 밟던 시절, IMF로 환율이 치솟고 두 아이를 누구 도움 하나 받지 않고 키우며 빠듯하게 살았지만, 도스토옙스키 한정판이 나오면 꼭 샀다. 두꺼운 가죽으로 단단히 감싼 표지, 금박을 입혀 은은하게 빛나는 표지. 그리고 책등에는 손으로 눌러 만든 듯 볼록한 장식이 살아 있는 그 책들. 단순한 책이 아니라 장서처럼 느껴지는 그런 책들.

도 선생님의 작품을 한국어로 번역했을 때, 이런 옷을 입으면 좋겠다고 생각했다. 그래서 나는 말했다.

"저는 도 선생님 책을 고급스러운 양가죽으로, 진짜 24K 골드 금박으로 장식해 예쁘게 입히고 싶습니다."

사장님은 흔쾌히 승낙했다. 원하는 걸 다 해 보자고. 그렇게 『죄와 벌』은 금빛 금장을 두르고 초록빛 옷을 입고 세상에 나왔다.

가끔 책을 들고 빛에 비춰 본다. 초록과 금빛이 함께 반짝인다. 누군가는 그걸 단순한 디자인이라고 생각할지 모른다.

그러나 나는 안다.

이 색은 소녀의 눈물이고, 카테리나의 절규이고, 라스콜리니코프의 부활이다. 그리고 무엇보다, 도스토옙스키의 연민이다. 나는 여전히 말한다. 『죄와 벌』은 초록이어야 한다고. 그 초록은 우리가 다시 살아날 수 있는 색이니까.

그리고 진짜 속내를 말해 보자면, 도 선생님 책이니까. 예쁘게 입혀 드리고 싶었으니까.

황색 감찰과 주홍글씨 A

소냐라는 평면의 깊이

『죄와 벌』에서 가장 감정 이입을 하기 어려운 인물을 꼽으라면, 나는 망설임 없이 소냐를 말하겠다.

이상하게도, 나는 소냐를 읽을 때마다 한 발짝 떨어져 서 있게 된다. 누군가에게 감정 이입을 하려면, 어딘가 닮은 구석이 있어야 한다. 우리는 모순을 이해하고, 약함을 이해하고, 비겁함을 이해한다. 그런데 소냐는 착해도 너무 착하다. 인간이라기보다 상징에 가깝다.

물론 내가 딱히 못돼 먹어서 그런 건 아니다. 나도 의식적으로는 착하게 살려고 애쓴다. 적어도 남에게 해 끼치지 말자는 게 내 삶의 원칙 중 하나다. 우리는 생각보다 자주 타인을 다치게 한다. 눈빛으로, 말로, 무심한 침묵으로. 그러니 최소한 의식적으로라도 조심하자는 것이 내 철학이다.

그런데도 소냐는 너무 멀다.

그녀가 한 행동 중 '나쁜 짓'이라고 할 만한 것은 카테리나가 "예쁘다."고 말하며 소냐에게 달아 준 칼라를 내놓지 않은 일 정도다. 그것마저도 사소하다. 그 외의 그녀는 거의 결점이 없다. 그래서 일부 비평가들은 소냐를 평면적 인물이라고 비판한다. 현실의 인간처럼 모순과 그림자를 지니지 않았다는 것이다.

그러나 나는 오히려 그 평면성이 의도된 것이 아닐까 생각하곤 한다. 도스토옙스키는 소냐를 인간이 아니라, 성상(聖像)처럼 그린다. 정교회의 이콘화처럼 공간이 역원근법으로 열리는데 거기엔 그림자조차 없다. 깊이를 감추는 대신 빛을 강조하는 방식. 현실의 입체를 지우고 상징을 전면에 세운다.

소냐가 순결을 팔러 나간 시간이 제6시에서 제9시 사이, 예수가 십자가에서 고통을 겪던 어둠의 시간과 겹친다는 점, 그녀가 받은 은화 30루블이 유다가 예수의 몸값으로 받은 30데나리온을 연상시키는 점, 그녀가 지니고 다녀야 했던 황색 감찰이 골고다 언덕으로 향하던 십자가를 닮았다는 점.

이 모든 설정은 우연이 아니다. 소냐는 창녀가 아니라, 희생의 형상이다. 그녀의 황색 감찰은 창녀의 표식이면서 동시에 구원의 표식이다.

나는 소냐를 읽으며 너새니얼 호손의 『주홍글씨』를 떠올렸다. 헤스터 프린의 옷에 수놓은 A라는 글자. 그것은 'Adultery', 즉 간음을 뜻하는 낙인이었다. 수치와 모멸의 상징이었다. 그러나 시간이 흐르며 A의 의미는 천사를 뜻하는 'Angel'의 A로 변한다. 그녀의 선행과 인내와 따뜻함이 글자의 의미를 바꾼다.

소냐의 황색 감찰도 그렇다. 처음에는 창녀의 표식이다. 그러나 소냐는 그 표식을 십자가처럼 짊어진다. 가족을 먹여 살리고, 살인자를 회개로 이끈다. 황색 감찰은 더 이상 수치가 아니라, 고통을 통해 타인을 구원하는 징표가 된다. 여기서 나는 오래 멈춘다.

우리는 종종 과거의 잘못을 현재의 정체성으로 굳혀버린다. 한 번의 실수, 한 번의 잘못, 한 번의 선택이 영원한 낙인이 된다. 그러나 소냐는 다르게 말한다. 과거는 바꿀 수 없지만, 현재의 태도는 바꿀 수 있다고.

과거가

어둠에 갇혔다고 해서

삶이 멈추는 것은 아니다.

그 이후의 이야기는

아직 쓰이지 않았다.

『맥베스』에서 레이디 맥베스는 "What is done is done."이라고 말한다. 이미 끝난 일이니 어쩔 수 없다는 의미이다. 하지만 과거가 어둠에 갇혔다고 해서 삶이 멈추는 것은 아니다. 그 이후의 이야기는 아직 쓰이지 않았다.

소냐는 과거를 부정하시 않는나. 도망치지도 않는다. 황색 감찰을 감추지 않는다. 그것을 짊어진 채 오늘을 산다. 그리고 그 오늘이, 조금씩 의미를 바꾼다.

우리는 누구나 이불 속에서 과거를 떠올리며 몸서리칠 때가 있다.

"왜 그랬을까.", "왜 그런 말을 했을까."

무의미한 의문이다. 과거는 돌이킬 수 없다. 그러나 거기에 묶여 오늘을 놓치는 것은 또 다른 실수다.

소냐는 말없이 보여 준다. 낙인은 사라지지 않아도, 의미는 바뀔 수 있다고. 수치는 지워지지 않아도, 존엄은 회복될 수 있다고.

나는 여전히 소냐에게 완전히 감정 이입을 하지 못한다. 그녀는 너무 빛난다. 그러나 그 빛이 현실적이지 않다고 해서 무의미한 것은 아니다. 오히려 그 빛은 우리를 향해 방향을 제시한다.

도스토옙스키는 소냐를 현실의 인간처럼 복잡하게 그리지 않았다. 그 대신 하나의 축으로 세웠다. 그 축을 기준으로 라스콜리니코프가 흔들리고, 무너지고, 다시 선다.

소냐는 실체라기보다는 방향이다. 그리고 우리는 완벽한 소냐가 될 수 없다. 그럴 필요도 없다. 그러나 과거의 황색 감찰이나 A라는 문자가 우리를 영원히 규정하도록 내버려둘 필요도 없다. 과거는 고정되어 있다. 그것은 이미 쓰였고, 지워지지 않는다. 그러나 현재는 아직 미완이다. 아직 유동적이다.

우리는 종종 과거의 한 문장에 붙잡혀 자신을 정의해 버린다. 한 번의 실패, 한 번의 비겁함, 한 번의 잘못. 그 한 줄로 자신을 요약해 버린다. 그러나 소냐도, 헤스터 프린도 그렇게 살지 않았다. 그들은 낙인을 지운 것이 아니라, 그 위에 다른 의미를 덧썼다. 수치는 사라지지 않았다. 그러나 수치가 전부가 되지는 않는다.

우리는 모두 어떤 식으로든 표식을 달고 산다. 눈에 보이든 보이지 않든. 중요한 것은 그 표식을 어떻게 숨기느냐가 아니라, 그 표식을 지닌 채 오늘을 어떻게 사느냐하는 것이다.

과거 또한 바꿀 수 없다. 그 사실은 냉정하다. 그러나 오늘을 어떻게 쓰느냐에 따라, 과거의 의미는 달라진다. 소녀의 황색 감찰이 창녀의 표식에서 십자가로 변했듯이. 헤스터 프린의 가슴에 달린 A가 간음녀에서 천사로 변했듯이.

그러니 이불 킥을 하며 자신을 실책하는 대신, 오늘 하루를 단단히 붙들자. 조금 덜 비겁하게, 조금 덜 나약하게. 그 대신 조금 더 정직하게, 조금 더 인간답게.

그것으로 충분하다. 과거는 이미 끝났다.

"What is done is done."

그러나 우리는 아직 끝나지 않았다. 그 정도면 충분하지 않을까.

정말 남는 장사

고구마 번역가와 5.4킬로그램의 성서

4대 장편을 다 번역하기 전까지는 몰랐다.『죄와 벌』,『백치』,『악령』,『카라마조프가의 형제들』이 각각 하나의 세계일 뿐 아니라, 완벽한 기승전결을 이루는 거대한 서사라는 사실을.

　도스토옙스키는 1849년 혁명적 사상을 펼치던 페트라솁스키 모임에 가담했다가 투옥된다. 그는 시베리아 옴스크 노동 감옥 기간 4년을 '무덤'이라 부르며 사회적 죽음을 경험한다. 요한복음 11장에는 죽었던 나사로가 예수의 부름으로 되살아나는 장면이 나온다. 부활한 나사로처럼 새 삶을 꿈꾸던 도 선생님.

주인공 입장에서 보면 『죄와 벌』은 그의 4대 장편 가운데 유일한 해피 엔딩이다. 라스콜리니코프는 시베리아에서 소녀와 함께 다시 태어난다. 희망은 있다.

그러나 그다음은 달랐다. 슬라브주의자였던 도 선생님이 러시아 대지를 떠나 유럽을 떠돌게 된다. 러시아 땅은 단순한 지리적 공간이 아니라 정신의 토양이었다. 그 대지를 떠난다는 것은 뿌리를 뽑히는 일과 다르지 않았다. 슬라브의 흙냄새를 떠난 영혼은 일종의 망명 상태에 놓인다. 그 정신적 유배 속에서 탄생한 작품이 『백치』다.

그는 "완벽하게 아름다운 사람"을 그려 보려 했다. 예수를 닮은 인물, 미시킨 공작. 도스토옙스키는 이 타락한 세계의 대척점에 서 있는 완벽하게 아름다운 인간을 문학적으로 형상화하고자 했다. 그 정신이 낳은 결실이 바로, 고귀한 영혼을 지닌 미시킨 공작이다. 그 인물은 지상의 삶을 감당하기엔 너무도 순수하여 오히려 세상과 충돌한다. 그가 지닌 아름다움과 선함이 세상 한가운데에 던져졌을 때, 세상은 그를 구원하지 못한다. 아니, 오히려 그를 부순다. 예수를 닮은 아름다운 사람조차 지켜 내지 못하는 세계라면, 이 아름다운 사람조차 구원할 수 없는 세계라면, 그 세계는 얼마나 타락했는가.

그다음이 『악령』이다. 예수가 파괴된 이후의 세계. 이념이 인간을 삼키고, 말이 사람을 죽이는 세계. 그리고 마지막에 『카라마조프가의 형제들』이 온다. "밀알 하나가 땅에 떨어져서 죽지 않으면 한 알 그대로 있고, 죽으면 열매를 많이 맺는다."는 요한복음의 구절처럼, 죽음을 통과한 생명에 대한 찬가.

도스토옙스키의 4대 장편은 개별적인 서사를 넘어, '부활'에서 '실패'로, '파괴'를 통과해 다시 '생명'으로 회귀하는 거대한 영혼의 파노라마를 완성한다. 『죄와 벌』에서 시작해 『카라마조프가의 형제들』로 이어지는 여정은 우연한 나열이 아니다. 인간 구원을 향한 집요하고도 숭고한 열망이 빚어낸 한 편의 거대한 대서사시다. 그래서 나는 생각했다. 이 네 권은 떼어 놓고 바라보면 안 된다고.

그렇게 해서 4대 장편 합본판이 세상에 나왔다. 무게 5.4킬로그램. 전 세계에서 유례를 찾기 힘든 두께.

앞면에는 도 선생님의 부조를 새겨 그의 위대한 문학성을 부각시켰고, 앞뒤 표지와 책등에는 화려하지만 정갈한 금박을 둘렀다. 손에 들면 거의 신약성경에 있는 사복음서(四福音書)를 한꺼번에 들고 있는 느낌이 든다.

『죄와 벌』은 죄와 구원이라는 점에서 마가복음을 닮았다. 『백치』는 인자함과 긍휼을 추구한다는 점에서 누가복음의 연장선에 있다고 해도 될 것 같다. 『악령』은 영적이자 형이상학적인 면에서 요한복음과 같은 선상에 놓여 있다. 『카라마조프가의 형제들』은 근원적 죄와 공의를 다룬다는 점에서 마태복음과 이어도 무리가 없을 듯하다. 이 자연스러운 연결을 어떻게 따로 떼어 놓고 읽을 수 있겠는가.

내 생각에 동의한 출판사는 텀블벅에 올렸다. 목표는 250부, 5천만 원. 이미 충분히 감사한 숫자였다. 그런데 또 다른 플랫폼에서 다시 제안이 왔다.

"한 번 더 해 보시죠."

목표는 1억 원, 500부.

목표는 500부, 1억 원이었는데 개시 30분 만에 완판이 됐다. 마감까지는 아직 30일이 남았는데…. 결국 2억 7천 5백만 원을 넘겼다. 이 불경기에, 이 비싼 책이.

나는 신이 나서 막내아들에게 말했다.

"이거 정말 엄청나지 않아? 2억 7천이 넘게 팔렸어!"

아들이 물었다.

"그중에 엄마 돈은 얼마야?"

조금 더 단단한 마음,

조금 덜 쉽게 판단하는 눈,

인간을 끝까지 포기하지 않는 습관.

그리고

인간을 연민의 눈으로 바라보기.

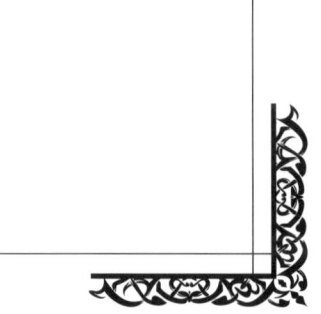

이 얼마나 MZ다운 질문인가.

"10퍼센트."

"그럼 2천7백만 원이네. 근데 엄마가 그거 하는 데 10년 걸렸지? 연간 270만 원. 월로 나누면 약 23만 원. 엄마가 매일 새벽 2시부터 6~7시까지 일해서 한 달에 23만 원 받는 거네?"

나는 계산기를 들고 있지 않았지만, 계산은 끝났다.

"엄마, 전 세계에서 그 작업을 한 사람이 드문 이유가 있어. 호구, 고구마. 다윈이 무덤에서 불알을 탁 치고 벌떡 일어나겠어. 적자생존 이론에 정면으로 반하는 사례가 살아 움직이니까."

나는 웃어야 할지, 울어야 할지 몰랐다. 정말 돈 계산을 먼저 했으면, 절대 시작하지 말았어야 할 작업이었나 보다. 그래, 숫자로만 보면 그렇다. 10년. 새벽 2시부터 6~7시까지. 월 23만 원. 경제학 교과서로 보면 확실히 실패한 투자다.

그런데 나는 안다.

10년 동안 도 선생님과 매일 새벽을 보냈다. 그의 문장 안에서 울고, 싸우고, 기도하고, 다시 일어났다. 나는 돈 대신 다른 걸 벌었다. 조금 더 단단한 마음, 조금 덜 쉽게 판단하는 눈, 인간을 끝까지 포기하지 않는 습관. 그리고 인간을 연민의 눈으로 바라보기.

5.4킬로그램짜리 합본판은 무겁다. 그걸 들면 손목이 아프다. 그러나 그 무게만큼 내 삶이 깊어졌다면, 나는 흑자다.

워런 버핏과 점심 한 끼를 먹기 위해 사람들은 어마어마한 돈을 낸다. 어떤 이는 유명인과 사진 한 장 찍으려고 수천만 원을 지불한다. 투자 대가와 한 시간 대화하기 위해 경매에 참여한다.

그런데 나는 10년 동안 도스토옙스키와 매일 새벽을 함께했다. 그것도 내가 돈을 낸 게 아니라, 월 23만 원을 받으면서.

이게 남는 장사가 아니면, 무엇이 남는 장사인가. 세속적인 잣대로 보면 월 23만 원짜리 작업이다. 그러나 실제로는 값을 매길 수 없는 동업이 아닌가. 수억을 줘도 바꿀 수 없는 영혼의 동업. 나는 그 동업으로 새벽을 바친 대신, 영혼을 넓혔다. 그는 내 시간을 요구했지만, 나는 기꺼이 내주었다. 그리고 그 대가로, 조금 더 큰 사람이 되었다.

그리고 나는 여전히, 기꺼이 고구마로 남을 생각이다.

우라!!!
스비드리가일로프가 죽었다

나는 깨달았다. 번역가에게는 두 가지 종류의 기쁨이 있다는 것을.

하나는 고상한 기쁨이다. 예상보다 문장이 술술 풀릴 때. 머리를 싸매고 몇 시간이나 붙들고 있던 문장이, 어느 순간 기적처럼 정확한 한국어로 내려앉는 순간, "아, 이거다." 원문과 번역문이 마치 서로 오래 기다려 온 연인처럼 착 달라붙을 때. 이건 형이상학적 기쁨이다. 거의 신학적이다. 번역가의 자존심이 살아나는 순간이다.

그런데 또 하나가 있다. 형이하학적 기쁨. 페이지를 넘겼는데, 짧은 단답식 대화가 가득해서 여백이 넓게 펼쳐질 때. "그래.", "아니.", "그렇소." 등등 문장은 극히 짧고 여백은 한없이 넓을 때. 또는 한 장이 끝나며 갑자기 지면이 넉넉해질 때. 원문은 몇 줄 안 되는데, 책은 한 페이지를 차지해 줄 때. 솔직히 기쁘다. 일이 줄어서가 아니라 '아, 오늘은 좀 살겠구나.' 하는 안도 때문에.

다른 번역가들은 하루 몇 쪽을 정해 두고 작업한다고 들었다. 나는 시간파다. 하루 3~4시간 앉아 있으면, 보통 3~4쪽은 나간다. 물론 『악령』처럼 인물들이 거대 사상을 토해 내는 때는 1~2쪽에 3~4시간이 훌쩍 사라지기도 한다. 사고와 결정의 시간까지 합하면 더 걸린다.

그리하여… 『죄와 벌』에는 스비드리가일로프가 있다. 라스콜리니코프의 누이 두냐에게 집착했던 남자. 두냐를 유혹하기 위해 비열한 수단을 동원하고 협박하는 남자.

그는…

말을, 참, 많이, 한다.

정말 많이 한다.

문장이 짧지도 않다.

생각은 더 길다. 논리도 단순하지 않다. 게다가 음울하다.

그는 두냐를 설득한다. 철학을 늘어놓는다. 자신의 타락을 고백한다. 허무를 설명한다. 말이 길어질수록 번역가의 허리는 점점 더 짧아진다. 두냐에게서 구원의 가능성을 보고, 그녀와 함께 떠나자고 설득하고, 자기 안의 타락과 허무를 늘어놓고, 또 늘어놓고, 또 늘어놓는다. 도덕적 참회가 없다는 점에서 이는 고백이나 설득이 아니라 계산된 자기 폭로에 가깝다.

새벽 3시, 나는 그의 말을 옮기고 있었다. 그가 두냐를 소유하려고 협박하자 두냐는 옷 속에 감춰 준비해 온 총을 꺼내 저항한다. 결국 두냐의 총구 앞에서 더 이상 구원의 가능성은 남아 있지 않다는 운명을 깨닫고, 다음 날 새벽 우연히 마주친 사람에게 "아메리카로 간다."는 말을 남긴 뒤 스스로 목숨을 끊는다.

나는 원고를 덮고 외쳤다. 두 손을 번쩍 들어 올리고, "우라!" 그리고 또 외쳤다. "우라!! 우라!!!"

러시아 사람들이 보드카 잔을 부딪치며 외치는 그 우라(УРА). 그런데 나는 지금껏 술이라고는 한 방울도 마셔 본 적이 없는 사람이다. 건배는커녕, 술잔을 잡아 본 기억도 없다. 그런 내가 새벽 3시에, 맨정신으로, 러시아 군인처럼 "우라!"를 외치고 있었다.

'우라'는 건배를 할 때도 쓰는 말이지만 원래는 군대의 구호 같은 것이다. 돌격 직전, 병사들이 공포를 집단적인 광기로 승화시키며 내뱉는 함성이다. 러시아 문학 속 인물들은 종종 극단적인 고양 상태에서 마치 술에 취한 듯한 행동을 보이는데, 나 또한 그랬던 것이다. 술 한 방울 없이.

당시 쉴을 바라보던 자그마한 번역가가 허리에는 복대를 두르고, 목에는 장시간 비행 시 사용하는 목베개를 끼고, 손목에는 보호대를 차고, 머리는 대충 위로 말아 올린 똥머리 상태로, 거실 한복판에서 혼자 "우라!"를 세 번이나 외쳤다.

그 모습은 아무리 생각해도 장엄하지 않다. 거의 재활센터에서 탈출한 환자에 가까웠다. 이웃이 들었다면, "러시아 월드컵이라도 열렸나?", "아니면 저 집에서 볼셰비키 혁명이 새로 일어났나?" 잠시 귀를 기울였을지 모른다.

그러나 혁명은커녕, 그저 소설 속 인물이 죽었을 뿐이다. 스비드리가일로프가.

그리고 나는 진심으로 기뻤다.

그 이유는 무엇이었는가.

우라!

이제 문장이 짧아지겠구나.

우라!!

이제 허리가 조금은 덜 아프겠구나.

우라!!!

이제 새벽 5시에는 끝낼 수 있겠구나.

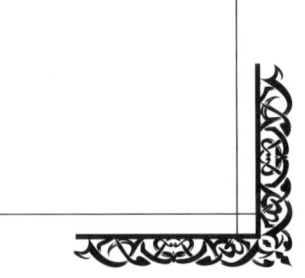

라스콜리니코프를 괴롭히던 악인이 사라졌다는 정의감?

정의가 실현되어서?

착하고 총명한 두냐가 자유로워졌다는 안도감?

두냐가 자유로워져서?

아니다. 이제 더 이상 이 사람이 긴 독백을 하지 않는다는, 그 형이하학적 해방감 때문이었다. 스비드리가일로프의 죽음 앞에서, 나는 인간 구원보다 페이지 분량을 먼저 생각했다.

"우라! 이제 문장이 짧아지겠구나."

"우라!! 이제 허리가 조금은 덜 아프겠구나."

"우라!!! 이제 새벽 5시에는 끝낼 수 있겠구나."

그런데 세 번째 "우라!"를 외치고 나서야 깨달았다. 그가 사라진 뒤 남은 건, 라스콜리니코프와 그의 죄뿐이라는 것을. 스비드리가일로프는 악인일지 모르나, 라스콜리니코프에게는 핑계였다. 자기 안의 어둠을 외부로 던져 놓을 수 있는 존재.

그가 죽자, 라스콜리니코프는 혼자 남는다. 도망칠 구실도, 비교할 악도 없다. 남은 건 자기 자신뿐이다.

그 순간, 내가 외친 "우라!"가 조금 부끄러워졌다. 스비드리가일로프는 주인공 라스콜리니코프의 어두운 복제이자, 도덕적 한계를 완전히 넘어서는 허무주의자의 극단을 보여 주는 인물이다. 그는 라스콜리니코프의 거울 속 쌍둥이였다. 그런데 나의 외침에 그 거울이 깨져 버린 듯했다.

번역가는 인물의 죽음에 기뻐하다가도, 곧 그 의미를 따라가야 한다. 여백에 안도하면서도, 그 여백이 무엇을 비워 내는지 이해해야 한다. 스비드리가일로프의 죽음은 문장의 해방이었고, 동시에 이야기의 무게가 한 사람에게 쏠리는 순간이었다. 그래서 나는 마지막으로 조용히 중얼거렸다.

"우라…."

이번에는 조금 다르게 들렸다. 그건 번역이 쉬워졌다는 환호가 아니라, 한 인간이 자기변명을 잃은 순간에 대한 경외였다. 번역가에게 번역이란 어떤 감정을 일으키는가. 우리는 번역해야 할 페이지가 점점 줄어드는 것에 기뻐하고, 여백에 안도하고. 그러다 문장의 진짜 무게에 다시 고개를 숙인다.

그래도…

솔직히 말하면,

그날 새벽의 첫 번째 우라는

여전히 유효하다.

죄는 선을 넘는 일이다

프리스투플레니예, 그리고 우리가 넘는 선

『죄와 벌』을 번역하는 동안, 나는 거의 매일 같은 질문 앞에 섰다. 죄란 무엇인가. 그리고 벌이란 무엇인가.

러시아어 원제는 '프리스투플레니예 이 나카자니예(Преступление и наказание)'이다. 이 가운데 '프리스투플레니예(преступление)'는 단순히 '범죄'라고 할 수 없다. 러시아어에는 종교, 철학, 양심상의 죄를 뜻하는 'грех(그레흐)'라는 단어가 있지만, 도스토옙스키는 범죄를 뜻하는 프리스투플레니예를 선택했다.

프리스투플레니예라는 단어의 어원을 들여다보면 흥미롭다. 이 단어는 '스투핏(ступить)'―'발을 딛다'—이라는 동사에서 왔다. 여기에 '페레(πepe)/프레(πpe)'—'무엇의 경계를 넘다'—라는 접두어가 붙는다. 말 그대로 "선을 넘어 발을 디딘다."는 뜻이다. '죄'는 단지 법을 어기는 것이 아니다. 도덕적 경계뿐 아니라 종교적 경계까지 넘는 행위다.

라스콜리니코프의 죄는 단순히 노파를 죽였다는 사실에 있지 않다. 그의 죄는 그 이전에 이미 시작되었다.

그는 서구 사상과 위험한 놀음을 시작했다. 영웅주의, 공리주의, 인간을 몇 퍼센트로 나누는 계산법. 그는 인간을 두 부류로 나누고, 스스로는 예외에 놓는 사유를 즐겼다. 그 놀음이 이미 그가 저지른 죄의 시작이었다. 살인은 그 사유를 검증하기 위한 실험이었고, 그 자체로 이미 형벌이었다. 그는 자신이 선을 넘을 수 있는 인간인지 시험해 보고 싶었다. 그러나 그 선을 넘기 훨씬 전부터, 균열 속에 있었다. 그에게 내려진 벌은 도끼를 들기 전부터 시작되었다.

밤잠을 이루지 못하고, 스스로를 설득하며, 끊임없이 논리를 쌓아 올리는 그 시간들. 그 오만한 사유의 고립이 이미 형벌이었다. 그는 이미 인간을 떠나 초인이 되려는 시도 속에서 자기 자신을 잃고 있었다. 그래서 살인 이후

131

의 열병과 공포는 갑작스러운 벌이 아니다. 그것은 이미 시작된 벌의 연장이다.

여기서 나는 다시 묻게 된다.

벌은 무엇인가. 감옥인가.

아니면 스스로를 초인이라 믿는 착각에서 깨어나는 순간인가.

법은 시대에 따라 바뀐다. 어떤 행위는 합법이 되기도 하고, 어떤 것은 범죄가 되기도 한다. 과거의 판례는 뒤집혀 새로운 판례로 대체되고, 형량은 달라진다.

그러나 인간이 인간을 수단으로 삼는 순간, 그 경계는 법보다 깊은 곳에서 이미 무너진다. 라스콜리니코프는 살인을 통해 초인이 되려 했지만, 그는 그 이전부터 벌을 받고 있었다.

그는 스스로를 고립시켰고, 인간을 분류했고, 타인의 생명을 계산 가능한 숫자로 환산했다. 그 사유가 이미 인간으로서의 삶, 본래 갖고 태어난 선량한 러시아성에서 한 발짝 벗어난 행위였다. 타인과의 연대감, 고통에 대한 공감 능력, 이성보다 관계와 정을 중시하는 태도, 특히 러시아 정교회 세계관에 기반한 종교적, 도덕적 감수성의 범위에서 이탈한다. 그래서 『죄와 벌』은 범죄 이후의 처벌을 다루는 소설이 아니라, 사유의 오만이 어떻게 인간을 무너뜨리는지를 보여 주는 소설이다.

나는 이 작품을 번역하며 자주 멈추었다. 살인이 일어나기 훨씬 전부터 시작된 그 벌을, 나는 얼마나 이해하고 있는가.

우리는 매일 작은 선을 넘는다. 법을 어기지는 않더라도 사람을 도구로 생각하고, 자신을 예외로 넘기고, "나는 다르다."고 속삭인다. 그 작은 넘김이 쌓여, 어느 순간 되돌릴 수 없는 균열이 된다.

라스콜리니코프의 비극은 살인을 저질렀기 때문만이 아니다. 그는 이미 살인을 정당화할 수 있는 사고 속에 오래 머물러 있었다.

다시 말하자면, 그의 비극은 도끼라는 '도구'에 있지 않다. 그것은 생명이라는 영역을 오로지 지성의 잣대로만 측정하려 했던 '오만한 확신'에 있다. 죄는 선을 넘는 행위이고, 벌은 그 선을 넘기 시작한 순간부터 따라오는 그림자다. 형벌은 법이 내리는 판결이지만, 분열은 양심이 내리는 판결이다.

『죄와 벌』은 19세기 러시아를 배경으로 한다. 하지만 질문은 시대를 건너 지금도 살아 있다.

우리는 어디까지

어떤 선을 넘고 있는가.

그리고 그 넘김을

감당할 준비가 되어 있는가.

"우리는 어디까지 어떤 선을 넘고 있는가.

그리고 그 넘김을 감당할 준비가 되어 있는가."

나는 문장을 옮긴 것이 아니라, 질문을 옮기고 있었다. 죄는 선을 넘는 일이다. 그러나 벌은, 그 선을 넘겠다고 마음먹은 순간부터 이미 시작된다. 그리고 그 벌은, 법이 단죄의 시간을 끝낸 뒤에도 우리 안에 남아 다시 인간으로 돌아갈 길을 묻는다.

모든 장편 번역가는 무조건 존경할 테야

『죄와 벌』, 그리고 나의 허리

내가 한 최초의 장편 번역은 『죄와 벌』이었다. 제목부터 심상치 않다. 죄와 벌이라니. 번역을 잘못하면 죄를 짓는 기분이 들고, 어설프게 마치면 벌을 받을 것 같은 기분이 든다. 나는 이 책을 번역하면서 죄도 짓고 벌도 받았다. 특히 허리가 벌을 많이 받았다.

처음에는 문장의 어조와 결을 맞추는 것이 문제였다. 라스콜리니코프는 얼마나 날카로워야 하는가. 소냐는 얼마나 낮고 부드러워야 하는가. 스비드리가일로프는 어느 지점까지 모호해야 하는가. 인물들의 발화체를 구분하는 일은 머리로는 가능했지만, 손이 따라 주지 않았다. 한 문장을 세 번, 네 번 고쳐 쓰고도 여전히 마음에 들지 않았다. 그러다 어느 순간 깨달았다. 이건 미학의 문제가 아니라 체력의 문제라는 것을.

나는 뼈대가 약한 집안 출신 사람이다. 우리 엄마, 아빠, 남동생은 모두 허리 디스크 수술을 했다. 좋은 유전자를 혼자 '몰빵'으로 받았던 언니도 결국 허리를 열었다. 가족 모임에서 허리 이야기를 안 한 날이 드물다. 우리는 안부를 묻는 대신 디스크 병력을 묻는 집안이다.

나 역시 수술 직전까지 갔던 적이 있다. 한방 병원을 거의 출퇴근하듯 다녔다. 추나요법, 약침, 운동 치료… 등등. 그때 갖다 바친 돈을 합치면 웬만한 중고차 한 대는 샀을 것이다. 이 정도면 산업 재해다. 나는 늘 '허리 조심'이라는 문구를 헤스터 프린처럼 가슴에 붙이고 살았다. 그런데 장편 번역은 그런 문구를 비웃는다.

매일 새벽, 같은 의자에 앉아 몇 시간씩 움직이지 않는 생활. 허리는 처음엔 조용히 경고를 보냈고, 나는 복대를 둘렀다. 그다음에는 의자 위에서 이리 뒤틀고 저리 뒤틀었다. 책상다리를 해 보고, 한쪽 다리를 의자 위에 올려 보고, 심지어 무릎을 세운 채 기묘한 자세로 타이핑을 했다. 뼈대 약한 집안 출신 번역가는 아이러니하게도

요가 강사 수준의 자세를 취해야 한다. 단지 유연해지지 않을 뿐이다.

『죄와 벌』이 막바지에 다다랐을 때는 손가락이 문제였다. 타자 치는 손끝이 좌판에 닿기만 해도 욱신거렸다. 작가 한강이 타이핑을 너무 많이 하는 바람에 손가락이 아파 나중에는 볼펜으로 좌판을 쳤다는 이야기가 떠올랐다. 나도 즉시 볼펜을 꺼내 좌판을 톡톡 두드려 보았다. 안타깝게도 손가락은 여전히 아팠다. 노벨 문학상을 받은 작가와 이제 막 장편 번역을 시작한 번역가의 손가락은 달랐던 모양이다. 볼펜은 아무것도 해결해 주지 않았다. 사람들은 묻는다.

"책 한 권 번역한다고 그렇게 손이 아파요?"

번역본 기준으로 『죄와 벌』은 1,300페이지. 이를 한 번만 타이핑한다고 생각하면 오산이다. 한 번으로 끝나지 않는다. 썼다 지우고, 다시 썼다 또 지운다. 그렇게 같은 문장을 몇 번이고 되풀이한다. 어림잡아 세 번, 아니 네 번은 손을 거쳐야 한다. 1,300페이지에 네 번을 곱하면 5,200페이지다. 말이 쉽지 뼈대 약한 내게는 류머티즘 걸린 무릎으로 산에 오르는 거나 마찬가지다. 이쯤 되면 손가락이 욱신거리는 게 당연한 일인지도 모른다.

그런데 재미있는 건, 시장에는 언제나 해결책이 있다는 사실이다. 실리콘으로 된 손가락 관절 지지대가 있었다. 즉시 주문했다. 끼고 타이핑을 해 보니 확실히 통증을 줄여 준다는 느낌을 받았다. 그 대신 손끝의 예민함이 둔해지는 것 같았다. 번역은 섬세한 작업인데, 손이 갑옷을 입고 있으니 문장도 둔해지는 느낌이었다. 그래서 끼고 벗고를 반복했다. 마치 잘 맞지 않는 결혼반지를 낀 것 같다는 생각도 들었다.

결혼반지는 단순한 장신구가 아니다. 그것은 어떤 결심의 표식이다. 그래서 사람들은 반지를 손가락에 끼워 보고도 곧장 익숙해지지 못한다. 잠시 끼워 보고, 다시 빼 본다. 무게는 어떤지, 손에 어울리는지, 어색하지는 않은지, 그 작은 원이 앞으로의 삶과 어떻게 함께할지 가만히 가늠해 본다.

내가 손가락 지지대를 끼었다 벗었다 한 것도 그와 비슷했다. 끼면 분명 편했다. 통증은 줄어들었고 손가락도 버틸 만했다. 그러나 마치 랩을 한 겹 두른 것처럼 글자들이 잘 만져지지 않았다. 번역은 미묘한 결을 더듬는 일인데, 손끝이 로봇처럼 움직이니 문장도 어딘가 무거워지는 느낌이 들었다.

번역본 기준으로

『죄와 벌』은 1,300페이지.

이를 한 번만 타이핑한다고

생각하면 오산이다.

한 번으로 끝나지 않는다.

썼다 지우고, 다시 썼다 또 지운다.

그렇게 같은 문장을

몇 번이고 되풀이한다.

그래서 나는 지지대를 끼었다가 다시 벗었다. 잠시 쓰다가 또 빼 보았다. 그것이 나에게 맞는지, 끝까지 함께할 물건인지 스스로 시험해 보듯이. 마치 결혼을 앞둔 여자가 예식 반지를 들었다가 아직은 확신이 없어 다시 내려놓는 것처럼.

손가락뿐 아니라 손목도 아파 보호대를 샀다. 그다음엔 팔꿈치였다. 나는 에어컨을 별로 좋아하지 않는다. 아이 셋을 낳은 뒤로는 찬바람을 조금만 오래 쐬어도 배가 기분 나쁘게 아프고, 금방 몸살이 난다. 그래서 에어컨은 아주 못 견딜 때만 살짝 튼다.

그런데 몇 시간씩 팔꿈치를 책상에 대고 작업하다 보니, 팔꿈치부터 손목까지 닿는 부분마다 빨갛게 부어올랐다. 이 문제를 알고 지내던 편집자에게 하소연했더니, 그 부분을 받쳐 주는 폭신한 천 받침대가 있다고 했다. 또 즉시 주문했다.

그렇게 내 책상 위에는 점점 장비가 늘어났다. 손가락 지지대, 손목 보호대, 팔꿈치 쿠션, 복대…. 책상을 점령한 물건들을 보니 번역가라기보다 재활센터의 모범 환자 같았다. 그 와중에도 나는 가끔 다른 번역서를 보며 투덜거렸다.

"왜 이렇게 옮겼지?"

"이 부분은 오역 아닌가?"

그러다 2019년 『죄와 벌』 마지막 원고를 출판사에 보내던 날, 문득 이런 생각이 들었다.

'나는 이제 함부로 누군가를 나의 잣대로 재단할 수 없겠구나.'

장편 번역은 단순히 언어를 옮기는 일이 아니다. 몸을 문학의 신에게 내어 주는 일이다. 허리와 손가락과 수면과 체력을 조금씩 떼어 바치는 일이다. 그리고 끝까지 포기하지 않는 고집의 문제다.

그날 혼잣말처럼 선언했다.

"지금부터 세상의 모든 장편 번역가는 무조건 존경할 테야."

단순한 농담이 아니었다. 수천 매의 원고를 끝까지 옮겨 본 사람만이 아는 고독이 있다. 문장을 붙들고 씨름하다가 동이 트는 것을 맞이한 사람만이 아는 피로가 있다. 그 피로를 견디고 또 다음 장편을 시작하는 사람들의 마음을 경외의 눈으로 바라본다.

나는 이제 장편 번역가를 보면 먼저 허리를 떠올린다. 그리고 조용히 고개를 숙인다. 그들이 타이핑한 페이지 수만큼, 그들의 손가락은 욱신거렸을 것이고, 그들의 허리는 고통을 인내했을 것이다.

번역이란 무엇일까. 다른 언어를 우리가 쓰는 언어로 옮기는 일은 단순한 치환이 아니다. 머리로 시작하지만 결국엔 몸으로 써 내려가야 하는 작업이다.

나는 안다, 장편은 몸을 갈아 넣어야 끝나는 인고의 작업이라는 것을.

II

『백치』

너
무
맑
아
서
부
서
진
사
람

기사도 정신이 사라진 시대의 돈키호테

미시킨 공작을 번역하며

『백치』를 번역하며 나는 여러 번 웃었다. 정확히 말하면, 웃음을 참았다.

미시킨 공작은 존재 자체가 곤란한 인물이다. 성자처럼 순수한데 세상 물정은 모르고, 사람을 적당히 믿어야 하는데 너무 믿고, 사랑도 어느 정도 굴곡이 있어야 하는데 너무 곧다. 이쯤 되면 자연스레 이런 생각이 든다.

"이 사람, 괜찮은가?"

미시킨을 읽다 보면 나는 자꾸 세르반테스의 돈키호테가 떠오른다. 기사도 소설을 너무 많이 읽은 나머지 현실 판단이 흐려져 풍차를 거인으로 착각하고 달려가는 그 사람. 시대는 이미 기사도를 버렸는데, 혼자만 갑옷을 입고 있는 인물. 미시킨은 19세기 러시아라는 살벌한 현실에 떨어진, 갑옷 없는 돈키호테다.

도스토옙스키는 "완벽하게 아름다운 사람"을 그리고 싶었다. 그 실험의 결정체가 바로 미시킨이다. 미시킨은 판단하지 않는다. 누군가의 과거를 들추지 않는다. 상처를 흉보지 않는다. 계산하지 않는다. 문제는 세상이 그 실험을 받아들일 준비가 되어 있지 않았다는 데 있다.

21세기를 살고 있는 우리 기준으로 보면 위험인물이다. 그의 '선함'이 현대 사회와 충돌하기 때문이다. 이 시대는 완벽한 선함을 수용할 수 있는 능력, 즉 시스템을 갖추고 있지 않다. 이런 사람에게 요즘 세상이 던지는 말은 대개 이렇다.

"그렇게 살면 손해 봐요."

"사람을 너무 믿지 마세요."

"세상은 그렇게 만만하지 않아요."

그렇다. 세상은 만만하지 않다. 현대 사회의 관점에 내던져진 미시킨은 점점 왜소해진다. 도덕적으로는 이상적인 인물이지만, 사회적으로는 아무 방어 장치가 없기 때문이다.

여기서 중요한 인물이 등장한다. 예판친 장군의 딸 아글라야다. 아글라야는 아름답고 지적이며 자존심이 강하다. 사회 규범을 따르면서도 그것을 비웃는 이중적인 태도를 보인다. 순수함과 자존심, 낭만과 냉소가 동시에 있는 인물이다. 이런 인물이 사랑하는 사람이 바로 미시킨이다. 아글라야는 푸시킨의 '가난한 기사'를 낭송한다.

옛날 어느 곳에 가난한 기사가 살았네
그는 조용하고 순박했다네
겉보기엔 음울하고 창백했지만
그 영혼은 참되고 용감했다네…

그녀는 시를 통해 미시킨을 가리킨다. 가난한 기사, 믿음 하나로 황량한 세상 속에 홀로 서 있는 남자.

그 장면을 번역하며 나는 쓸쓸해졌다. 기사도는 낭만이지만, 현실은 계약서다. 이 계약서의 저편에 나스타샤가 등장한다. 그녀는 스스로 사랑받을 자격이 없다고 느낀다. 자존감이 훼손되어 있다. 작품 전체의 비극을 끌고 가는 존재다. 그 이면에는 자기혐오와 결합된 자존심이 도사리고 있다. 그래서 자기 파괴적이다.

미시킨은 그런 나스타샤를 구원하려 한다. 그녀의 수치와 자기혐오를 연민으로 덮으려 한다. 그러나 나스타샤는 구원받지 않는다. 그녀는 자신을 파괴하는 쪽을 택한다. 자신의 어둠이 그를 오염시킬까 봐 도망친다.

미시킨은 늘 늦는다. 그는 진심이지만, 타이밍을 모른다. 그는 선하지만, 그 선함은 현실 앞에 힘을 잃는다. 결혼식장에서 사라지는 나스타샤를 따라가지 못하며, 그녀가 죽어 가는 현장에도 뒤늦게 도착한다. 그의 선함은 깊지만, 결단을 내려야 하는 순간에는 언제나 망설임과 연민에 발이 묶여 상대를 구원할 수 있는 시점을 놓친다. 그의 진심 역시 깊지만, 현실의 속도를 이기지 못한다. 그 선량함이 결국엔 비극을 방관하게 만든다.

안타까운 마음에 오히려 웃음이 나온다. 이렇게 어설픈 사람이 이렇게 진지하게 세상을 구하려 한다니. 그러나 웃음은 오래가지 않는다. 도스토옙스키는 공연한 유희를 늘어놓고 있는 것이 아니다. 그는 묻고 있다.

"완벽하게 아름다운 사람은 이 세상에서 살아남을 수 있는가."

『죄와 벌』에서 라스콜리니코프가 인간 위의 초인을 꿈꾸는 '오만'으로 파멸했다면, 『백치』에서는 그 반대의 극단이 실험대에 오른다. 바로 미시킨 공작의 순수와 연민, 그리고 무조건적인 용서라는 절대 선의 형상화다.

결과는? 아름다운 사람은 파괴된다. 그가 구원하고자 했던 비범한 사람들 역시 파괴된다.

문득 의문이 들었다. 도스토옙스키는 미시킨을 통해 세상을 구원하려 한 것이 아니라, 고발하려 했던 것이 아닐까.

"너희는 이런 사람을 백치라 부른다."

"너희는 이런 사람을 불편해하고, 조롱하고, 이용하고, 결국 부순다."

미시킨은 백치가 아니다. 그는 거울이다. 우리는 그를 보며 웃는다. 그러나 사실은 우리 자신을 보고 있는지도 모른다. 그는 마치 『벌거벗은 임금님』 속 어린아이 같다. 의도하지 않지만, "임금님은 벌거벗었다."고 말해 버리는 아이. 그 아이는 순진하지만, 위험하다. 위선과 거짓은 그 한마디에 무너질 수 있기 때문이다.

그래서 사람들은 그를 두려워한다. 그래서 그를 고립시킨다. 기사도 정신이 사라진 시대에, 기사처럼 사는 사람은 언제나 외롭다. 그리고 외로움은 그의 갑옷보다 더 단단해진다.

나는 가끔 상상해 본다. 이 시대에 미시킨이 태어난다면 어떻게 될까. 아마 SNS에 "현실 감각 제로"라는 댓글이 수백 개 달릴 것이다.

"착한 척한다."

"세상 물정 모른다."

"정신 차려라."

그런데도 나는 묻고 싶다.

우리는 정말 미시킨을 완전히 포기할 준비가 되었는가. 그가 사라진 세상은 더 효율적일지도 모른다. 더 명료할지도 모른다. 그가 존재함으로써 발생하던 세속과의 윤리적 마찰도 사라지고, 부질없는 연민에 생의 귀한 시간을 쏟아붓게 하던 모호함도 사라질 테니까.

…그러나 더 인간적일까.

각각의 작품을 번역할 때는 잘 몰랐지만, 정신의 연대기 같은 네 편을 모두 번역한 후에 깨달았다. 도스토옙스키는 인간을 극단으로 밀어 넣고, 그 극단이 무너지는 지점을 보여 준다는 것을. 그리고 그 붕괴의 자리에 이르러서야 비로소 인간의 진짜 얼굴이 드러난다는 것을.

돈키호테와 미시킨 공작

완벽하게 아름다울 필요는 없다.

완벽하게 선할 필요도 없다.

그렇다고 해서

냉소적일 필요도 없다.

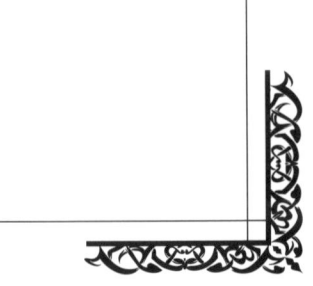

오만은 무너지고, 순수도 무너진다. 그 사이에서 우리는 무엇을 택해야 하는가. 완벽하게 아름다울 필요는 없다. 완벽하게 선할 필요도 없다. 그렇다고 해서 냉소적일 필요도 없다.

미시킨은 실패했다. 그러나 그의 실패는 또 다른 의미에서 성공이다. 그는 우리에게 불편함을 남겼기 때문이다. 그리고 그 불편함은 질문이 된다.

우리는 누구를 비웃고 있는가.

그리고 왜 그를 비웃는가.

웃음 뒤에 남는 건, 묘한 쓸쓸함이다. 기사도 정신이 사라진 시대에 기사처럼 살겠다고 고집하는 사람은 언제나 손해를 본다. 그럼에도 그런 사람이 완전히 사라진다면, 그때야말로 우리는 정말로 웃을 수 없게 될 것이다.

그래서 나는 미시킨을 번역하며 그를 백치라 부르지 않았다. 나는 그를, 위험할 정도로 솔직하고 순수한 인간이라 불렀다. 그리고 그가 하는 말에 조금 더 귀 기울여야 한다고 생각했다.

왜냐하면 그가 무너질 때 우리 안의 어떤 것, 그러니까 가장 연약하지만 고귀한 것도 함께 무너지기 때문이다.

상처 입은 오만한 영혼

나스타샤, 자신을 용서하지 못한 여자

나는 나스타샤 필리포브나보다 더 비극적인 여주인공을 알지 못한다. 활자 중독이란 운명과 함께 평생을 책 속에 묻혀 살아온 내가, 수많은 소설 속 여인들을 만나 보았지만, 이토록 잔혹하게 상처 입은 영혼은 드물다.

번역을 하던 어느 날, 결국 울음이 터져 나왔다.

나스타샤의 명명일 파티 날, 그녀를 둘러싼 남자들은 마치 물건을 낙찰받듯 그녀를 차지하려 든다.

로고진은 사랑을 파괴로 밀어붙이는 자이고, 가브릴라는 계산된 욕망의 화신이며, 토츠키는 냉혹한 기회주의자다. 욕망 어린 시선들에 대한 치욕, 그리고 자신은 이미 더럽혀졌다는 자괴감이 겹치는 장면에서 그녀는 자신을 경매의 대상으로 던져 버린다.

명명일은 자신의 이름과 같은 성인의 축일을 기념하는 날이다. 축하를 받아야 할 날에 오히려 스스로를 '타락한 여자'라는 배역 속에 밀어 넣으며 파멸의 무대를 완성했으니, 그 비극적 요소가 성스러운 축복의 이름과 대비된다.

나는 눈물이 책 위로 떨어질까 봐 급히 책장을 덮었고, 그대로 책상 앞에 앉아 있을 수가 없어 집 안을 빙빙 돌았다. 손목에 찬 만보기가 만 보를 알렸다. 그렇게 심장이 좀 가라앉고 나서야 겨우 다시 책상으로 돌아올 수 있었다. 그 장면은 읽는 이의 마음을 찢어 놓는다. 그러나 번역하는 이는 더 오래 그 파편을 손으로 만져야 한다.

상처투성이의 오만한 영혼, 그것이 나스타샤다. 그녀는 일곱 살에 부모를 잃는다. 이웃 지주 토츠키는 '자비로운 마음'으로 아이를 거두어 교육시킨다. 그러나 그 자비는 계산된 투자다. 열두 살이 된 아이를 보고 그는 "장래에 엄청난 미인이 될 것이 확실하다."고 판단한다. 네 해동안 가정교사를 붙여 기르고, 열여섯의 나스타샤를 오트라드노예라는 이름의 작은 마을로 데려간다.

오트라드노예, 러시아어로 '즐거운 위안을 주는 작은 마을'. 이 단어를 번역하며 나는 오래 멈추었다. 위안.

힐러리 클린턴이 "위안부(comfort women)"라는 표현은 잘못되었으며, "강제적 성노예(enforced sex slaves)"로 불러야 한다고 말했다는 보도가 나온 적이 있다. 이 발언은 역사적 폭력에 희생된 여성들의 명예를 언어를 통해서나마 복원하려는 시도였을 것이다.

위안이라는 말은 가해자의 언어다. 피해자의 고통을 인정하지 않는, 무시하는, 모멸하는 말이다. 토츠키에게 오트라드노예는 위안이었지만, 나스타샤에게 그것은 감옥이었고, 평생 지워지지 않을 상처였다.

나스타샤는 피해자다. 그러나 그녀는 스스로를 피해자라 인정하지 못한다. 그녀 안에는 두 개의 자아가 있다. "나는 더럽혀졌다." 그리고 "나는 아무 잘못이 없다.", 그 둘은 끝내 화해하지 않는다. 그래서 그녀는 스스로를 무대 위에 세운다.

그래, 나는 이런 여자다. 그래서 어쩔래? 그녀는 남들이 던져 준 역할을 과장해 연기한다. '토츠키의 여자', '이미 남자를 알아 버린 여자', '경매의 대상'….

명명일 파티에서 그녀는 절규한다.

"그럼 정말로 내가 이 사람을 파멸의 구렁텅이로 끌고 들어가야 한단 말인가요? … 공작님, 당신이 결혼하려 했던 여자가 어떤 사람인지 똑똑히 보세요. 그런데도 나 같은 여자와 결혼을 하려 하시다니요!"

그녀는 안다. 미시킨은 어린아이 같은 사람이라는 것을. 자신이 그와 결혼하는 것은, 토츠키가 그녀를 망친 행위와 다를 바 없다는 것을. 사랑을 받아들이는 것은 곧 그를 오염시키는 일이라고 믿는다. 그래서 그녀는 물러선다. 행복을 눈앞에 두고도, 그것을 부순다.

이 장면에서 다시 울었다. 왜냐하면 그것은 자기혐오의 선택이었기 때문이다. 〈포레스트 검프〉의 제니가 떠올랐다. 어린 시절 친구였던 제니와 포레스트. 제니는 포레스트를 사랑한다. 포레스트가 자신을 사랑한다는 것도 안다. 그럼에도 떠난다. "나는 너를 망칠 거야."라는 믿음이 그녀를 놓지 않기 때문이다. 그리고 말한다.

"내가 살아온 과거는 너무 더러워서, 네 사랑을 받기에 나는 그런 자격이 없는 사람이야."

상처는 이렇게 작동한다. 상처가 깊을수록 자의식은 예민해지고, 자의식이 예민할수록 오만은 단단해진다. 그리고 그 오만은 자기 용서를 막는다.

나스타샤는 명명일에 자신의 경매에 뛰어들었던 남자들을 용서한다. 토츠키를 용서하고, 가브릴라를 용서한다. 그러나 자신은 용서하지 못한다. 자신을 용서하는 순간, 그동안 간신히 균형을 맞추며 버텨 온 분열이 그대로 폭발해버릴까 봐 두려웠기 때문이다. 그리고 세상을 향해 복수한다.

21세기에도 수많은 나스타샤들이 있다. 어릴 적 상처, 원치 않았던 폭력, 낙인…. 그리고 그 낙인을 자기 존재로 받아들여 버린 사람들.

나는 말해 주고 싶다. 그것은 네 잘못이 아니라고. 너는 길을 가다 미친 사람에게 한 대 얻어맞은 것뿐이라고. 그 한 번의 폭력으로 네 존재 전체를 규정하지 말라고.

상처는 본질이 아니다. 그건 단순히 삶의 과정에서 '일어났던 일'일 뿐이다. 자신을 용서하는 일은 오만이 아니라 생존이다.

나스타샤는 끝내 그 허락을 스스로에게 주지 못했다. 그래서 그녀의 비극은 깊고, 오래 남는다. 그녀가 미시킨을 만나 잠시나마 '진정한 사람'으로 대우받았다는 사실은, 비록 그 축복이 오래 지속되지 못했다 하더라도, 그녀의 생애 전체를 환하게 비춘 순간이었다.

미시킨이 간질 발작 직전 1초 동안 느끼는 그 환희의 순간이 전 생애와 맞바꿀 만큼 고귀하다고 했듯이, 그녀 역시 그 한순간의 존중과 연민을 통해 자신의 존재를 잠시나마 회복했을 것이다.

행복은 길게 지속되는 상태가 아니다. 한순간의 빛이다. 그 빛이 있었다는 사실이, 어둠을 삶의 전부로 만들지 않는다. 나스타샤는 그 빛을 붙잡지 못했다.

그러나 우리는 붙잡을 수 있다. 오늘 스스로를 한 번 덜 미워할 수 있다면, 그것은 작은 부활이다. 자신을 용서하는 일은 과거를 지우는 일이 아니라, 그 위에 새로운 시간을 덧대는 일이다. 미래를 허락하는 일이다.

나스타샤는 끝내 그 시간을 스스로에게 허락하지 못했다. 그래서 그녀의 비극은 더 깊고, 더 오래 남는다.

그러나 우리는 다르다. 우리는 아직 숨 쉬고 있고, 또 선택할 수 있다. 그러므로 누군가의 따뜻한 눈과 마주할 수 있다.

혹시 오늘, 당신이 자신에게 조금 더 부드러운 말을 건넬 수 있다면, 그건 이미 삶 쪽으로 한 발 내디딘 것이다. 상처는 지워지지 않을지 모른다. 그러나 상처가 당신의 전부인 것은 아니다.

스스로를

한 번 덜 미워할 수 있다면,

그것은 작은 부활이다.

자신을 용서하는 일은

과거를 지우는 일이 아니라,

그 위에

새로운 시간을 덧대는 일이다.

누군가가 한때 당신을 경매의 대상으로 보았을지라도, 오늘 당신은 새로운 사람이다. 당당한 사람이다. 존중받아야 할 사람이고, 사랑받아야 할 사람이다.

그러니 천천히, 아주 천천히라도 좋으니, 자신을 미워하는 대신 자신을 품는 쪽으로 걸어가 보자.

나스타샤가 끝내 붙잡지 못한 그 한 걸음을, 우리는 내디딜 수 있다. 그리고 어써면, 그 조용한 선택 하나가 당신 자신의 삶을, 또 누군가의 삶을 다시 시작하게 할지도 모른다.

나는, 나스타샤를 생각할 때마다 이렇게 말하고 싶다. 살아도 된다. 행복해도 된다. 너는 더럽혀진 것이 아니라 상처 입었을 뿐이다. 그리고 상처는, 사람을 망가뜨리기만 하는 것이 아니라, 사람을 더 깊게 만든다.

그 사실을 믿을 수 있다면, 나스타샤의 눈물은 헛되지 않을 것이다. 그리고 우리 역시, 상처를 안은 채로도, 조금 더 인간답게 살아갈 수 있을 것이다.

흰 시트와 파리 한 마리

모든 토츠키들에게 보내는 경종

그녀의 주검을 감싼 하얀 시트를 나는 잊지 못한다.

침대 위의 나스타샤, 웨딩드레스를 입은 몸 위로 흰 천이 덮여 있고, 발치에는 레이스가 흩어져 있으며, 방 안에는 숨조차 얼어붙을 듯한 정적이 흐르고, 그 고요함 위에 작은 파리 한 마리가 날아와 머리맡에 내려앉는다.

그 장면에서 나는 한동안 숨도 쉬지 못했다. 말로 옮기기에는 지나치게 차갑고, 지나치게 정교하며, 지나치게 잔혹한 정적이어서.

파리는 작다. 그러나 그 상징은 거대하다. 그 한 마리의 파리는 토츠키다. 19세기 러시아의 토츠키, 20세기의 토츠키, 그리고 지금 이 순간에도 어딘가에서 살아 숨 쉬고 있는 21세기의 토츠키들이다. 여성을 소비하고, 미를 투자로 계산하며, 상처를 개인의 수치로 돌려 버리고, 폭력을 '위안'이라는 단어로 포장하는 사람들. 그들은 스스로를 괴물이라 부르지 않는다. 그들은 교양 있고, 세련되었고, 사회적으로 성공했으며, 대개는 합법의 경계 안에 있다. 그들은 법을 어기지 않았다고 믿는다. 그러나 그들이 파괴한 것은 법이 아니라 한 인간의 세계였다.

오트라드노예, '즐거운 위안을 주는 작은 마을'. 그에게 위안이었던 그 장소는, 그녀에게는 감옥이었다. 당신이 누리고자 했던 한순간의 '위안'이, 당신이 탐닉했던 잠깐의 쾌락이, 당신의 계산된 욕망이, 한 인간의 영혼을 영원히 찢어 놓을 수 있다는 사실을, 파괴자인 당신은 끝내 알지 못한다. 아니, 알았을지도 모른다. 그러나 중요하게 여기지 않았을 뿐이다. 왜냐하면 당신의 세계에서 그것은 비용이었지, 죄가 아니었기 때문이다.

나스타샤의 주검은 차가운 대리석처럼 묘사된다. 그녀가 평생 갈망했던 순결의 색, 흰 시트가 그녀를 감싸고 있다. 한스 홀바인의 「무덤 속의 그리스도」를 연상시키는, 부활의 기미조차 허락하지 않는 차가운 사실성.

그 그림은 로고진의 집에 걸려 있다. 미시킨 공작과 대척점에 서 있는 그는 거칠고 충동적이며 강렬한 열정을 가진 인물이다. 명명일 파티 때 술에 취해 난입해서는 10만 루블을 던진다. 사실상 '경매'라는 추악한 유희를 도발한 자다.

그리고 나스타샤.

그녀가 행복해질 자격이 없다고 느끼는 자괴감은, 미시킨 공작을 향한 잔인한 사랑은, 그녀 자신을 로고진에게로 이끈다. 그것은 자신의 비극을 완성하기 위한 마지막 걸음이다. 나스타샤를 차지할 수 없다고 생각한 로고진은 결국 나스타샤를 칼로 찔러 죽이고 만다. 로고진의 칼은 심장을 정확히 찌르고, 피는 거의 흐르지 않는다. "반 숟가락"도 되지 않는 피. 그 절제된 묘사가 오히려 더 잔혹하다. 이 죽음은 과장되지 않았기에 더 비극적이다.

그녀의 죽음은 타인의 손을 빌린 자살이다. 세상에 대한 마지막 복수이자, 자신을 향한 최종 판결이다. 그러나 그 판결을 내리게 만든 것은 칼이 아니다. 오랜 시간에 걸쳐 축적된 시선, 침묵, 조롱, 계산 그리고 '위안'이라는 이름의 폭력이다.

미시킨은 사라진 나스타샤를 찾아 헤맨다. 자기 안의

공포가 가리키는 방향을 따라 걷는다. 로고진의 집에서 기다리고 있던 것은 대리석처럼 차갑게 식은 연인이다.

침대 위의 흰 시트, 그 위에 앉은 파리 한 마리, 그리고 그 앞에 서 있는 두 남자―살인자 로고진을 끌어안고 있는 미시킨. 그 둘의 눈물은 하나로 이어진다.

역(逆) 피에타. 피에타는 '자비', '연민'을 뜻하는 이탈리아 말이다. 미술사적으로는 성모가 예수의 시신을 안고 있는 모습으로 묘사된다. 피에타에서는 죄 없는 자가 안겨 있지만, 로고진의 집에서는 죄지은 자가 안겨 있다. 미시킨은 살인자 로고진을 밀어내는 대신 그를 처절하게 끌어안는다. 연민 때문이다. 어머니가 아들을 안은 것이 아니라, 연민이 죄를 끌어안고 있다.

이 장면을 번역하며 오래도록 움직이지 못했다. 그 죽음이 단순히 한 여인의 파멸이 아니라, 하나의 세계가 무너지는 것처럼 느껴졌기 때문이다. 나는 생각했다. 당신이 누리고자 했던 한순간의 '위안'을 위해, 당신은 하나의 인간, 하나의 우주를 파괴하고 있는 것은 아닌가. 당신은 법을 어기지 않았다고 안심할지 모르지만, 한 존재의 미래를 무너뜨리고 있을지도 모른다.

토츠키는 괴물처럼 묘사되지 않는다. 일상 속에 있는

인물이다. 우리 주변에 있는 인물이다. 그래서 더 위험하다. 그는 합리적이고, 계산적이며, 사회적으로 성공한 인물이다. 그는 자기 행동을 범죄로 생각하지 않는다. 오히려 그것을 자연스러운 권리로 여긴다. 바로 그 지점에서, 이 소설은 차갑게 묻는다.

"당신의 권리는 도대체 누구의 희생 위에 서 있는가? 당신의 권리라는 것은 혹시 은폐된 폭력은 아닌가?"

상처는 사라지지 않는다. 상처 입은 영혼은 어느 순간 스스로를 향해 칼을 돌린다. 그리고 우리는 종종 그 파국을 개인의 성향으로 정리해 버린다.

"원래 그런 여자였다."

"자존심이 너무 강했다."

"비극적 성격이었다."

그렇게 말하며, 파리의 존재를 잊어버린다. 그러나 파리는 늘 돌아오고, 어디에나 있다.

나는 아직도 눈을 감으면 보인다. 비죽이 튀어나온 차가운 발, 흰 시트, 파리 한 마리. 그리고 그 고요함 속에서 울리는 질문.

당신의 오트라드노예는 어디에 있는가.

당신이 위안이라 부르는 그 장소, 그 선택, 그 관계는

흰 주검 위의 파리 한 마리

미는 스스로

무너지지 않는다.

그것은 파괴된다.

당신이 위안이라 부른

그 순간이,

누군가에게는

평생의 무덤이 될 수 있다.

170

누군가에게 감옥은 아닌가. 당신은 한순간의 쾌락을 위해, 한 인간의 생을 무너뜨리고 있지 않은가.

그러므로 이 장면은 단지 한 여인의 죽음이 아니다. 그것은 세계를 구원할 수도 있었던 '미'의 파괴다.

도스토옙스키가 말한 완벽하게 아름다운 사람이 세상을 구원할 수 있는가를 시험했던 『백치』에서, 나스타샤는 그 아름다움의 또 다른 얼굴이었다. 상처 입었지만 여전히 순수했고, 분열되었지만 여전히 고귀했던 한 영혼. 그녀가 무너질 때, 단지 한 개인이 사라진 것이 아니다. 세상이 스스로를 구원할 기회를 잃은 것이다. 그녀의 소진은 한 인간의 파국이 아니라, 우리가 끝내 지키지 못한 가능성의 붕괴다.

흰 시트 아래 누운 그녀의 주검은 단순한 비극으로 볼 수 없다. 그것은 인간의 탐욕과 무심함이 만들어 낸 처참한 상징이다. 그리고 그 상징은 우리 모두에게 향한다. 세상 모든 토츠키들에게 울리는 경종이다. 당신의 계산이, 당신의 욕망이, 당신의 "괜찮겠지."가 어떤 영혼의 마지막 균열이 될 수 있다는 사실을 잊지 말라는 경고다.

미는 스스로 무너지지 않는다. 그것은 파괴된다. 그

171

리고 그 파괴는 대개, 법의 이름이 아니라 합리의 이름으로, 관습의 이름으로, "별일 아니야."라는 말로 이루어진다. 그 흰 시트와 파리 한 마리는, 지워지지 않는 증거다.

당신이 위안이라 부른 그 순간이,
누군가에게는 평생의 무덤이 될 수 있다.
그 질문 앞에서 나는 웃을 수 없다.
당신은,
웃을 수 있는가.

흰색이어야 했다

백치의 색, 나스타샤의 주검, 그리고 순백의 서사

나스타샤 필리포브나의 주검 장면을 번역하던 새벽, 나는 확신했다. 이 책의 표지 색은 흰색이어야 한다고.

침대 위에 누워 있는 그녀의 몸은 새벽달처럼 창백했다. 웨딩드레스를 입은 몸 위로는 흰 천이 덮여 있었으며, 찢긴 레이스는 바닥에 흩어져 있었고, 하얀 시트 아래로 비죽이 튀어나온 발은 대리석처럼 차갑게 굳어 있었다. 희뿌연 빛이 스며들던 그 새벽의 공기 속에서, 모든 것이 흰색이었다. 너무 희어서 오히려 잔혹했다.

그 장면을 옮기며 나는 생각했다. 이 이야기는 결국 흰색으로 끝나는구나.

"당신은 백치나 마찬가지군요." 공작을 처음 본 로고진이 말했다.

"아무것도 모르는 주제에… 이 백치가!" 가브릴라가 내뱉었다.

"아니, 어디 이런 백치가 있어?" 나스타샤가 비웃듯 말했고,

"백치군." 토츠키가 판단했다.

"이 귀족 집안의 마지막 귀공자는 백치였다." 켈레르가 신문에 썼고,

"바로 당신. 위선적이고 달콤한 말만 하는 사람, 백치." 격앙된 이폴리트가 쏘아붙였으며,

"백치야!" 기차역에서 아글라야가 외쳤고,

"흥미롭군. 참으로 가여운 백치야!" 예브게니가 냉소했다.

그리고 작품의 마지막 문장도 이렇게 끝난다.

"백치다."

백치(白痴).

사전적으로는 지능이 낮고 판단력이 떨어지는 바보를 뜻한다. 그러나 도스토옙스키가 말하는 백치는 전혀 다른 존재다.

미시킨 공작은 "완전히 어린애"이고, "황금시대에도 들어 본 적 없는 순박함"을 지녔으며, "우리 중 죄가 가장 적은 사람"이고, "모든 행동거지에서 거짓을 모르는 분"이며, "아직도 동정을 지킨 순결한 기사"이다.

황금시대란 인류가 타락하기 전, 고통도 죄악도 없던 신화적 이상향을 의미한다. 하지만 이 눈부신 단어는 미시킨의 성품을 찬양하기보다는 그가 지닌 비현실적인 순박함이 얼마나 무력하고 위태로운지를 폭로하는 역설이다.

도스토옙스키는 다르게 바라본다. 이 작품에서 '백치'란 바보 같은 절대적 선함이다. 계산하지 않는 마음, 판단하지 않는 눈, 조건 없는 연민. 그것은 곧 구원으로 인도하는 메시아의 은유다. 도스토옙스키뿐만이 아니다. 러시아 문학에서 백치는 결코 결핍된 존재가 아니다. 계산된 욕망이 지배하는 세상에서 성스러운 존재다. 도스토옙스키는 미시킨이라는 인물을 통해 세상이 감당하기 힘들 만큼 눈부신 선함을 실험했던 것이다.

미시킨뿐만이 아니다. 나스타샤도, 아글라야도 세상의 기준으로 보면 백치다. 그들은 돈과 권력과 명예에 무관심하다. 오직 '사람'을 원한다. 그러나 페테르부르크는

계산하지 않는 마음,

판단하지 않는 눈,

조건 없는 연민.

그것은 곧 구원으로 인도하는

메시아의 은유다.

그 흰색은,

우리를 부끄럽게 하고,

동시에 우리를 구원한다.

혼탁하다. 물질과 허영과 계산이 뒤엉킨 도시. 그 속에서 순수는 무능으로, 연민은 어리석음으로, 고결함은 백치로 불린다. 그들이 속한 세계는 탁한 색이지만, 그들은 그 안에서 형형히 빛나는 순백의 존재들이다.

흰색은 가장 아름다운 색이다.
동시에 가장 쉽게 더럽혀지는 색이다.
흰색은 색을 온전히 받아들이지만,
작은 얼룩도 숨기지 못한다.

나스타샤의 삶이 그랬다. 자신은 더럽혀졌다고 믿은 그녀가 갈망했던 것은 순백이었다. 그래서 그녀의 죽음은 패배가 아니라, 비극의 극치 속에서 오히려 영혼의 정결함을 회복하는 역설적 완성이었다.

흰 웨딩드레스, 흰 레이스, 흰 시트, 흰 발.

그녀가 평생 갈망했고, 끝내 가질 수 없다고 믿었던 색이 마지막 순간 그녀를 감싼다. 이 순백의 장면은, 그녀가 더럽혀졌다는 세상의 판단에 대한 차가운 반박이다. 흰색은 비어 있는 색이 아니다. 모든 것을 품은 색이다. 그때 깨달았다. 『백치』는 흰색의 서사라는 것을.

이 책은 완벽한 정신적 아름다움의 가능성을 끝까지 밀어붙인 소설이다. 그리고 그 가능성이 세상에서 어떻게 부서지는지를 보여 준다. 그러나 동시에, 그 부서짐조차도 어떤 숭고함을 지니고 있음을 말한다.

그래서 표지는 흰색이어야 했다. 허영과 물질만능의 도시 한가운데, 세상 잣대로는 '백치들'이었던 그들의 순수한 영혼을 다른 어떤 색보다 잘 드러낼 수 있는 색. 너무 희어서 쉽게 더럽혀지는 색. 그러나 더러워질수록 그 본래의 빛을 더욱 선명히 드러내는 색.

나는 흰색 표지를 만질 때마다 생각한다. 이건 단순한 디자인이 아니다. 한 시대가 이해하지 못한 순수에 대한 경의다. 그리고 어쩌면, 우리가 아직 완전히 잃어버리지 않은 인간성의 마지막 색일지도 모른다.

그래서 이 책은 흰색이어야 했다.

그 흰색은, 우리를 부끄럽게 하고, 동시에 우리를 구원한다.

죽음 직전에 태어난 생명 찬가

왜 아름다움인가?

어릴 적 텔레비전에는 일 년에 한 번, '올해 가장 아름다운 여자'를 뽑는 장면이 나왔다. 이제는 '여성의 상품화'를 조장한다는 비난 속에 사라진 풍경이지만, 그때의 나는 방송을 보며 아주 단순한 서열을 배웠다. 진, 선, 미.

'미'는 마지막이고, '진'이 최고다. 인간이 도달해야 할 최정점은 아름다움이 아니라 참됨, 노력해서 손에 넣어야 할 정상 같은 것.

그래서였을까. 도스토옙스키가 "미가 세상을 구원한다."라는 명제를 『백치』의 중심 기둥으로 세워 놓았을 때, 나는 의아했다. 왜 하필 '진'도 '선'도 아닌 '미'일까.

그 실마리는, 작가가 남긴 한 문장에서 시작된다.

"그리스도가 진리 바깥에 있다 할지라도, 나는 진리보다 그리스도와 함께 남겠다."

'2×2=4'처럼 반박할 수 없는 과학과 이성의 진리. 그것은 차갑고 단단하고 완벽하다. 『죄와 벌』의 라스콜리니코프가 내세우는 논리도 그런 종류의 '산술적 진리'다. 쓸모없고 해로운 이[蝨] 같은 존재 하나를 제거하면 많은 사람을 도울 수 있다. 그렇다면 살인은 의롭다. 논리는 매끈하고 계산은 빠르다.

그러나 도스토옙스키는 그 매끈함을 믿지 않는다. 그는 완벽함이 인간을 살리는 대신, 인간을 무너뜨릴 수 있다는 것을 집요하게 보여 준다.

도스토옙스키에게 '미(美)'는 '추(醜)'의 반대말이 아니다. 그것은 옳고 그름, 선과 악의 구도를 뛰어넘는 ─ 심지어 추함마저 품어 버리는 ─ 어떤 궁극의 범주다. 미는 감상적 장식이 아니라, 인간을 다시 인간이게 만드는 힘이다.

그래서 『백치』의 미시킨 공작은 말한다. 갓난아기를 보라, 새벽노을을 보라, 들판의 풀 한 포기를 보라. 그리고 묻는다. 가장 힘들고 의기소침한 사람도 발자국마다 얼마나 많은 아름다움을 발견할 수 있는지 아느냐고.

나는 그 말에 백번 공감한다. 푸른 산으로 둘러싸인 곳의 새벽 공기, 봉선화 꽃잎 같은 수줍은 분홍빛 해, 강을 따라 엷게 감긴 물안개.

　　그런데 이상하게도, 정말 아름다운 것들은 대개 가슴을 조금 시리게 한다. '미'에는 어쩔 수 없이 아픔이 깃든다. 그것은 대개 '내 것이 될 수 없는 것'이기 때문이다. 완벽한 아름다움은, 나스타샤 필리포브나의 말처럼 세속적 인간이 꿈꿀 수 있을 뿐 결코 손안에 넣을 수 없는 것이다. 그러니 아름다움을 바라보는 마음에는 늘 단절과 그리움이 함께 들어 있다. 우리는 미의 소유자가 아니라, 영원한 감상자로 남을 운명이라는 생각에 가끔 슬퍼지기도 한다.

　　그렇다면 왜 도스토옙스키의 아름다움은, 이토록 '생명'과 맞닿아 있을까. 그 대답은―역설적으로―죽음에서 태어난다.

　　도스토옙스키는 스물여덟 살이었던 1849년 4월, 페트라솁스키 서클 사건으로 체포되어 사형 선고를 받는다. 그해 12월, 세묘놉스키 광장에서 실제로 총살 직전까지 간다. 세 사람씩 묶여 죽음의 준비를 하는 동안, 머릿속에 남은 시간은 손가락 사이로 새어 나가는 모래처럼 줄어든다. '나에게 남은 시간은 채 5분도 되지 않는다.' 그 5분 중 2분은 동지들과 작별 인사를 해야 하고, 남은 2분은 인생을 되돌아봐야 하고, 마지막 1분은 주위를 둘러봐야 한다. 그리고 실제로 자신의 주위를 살피다 하늘을 올려다본다. '마지막으로' 고개를 들어 본 하늘에는 교회의 높다란 첨탑 위에서 한 줄기 빛이 쏟아지고 있었다. 그 순간, 갑작스럽게 황제의 사면령이 내려와 시베리아 유형으로 감형된다. 도스토옙스키의 삶이 다시 시작된 것은, 바로 그 "이미 끝난 줄 알았던 5분" 덕분이었다.

『백치』에서 이 경험은 그대로 되살아난다. 미시킨 공작이 들려주는 '사형수의 이야기'는 도스토옙스키 자신의 기억을 문학으로 바꾼 형태다. '곧 죽을 사람'이 마지막 몇 분을 세 토막으로 나눠 쓰는 방식—작별의 2분, 자신에게 남은 2분, 마지막 1분.

그 1분에, 그는 벽에 비친 햇빛을 바라보며 생각한다. 저 빛 속에 잠깐이라도 들어가 보고 싶다. 살아 있으면, 눈앞에 펼쳐진 저 찬란한 빛은 온전히 나의 것이다. 그러나 머지않아 나는 죽음의 문턱을 넘어야 하고, 내게 허락된 생의 불꽃은 곧 사그라들고 만다. 그렇기에 지금 이 순간 나를 감싸고 있는 세계의 모든 색채와 대기의 미

죽음 직전에 태어난 생명 찬가

세한 숨결 하나하나가 ─ 이전에는 미처 깨닫지 못했을 만큼 갑작스럽고도 무서울 정도로 ─ 더없이 귀하고 절실해진다.

이 생명의 찬가는 『백치』의 다른 인물에서 더 거칠고, 더 날카로운 형태로 한 번 더 솟구친다.

이폴리트, 18세의 폐결핵 말기 환자. 2~3주짜리 삶을 선고받은 니힐리스트. 미시킨이 순수함으로 세계와 충돌한다면, 이폴리트는 시한부라는 냉정한 사실 앞에서 자신의 존재 이유를 찾으려 발버둥 친다. 그는 살아 있는 모든 것을 질투한다. 삶은 그에게 '맛있는 사탕'이다. 한 번 핥게 해 놓고 다시 빼앗아 가는, 잔인한 장난.

그래서 그는 자연의 법칙을 증오한다. 증오가 커질수록, 살고 싶은 열망은 발작적으로 강해진다. 그는 말한다. "거처 없이 내몰려도 좋다. 얻어맞아도 좋다. 다만 건강하기만 하다면…." 삶 그 자체가 ─ 그 모든 금화와 성공보다 ─ 값진데, 왜 그것이 나에게는 허락되지 않느냐고.

그리고 로고진의 집에서 그는 한스 홀바인의 「무덤 속 그리스도의 주검」과 마주한다.

미시킨이 보고는, 어떤 사람들은 신에 대한 믿음을 잃을지도 모르겠다고 한 그림이다. 거기에는 미(美)의 음영이 없다. 십자가 위에서 고통을 참아 내야 했던 한 인간의 시체가, 자연법칙의 완전한 지배 아래 놓여 있다.

이폴리트는 묻는다. 이런 몰골을 보고도, 누가 부활을 믿을 수 있겠는가. 자연이란 거대하고 무자비한 기계 같고, 피도 눈물도 없이 위대한 존재를 으깨 삼켜 버리는 야수 같다. 그 앞에서 인간의 '신념'은 얼마나 가냘픈가. 그러니 그가 도달하는 "최후의 신념" — 자살은 자연의 명령에 대한 마지막 항거라는 결론은, 단순한 허세가 아니라 절망의 논리다. 그 논리의 밑바닥에는 사실 하나가 웅크리고 있다. "너무도 살고 싶다." 그 말은 곧 사랑받고 싶다. 행복하고 싶다는 욕망과 등치를 이룬다. 그는 삶을 저주하면서 동시에 삶을 찬양한다. 그 모순이야말로, 이폴리트라는 인물의 부적절성에도 불구하고 그에게서 눈을 떼지 못하게 만드는 이유다.

도스토옙스키는 또 한 번, 다른 작품에서 이 심리를 폭발시킨다. 라스콜리니코프가 떠올리는 '사형수의 심리' — 그 유명한 '아르쉰의 공간'이다. 아르쉰은 러시아의 옛 길이 단위로 약 71센티미터 정도이다. 극히 좁은 공간을 의미한다. 만약 절벽 같은 곳, 두 발만 겨우 디딜 수 있을 만큼 좁디좁은 곳에 평생을 서 있어야 한다 해도,

185

천 년을, 아니 영원토록 그렇게 서 있어야 한다 해도, 지금 죽는 것보다는 그렇게 사는 편이 낫다. 살 수만 있다면—살 수만 있다면—살 수만 있다면. 어떻게 살든 단지 살아 있을 수만 있다면, 지금 당장 죽는 것보다 그것이 훨씬 낫다고 설파한다. 아무리 비참하고, 좁고, 고통스러운 환경일지라도 인간은 '죽음'보다는 '살아 있음' 그 자체를 선택한다는 생존 의지를 보여 준다. 이 서술은 분명 세묘놉스키 광장의 12월, 그 겨울로부터 왔을 것이다. 죽음을 앞뒀던 자만이 토로할 수 있는 심리였을 것이다.

이 문장들이 무섭도록 강한 이유는, 우리가 그 진리를 '거저' 얻기 때문이다. 누군가는 삐딱하게 물을지 모른다.

"그들이 폐병에 걸리지 않았으면, 사형 선고를 받지 않았으면, 삶이 이렇게 값지다고 느꼈을까?"

이 질문에 답하기 위해 문학이 존재하며, 그 안에서 우리는 타인의 고통을 빌려 삶을 증명한다. 우리는 사형장의 총구 앞에 서지 않고도, 이폴리트처럼 숨이 찢어지는 기침 속에서 살지 않고도, 그들이 삶의 끝에서 붙잡아 올린 진실을 읽는다. 죽음의 언저리에서만 보이는 색을—살아 있는 채로—빌려 본다. 이것이 문학의 힘이며, 문학에 감사해야 하는 이유이다.

그런데 21세기의 우리는, 이 '거저 얻은 진실'을 너무 쉽게 흘려보낸다. 삶의 값은 점점 싸게 매겨지고, 죽음은 점점 가벼운 버튼처럼 눌린다. 화면 속의 자극은 생명을 콘텐츠로 만들고, 타인의 고통은 스크롤로 지나가는 풍경이 된다. 누군가는 아주 작은 이유로 생을 끊고, 누군가는 타인의 생을 함부로 재단한다. '내일'이 얼마나 귀한 선물인지, 우리는 자주 잊는다. "오늘은 어제 숙은 이가 그토록 갈망하던 내일"이라는 말이 이제는 삶의 절박한 무게를 잃어버린 채 그저 SNS를 떠도는 흔한 감동 문구나 가벼운 위로의 말로 소비되는 시대다. 죽음의 문턱에서 생을 갈구하던 이들의 처절한 마음은 사라지고, 그저 매끈하게 다듬어진 활자로 흩어진다.

나는 이렇게 반문한다.

우리는 사형 선고를 받지 않았음에도, 도스토옙스키가 깨달은 진리를 이미 알고 있지 않은가. 우리는 폐병에 걸리지 않았음에도, 이폴리트의 질투가 가리키는 방향을 이미 읽지 않았는가.

그렇다면, 이제 남은 질문은 간단하다. "알고도 왜 잊는가." 그리고 더 잔인한 질문은 이것이다. "잊은 채로도, 우리는 얼마나 오래 '살아 있다'고 말할 수 있는가."

삶이 예술이고,

삶이 축복이며,

삶이 미다.

그 미는 거창한 무대에만 있지 않다.

오늘의 숨,

오늘의 빛,

오늘의 한 걸음 속에 있다.

도스토옙스키에게 아름다움은, 그 답의 형태다. 아름다움은 '소유'가 아니라 '발견'이다. '획득'이 아니라 '각성'이다. 그래서 미시킨 공작은 '찾는 눈'을 요구한다. 발자국마다 숨어 있는 아름다움을 발견하라고. 그 발견이 우리를 살리고, 우리를 다시 사람으로 만든다고.

그러니까 미는, 세속의 순위표에서 가장 아래 칸에 놓인 장식이 아니다. 그것은 삶을 붙드는 마지막 끈이며, 인간을 인간답게 만드는 가장 높은 질서다. 진리의 칼날이 사람을 베어 버릴 때, 아름다움은 사람을 다시 껴안는다. 선이 타인을 심판하며 굳어질 때, 아름다움은 추함까지 품어 안으며 죽어 가는 것을 살려 낸다.

삶은 때로 고흐가 두려워하던 텅 빈 캔버스 같다. 아무것도 할 수 없다는 속삭임이, 캔버스의 흰 면에서 우리를 무력하게 만든다. 그러나 고흐가 그 공포를 이긴 방식은 단 하나였다.

"넌 할 수 없어."라는 주술을 깨부수는 열정과 노력으로, 흰 면을 색으로 채워 넣는 것. 우리에게 주어진 삶도 결국 그와 같다. 삶이 예술이고, 삶이 축복이며, 삶이 미다. 그 미는 거창한 무대에만 있지 않다. 오늘의 숨, 오늘의 빛, 오늘의 한 걸음 속에 있다.

이폴리트가 그토록 질투하던 '살아 있음'을 가진 우리는, 이제 선택해야 한다. 생을 가볍게 만들 것인가, 아니면—사형장의 5분과 폐병 환자의 3주가 우리에게 건네준 진실을 빌려—오늘을 무겁게, 소중하게 붙들 것인가.

우리 중 누구도 사형 선고를 받지 않았으나, 우리는 이미 그 문학을 읽었다. 그러니 이제는, 살아 있는 우리가 더 이상 몰랐다고 말할 수 없다. 두 눈을 크게 뜨고, 발자국마다 숨은 아름다움을 찾아야 한다. 그 모색이 우리를 구원할 것이다.

"미가 세상을 구원한다."는 말은,

결국 이렇게 번역된다.

"살아 있는 모든 것을—다시, 살아 있게 하라."

연민, 인류의 유일한 존재 법칙

가장 인간적인, 동시에 가장 신을 닮은 감정

친정 식구들은 눈물이 많다. 정말 많다. 텔레비전에서 강아지 한 마리가 하품하다 눈이 촉촉해지는 장면만 나와도 거실 여기저기서 훌쩍이는 소리가 난다. 뉴스에서 조금만 목이 메는 이야기가 나와도 바로 휴지를 찾고, 누군가 눈시울만 붉혀도 온 식구가 덩달아 코를 훌쩍인다.

가끔은 병이 아닌가 싶다. 이렇게까지 쉽게 마음이 움직여도 되는 걸까 싶을 때도 있다. 나는 종종 생각한다. 내가 이토록 도스토옙스키에게 빠져들 수밖에 없었던 이유는 아마도 그 핏속에 흐르는 과잉의 연민 때문이 아니었을까 하고.

연민. 러시아어로 소스트다니예(сострадание). '고통'이라는 뜻의 어근 'страдание'에 '함께'라는 뜻의 접두어 '스(с)/ 소(co)'가 붙은 단어. 말 그대로 함께 고통받는 것. 누군가의 아픔을 바라보는 것이 아니라, 그 아픔 안으로 걸어 들어가는 것. 타인의 상처를 관찰하는 것이 아니라, 그 상처의 일부가 되어 함께 아파하는 것.

『백치』에는 사랑의 여러 얼굴이 등장한다. 그리스도적인 연민의 사랑, 인간적인 연정의 사랑, 질투와 소유의 사랑, 육욕의 사랑, 자기희생과 복수가 뒤엉킨 사랑.

나스타샤 - 미시킨 - 로고진,

나스타샤 - 미시킨 - 가브릴라,

미시킨 - 나스타샤 - 아글라야.

세 번째에 미시킨이 가장 앞에 놓인 이유는, 앞선 관계들과 달리 이 갈등의 시작과 끝이 미시킨의 '선택'과 '연민'에 달려 있기 때문이다. 이 복잡한 삼각관계들은 단순한 치정극이 아니라, 사랑이라는 감정의 해부도다. 사랑은 언제나 이성을 비켜 간다. 에로스라는 어린아이는 눈을 가린 채 화살을 쏜다. 근거도 없고 계산도 없다. 사랑은 인간을 낯설게 만든다. 자신 안의 또 다른 자아를 끌어내고, 익숙하던 세계를 흔들어 놓는다.

그러나 도스토옙스키가 끝내 붙드는 사랑은 다른 결을 가진다. 그것은 연민이다. 연민은 불쌍히 여기는 감정이 아니다. 그것은 타인의 고통을 나의 것으로 받아들이는 감각이며, 타인의 행복을 나의 행복보다 앞에 두는 결단이다.

그래서 미시킨은 묻는다.

"행복합니까?"

나스타샤도 미시킨을 아글라야에게 보내며 묻는다.

"행복하신가요?"

이 질문은 "내가 너를 사랑하니, 너는 나의 것이다." 같은 소유를 따지는 질문이 아니다. 당신의 현재 상태를 묻는 것도 아니다. 어떻게 살아가고 있는지. 즉 존재 방식을 묻는 것이다. 당신이 나와 함께 있느냐가 아니라, 당신이 잘 살아 있느냐는 물음이다.

나스타샤는 미시킨의 연민을 사랑한다. 그러나 사랑을 받아들이지 못한다. 그녀는 안다. 그가 자신을 연정으로 사랑하는 것이 아니라, 연민으로 사랑한다는 것을. 그리고 또 안다. 그 연민이 자신을 구원할 수 있다는 것을.

그런데도 그녀는 외친다.

"내가 이 사람을 파멸의 구렁텅이로 끌고 들어가야
한단 말인가요?"

그녀의 절규는 사랑을 거부하는 것이 아니라, 사랑을
더럽힐까 두려워하는 마음의 비명이다. 그녀는 자신을
오염된 존재로 믿는다. 그녀는 스스로를 용서하지 못한
다. 미시킨의 연민을 받아들이지 못한다. 그의 사랑을 거
절한다.

미시킨은 나스타샤에 대한 연민과 아글라야에 대한
연정 사이에서 또 다른 분열을 겪는다. 연민은 상처를 끌
어안는 사랑이고, 연정은 미래를 향해 나아가는 사랑이
다. 그는 두 사랑을 동시에 품으려 한다. 그게 왜 안 되는
지도 이해하지 못한다. 그래서 결국 그 사이에서 찢어진
다. 그리고 그 찢김의 결과는 잔혹하다.

나스타샤는 칼끝으로 사라지고, 아글라야는 그를 떠
난다. 그것도 아주 철저하게. 또 다른 구도에서, 로고진은
광기에 잠기며, 미시킨은 완전한 백치의 상태로 되돌아
간다.

그리고 아글라야. 이상과 순수를 동경하던 그 소녀는
결국 폴란드의 한 사기꾼에게 속아 결혼이라는 이름의

기만 속으로 들어가고, 가족과 연을 끊은 채 타향에서 방황한다. 도스토옙스키가 적그리스도의 나라라 여겼던 가톨릭의 땅, 폴란드에서 그녀는 미시킨을 비웃던 세계와 닮은 또 다른 위선의 그물에 걸린다. 이상을 사랑하던 그녀는 현실의 속임수에 무너진다.

완벽한 육체적 미의 나스타샤도, 완벽한 정신적 미의 미시킨도, 순수한 열망을 지녔던 아글라야도, 모두 파국을 맞는다.

여기서 우리는 묻게 된다.

미가 세상을 구원할 수 있는가.

아름다움은 실패한 것인가.

도스토옙스키는 완벽하게 아름다운 사람을 보여 주었지만, 그가 세상을 구원하는 장면은 허락하지 않았다. 그 대신 묻는다.

"당신은 그 아름다움을 비웃을 것인가, 아니면 잠시라도 그 앞에 고개 숙일 것인가. 당신은 타인의 불행을 분석할 것인가, 아니면 잠시라도 함께 견딜 것인가."

생텍쥐페리는 이렇게 말했다. "남을 위해 흘리는 눈물은 우리 가슴속에 있는 보석이다." 타인을 위해 흘리는 눈물, 그것이 인간을 인간이게 한다. 연민은 약함이 아니라 가장 무거운 힘이다. 계산은 빠르지만, 연민은 깊다. 계산은 효율을 낳지만, 연민은 구원을 가능하게 한다.

　여기에 한 가지를 덧붙이고 싶다. 나는 연민을 이용하는 사람들을 쉽게 용서하지 못한다. 그들은 누군가의 선함을 이용해 자신의 이익을 챙기고, 누군가의 눈물을 발판 삼아 권력을 얻는다. 영화 〈양들의 침묵〉에는 깁스를 한 남자가 여성에게 도움을 청하는 장면이 나온다. 실제로 도움을 바란 것이 아니라, 그녀를 납치하기 위해 의도적으로 계산한 연출이다. 선의를 연민으로 유혹해 내기 위한 거짓이다. 나는 그런 거짓을 창출해 내는 이들을 "연민을 불구로 만드는 자들"이라 부른다. 도스토옙스키라면 그들마저 용서했을지도 모르겠다. 그러나 나는 아직 거기까지는 가지 못했다. 나는 아직 도 선생님의 제자가 되기엔 모자람이 많다. 갈 길이 멀다.

　오늘날 우리는 개인주의와 효율의 언어 속에서 산다. "나부터 살자.", "내 행복이 우선이다.", "타인의 문제는 타인의 몫이다." 이 말들은 현실적이다. 그러나 이 말들이 습관이 될 때, 우리는 조금씩 무감각해진다. 타인의 고통은 기사 제목이 되고, 스크롤 한 번에 사라진다.

　도스토옙스키는 여기서 잔혹하게 묻는다.

"세상이 구원받지 못한 것이 아니라, 우리가 구원의 조건을 거부한 것은 아닌가?"

연민은 약함이 아니다. 연민은 인간 존재의 마지막 방어선이다.

도스토옙스키는 말한다. 연민은 선택이 아니라 법칙이라고. "인류의 유일한 존재 법칙"이라고.

연민이 없다면 우리는 사람의 형상을 하고 있을 뿐, 사람은 아니다. 연민이 사라진 자리에 논리가 남을지 모르나, 삶은 남지 않는다.

우리는 완벽하게 아름다울 수 없다.

우리는 완벽하게 선할 수도 없다.

세상을 구원하지 못할지도 모른다.

그러나 누군가의 아픔 앞에서 잠시 멈출 수는 있다.

그의 행복을 조용히 바랄 수는 있다.

그 작은 멈춤이 한 세계를 무너뜨리기도 하고, 한 세계를 붙들기도 한다.

그래서 나는 "세상이 구원될 수 있는가?"라고 묻지 않는다. 그 대신 "당신은 아직 누군가의 행복을 바라며 가슴이 저린 적이 있는가?"라고 묻는다. 그 질문 앞에서 숨이 잠시 멎는다면, 그 한순간의 떨림 속에 인류가 아직

연민은 약함이 아니다.
연민은 인간 존재의
마지막 방어선이다.
연민은 선택이 아니라
존재의 법칙이다.

지켜야 할 마지막 법칙이 살아 있다.

　우리 식구들이 괜히 눈물이 많은 게 아니다. 어쩌면
아직 그 법칙이 우리 안에 살아 있기 때문인지도 모른다.
세상이 차가워질수록, 그 저릿한 감각은 더 귀해진다.
　연민은 선택이 아니라 존재의 법칙이다. 그 법칙을
잃는 순간 우리는 파멸에 가까워진다. 그러니 우리가 아
직은 의심하고 있는 그 법칙을 붙드는 순간, 우리는 비록
세상을 구원하지 못하더라도 최소한 서로를 완전히 잃어
버리지는 않을 것이다. 그리고 어쩌면, 인류가 아직 여기
있는 이유도, 아직 서로를 완전히 물어뜯지 않고 버티고
있는 이유도, 그 법칙이 완전히 사라지지 않았기 때문일
것이다.
　연민이 살아 있는 한, 인간은 아직 끝나지 않았다. 그
법칙을 붙드는 순간, 우리는 아직 구원의 가능성 안에 있
다. 그 사실 하나만으로도 이 소설은 우리를 아직 놓아주
지 않는다.
　어쩌면 삶을 버텨 낼 이유는, 오직 그것뿐인지도 모
른다.

화면 속의 백치

책장을 넘기기 전, 숨부터 고르는 법

도스토옙스키를 번역하기 전, 작품을 토대로 제작한 영화를 먼저 본다. 이유는 단순하다. 내가 살아 보지 않은 19세기의 공기, 마차 바퀴가 눈 위를 긁는 소리, 러시아 성화를 장식하는 금빛, 교회의 촛농 냄새, 사람들의 눈빛과 걸음걸이를 몸으로 먼저 겪어 보고 싶기 때문이다. 활자만으로는 부족하다. 몸을 통해 얻은 정보가 가슴을 울린다. 그렇게 활자보다 가슴이 먼저 그 시대에 젖어야 문장이 따라온다.

『백치』를 번역할 때 내가 붙든 것은 2003년 러시아의 〈졸로타야 클라시카(Золотая классика)〉 시리즈다.

우리말로 하면, '황금 고전' 정도라고 할 수 있을 것 같다. 감독 블라디미르 보르트코의 10부작 TV 영화였다. 원작에 거의 문장 단위로 충실하고, 도스토옙스키 특유의 영적 긴장감과 신경증적 분위기를 놀라울 정도로 재현해 낸, 교과서적인 고전 해석으로 러시아에서 "정본에 가까운 영상화"라는 평가를 받는 작품이다.

미시킨 역의 예브게니 미로노프는 "소설 속 미시킨이 살아 나온 것 같다."라는 평을 듣는다. 과장이 아니다. 그의 눈빛은 늘 어디엔가 닿아 있으면서도, 어딘가를 통과해 버리는 것처럼 맑고, 말투는 망설임과 진심 사이에서 미세하게 떨린다. 연민이 먼저 튀어나오고, 판단은 한 박자 늦게 따라오는 그 호흡이 텍스트와 거의 겹친다. 아글라야를 연기한 배우 리디야 벨레제바는 어리고 여리지만, 고집스럽고 열정과 오기가 동시에 번뜩이는 얼굴을 지녔다. 나스타샤를 맡은 엘레나 코레네바는 당당하고 어둡고 아름답다. 팜프파탈의 외피 아래, 여리디여린 속살이 숨 쉬는 얼굴. 이 세 사람의 조합은 활자를 영상으로 옮기는 데 거의 실패가 없다. 더욱 감탄했던 것은 로고진 역을 맡은 미로노프다. 그야말로 더할 나위 없는 배역이다.

활자보다 가슴이 먼저

그 시대에 젖어야 문장이 따라온다.

반면에 이반 피리예프 감독이 연출한 1958년 판본에서 로고진 역을 맡은 배우는 어딘가 산적 두목처럼 과장되어 있었다. 뚱뚱하고 방탕하며 깊이가 부족해 보였다.

그건 틀렸다. 틀려도 한참 틀렸다. 한 여인을 그토록 미친 듯이 사랑하고, 그 여인이 다른 남자를 미친 듯이 사랑하는 것을 알면서도 소유하려는 자다. 자신의 모든 것을 던질 수 있을 만큼 처절한 내적 연소를 겪는 자이기도 하다. 그처럼 광기와 사랑에 스스로를 소진하는 인물을 산적 두목처럼 피상적이고 단순한 이미지로 형상화하는 것은 설득력이 없다.

그런데 2003년 판본에서 로고진은 그 깊이를 가진 얼굴이었다. 광기와 사랑이 동시에 타오르는 눈빛. 나는 그를 보며 오래 숨을 멈췄다.

이 10부작을 보는 내내, 나는 숨을 쉴 수 없을 정도였다. 도 선생님의 상상 속에 있던 그 백치가, 이렇게 살아 움직이고 있었으니까. "도 선생님이 보시면 얼마나 흐뭇해하실까." 하는 생각이 들었다. 묘하게도 나는 그 상상만으로도 행복했다.

물론 1퍼센트의 아쉬움은 있다. 미로노프의 연기는 완벽에 가깝지만, 외모는 조금 더 성인(聖人)스러웠으면 하는 마음은 있었다. 1958년 판본에서 미시킨을 연기한 유리 야코블레프의 얼굴을 떠올리면, 외모만큼은 2003년 판본으로 가져오고 싶다. 연기는 둘 다 훌륭하다. 다만 야코블레프는 너무 몰입한 탓인지 1부만 찍고 신경증으로 병원에 입원했다. 결국 2부는 끝내 만들지 못했다는 일화가 있다. 고전은 때로 배우를 삼킨다.

러시아에서는 『죄와 벌』, 『악령』, 『카라마조프가의 형제들』도 여러 편의 시리즈로 제작되었다. 하지만 상징과 영적 긴장을 이렇게까지 보존한 영상 작품은 〈백치〉가 가장 낫다. 다른 작품들은 이야기를 전달하는 데는 성공했지만, 작가의 의도와 상징의 층위를 충분히 끌어 올리지는 못했다. 〈백치〉만큼 원문에 충실하고, 배우들의 전통적 연극 연기 스타일을 살리며, 도스토옙스키의 신경증적 긴장을 끝까지 밀어붙인 영상은 드물다.

그래서 나는 권한다. 『백치』를 읽고 싶지만 엄두가 나지 않는 분들께, 먼저 이 영화를 보시라고. 10부작을 따라가다 보면, 어느 순간 책장을 넘기고 싶어질 것이다. 활자 속의 백치가, 화면 속의 백치와 겹치는 순간이 온다. 그때, 당신은 이미 도 선생님의 세계에 발을 디딘 셈이다.

번역가의 작은 바람이 있다. 누군가 이 영화를 보고 "그래, 이제 책을 읽어 보자." 생각해 준다면, 활자 속으로 다시 돌아가 연민의 문장을 천천히 더듬어 준다면, 그 한 사람의 독자가 생긴다면 이 긴 번역의 새벽도, 이 긴 시청의 숨 멎는 순간도, 모두 남는 장사다.

도 선생님의 『백치』는 화면에서도 살아 있다.
당신의 책장에서도 살아나기를 바란다.

III

『악령』

신을 잃은 자들의 광기

악령

꾸덕하게 굳어 가는 핏빛의 세계

『죄와 벌』에서 인간은 오만으로 무너진다. 스스로 초인이 되어 세상을 심판하려 했던 그 남자는 자기 논리에 스스로 파멸했다. 『백치』에서 순수는 세상을 구원하지 못하고 파괴된다. 세상을 구원하러 왔던 예수를 닮은 그 사람은 갔다. 완벽하게 아름다운 영혼은 부서졌다. 그 자리에 무엇이 남는가. 『악령』이다.

온갖 마귀가 들끓는 적그리스도의 세상. 신의 자리에 인간의 이성이나 권력을 앉히려는 시도, 그리고 순수가 떠난 자리를 차지하려는 인간의 오만한 이성과 파괴적 이데올로기.

도스토옙스키의 4대 장편을 순서대로 읽다 보면, 『악령』은 단순한 정치 소설이 아니라 영적 붕괴의 기록임을 알게 된다. 『백치』에서 예수를 닮은 인간이 실패한 이후, 세계는 중립 상태로 남아 있지 않는다. 공백은 언제나 채워진다. 빛이 사라진 자리에는 그림자가 들어선다. 그리고 그림자는 이 소설에서 하나의 집단적 광기로 형상화된다. 피비린내, 죽음, 숨 가쁜 비극.

이 소설은 살인의 밀도에서 도스토옙스키 전 작품 중 가장 잔혹하다. 물론 다른 소설들에도 죽음의 그림자는 짙다. 『죄와 벌』에는 세상을 좀먹는 노파의 싸늘한 시신이 있고, 『카라마조프가의 형제들』에는 뒤틀린 욕망에 빠진 아버지의 피가 있다. 두 작품에서 죽음은 어디까지나 한 사건이고, 한 인물에게 귀속된다. 그러나 『악령』은 다르다. 이곳에서는 죽음이 개별 사건이 아니라 전염병처럼 번진다.

태어난 지 일주일 만에 죽어 가는 갓난아기, 꽃봉오리를 피워 보지도 못한 채 파멸하는 열세 살 소녀, 따뜻한 가족애를 꿈꾸던 순간 머리에 총을 맞는 사람, 자신의 죄가 모든 악의 씨앗임을 깨닫고 스스로 목을 매는 인간, 자신의 존재를 증명하기 위해 피를 흘리는 젊은이들.

그들은 광기에 떠밀려 타인의 손에 죽임을 당하고, 혹은 허무를 견디지 못해 스스로 죽음을 택한다.

『악령』에서 사상적으로 대립을 보여 주는 두 인물은 샤토프와 키릴로프다. 이들은 소설의 중심인물인 스타브로긴의 영향을 받았으며, 그의 상반된 사상을 각각 극단으로 밀어붙인 사상의 화신들이라고 할 수 있다. 샤토프는 러시아인들이 정교를 통해 특별한 역사적 사명을 가졌다는 민족주의적 신념을, 키릴로프는 인간의 자유는 절대적이며 인간 스스로가 신이 되어야 한다는 인신론(人神論)을 신봉한다. 이들은 자율적 사상가라기보다는 스타브로긴의 파편이다.

이 작품의 중심을 찢는 것은 샤토프의 죽음이다. 그는 구원의 가능성을 품고 있었으나 동지들의 총에 쓰러진다. 키릴로프는 신이 없다는 것을 증명하기 위해 자살을 선택하고, 『죄와 벌』의 스비드리가일로프와는 다른 종류의 철학적 자멸을 보여 준다. 스타브로긴은 영혼이 이미 부패한 상태로 남아 있으며, 그의 고백은 차라리 살아 있는 시체의 기록에 가깝다.

이 세계에는 균형이 없다. 선과 악의 대결도 아니다. 이미 악이 공기를 점유한 상태다.

도스토옙스키는 이 소설을 통해 묻는다.

"신이 없는 세상은 어떤 모습인가."

지옥은 죽은 뒤에 오는 곳이 아니라, 신이 부정된 순간 이미 시작된다. 그래서 『악령』은 검붉은색이어야 한다. 이건 선혈의 선명한 붉음이 아니다. 막 터져 나온 피의 생생함이 아니다. 꾸덕꾸덕 굳어 가는, 거뭇하게 산화된 핏빛이다. 활활 타는 불빛이 아니라, 꺼져 가면서도 아직 열기를 남긴 잔불 같은 색이다.

이 소설에는 불이 등장한다. 방화는 우발이 아니라 사상의 결과다. 혼란을 조장하고 기존 질서를 파괴하기 위한 수단으로 활용된다.

이념은 인간을 태운다. 음모와 광기와 집단적 히스테리가 한 도시를 잠식한다. 사람들은 스스로를 '새로운 인간'이라 부르지만, 그 실험은 결국 돼지 떼처럼 절벽 아래로 뛰어드는 악령의 비유로 끝난다.

육체가 썩는 냄새,

정신이 곪아 터지는 냄새,

영혼이 타들어 가는 냄새가 진동한다.

이곳에서 미는 무엇 하나 구원하지 못한다.

212

악령

빛이 사라진 자리에서,

당신은 여전히

인간으로 남을 수 있는가.

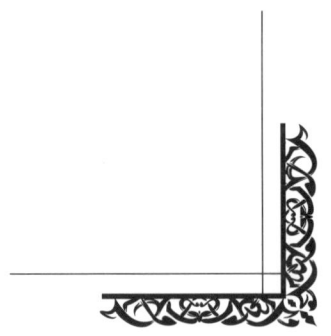

이곳에서 연민은 거의 실종된다. 남는 것은 이념의 열병과 증오의 연쇄다.

그래서 이 작품의 표지는 피비린내 나는 꾸덕하고 시뻘건 색이어야 한다. 『백치』가 흰색이라면, 『악령』은 응고된 핏빛이다. 여기서는 미가 파괴되고, 연민이 조롱당하며, 신이 부정된다. 돼지 떼처럼 인간의 정신을 휘감고 절벽 아래로 몰아넣는다. 그러나 밝은 붉음이 아니라, 어둡고 점성 있는 붉음, 빛을 삼켜 버리는 색.

적그리스도의 색.

도스토옙스키는 『악령』에서 어떤 인물도 구원자로 세우지 않는다. 모두가 감염되고, 모두가 상처 입고, 모두가 어느 정도는 공범이 된다. 신이 부정된 자리에는 인간이 신의 자리를 차지하려 들고, 그 오만은 곧 폭력으로 이어진다.

이 책을 덮고 나면 한동안 숨이 가쁘다. 마치 불길 속을 지나온 것처럼.

그래서 이 책의 표지를 검붉은색으로 정했다. 선혈이 아니라, 굳어 가는 피의 색. 한 시대의 영혼이 응고되어 굳어 버린 색.

『악령』은 묻는다.

당신은 이 불길 속에서 무엇을 붙들 것인가.

빛이 사라진 자리에서, 당신은 여전히 인간으로 남을 수 있는가.

피비린내가 진동하는 이 세계는 단지 19세기 러시아의 이야기가 아니다. 이념과 증오가 서로를 삼키는 오늘의 풍경과도 닮아 있다. 그래서 더 무섭다. 그래서 더 붉다.

이 책은 검붉어야 한다.

그것은 구원을 잃어버린 세계의 색이기 때문이다.

욕 공부와 〈헬머니〉
이데올로그들의 각축장 한복판에서 내가 가장 힘들었던 것

『악령』은 철학이다. 그리고 지옥이다. 그리고 무엇보다, 말이 너무 많다.

『죄와 벌』은 초인 사상을 중심으로, 『백치』는 "완벽하게 아름다운 사람"이라는 하나의 거대한 명제를 중심으로 비교적 단순한 축을 가지고 돌아간다. 물론 단순하다는 말이 결코 쉽다는 뜻은 아니지만, 적어도 중심이 보인다.

그러나 『악령』은 다르다. 이 작품에 들어서면 독자는 사상의 전쟁터 한복판에 던져진다. 키릴로프의 인신론, 샤토프의 신인론, 러시아 설화에서 반복되는 '민중 영웅'

의 전형인 이반 차레비치의 신화, 슬라브주의와 서구주의의 대립, 제3 로마 이론, 적그리스도의 도래, 선과 악, 초인 사상, 허무주의, 묵시록적 종말론….

인물들은 더 이상 단순한 인물이 아니라 미하일 바흐친이 말한 이데올로그, 즉 사상의 담지자로 변화한다. 바흐친은 『도스토옙스키 시학의 문제들』에서 도스토옙스키의 주인공들이 작가의 사상을 전파하는 '수동적 도구'가 아니라, 스스로 사고하고 판단하는 '사상의 주체'라는 점을 강조했다. 그들은 숨 쉬는 인간이면서 동시에 하나의 철학 체계다.

키릴로프의 인신론만 해도 그렇다. "신이 없다면, 인간이 신이 된다."는 이 명제는 처음 읽을 땐 그럴듯하다. 몇 번을 읽어도 어렴풋이 이해가 되는 듯하다가, 막상 설명하려 하면 입이 막힌다. 스스로 '고급 독자'라고 자처하던 내가, 수십 번을 읽고도 명쾌하게 설명하지 못했던 부분이다. 그런데 번역을 하며 한 문장 한 문장, 한 단어 한 단어를 씹어 넘기다 보니 어느 순간 실타래가 풀리듯 이해가 되었다. 이제는 누가 물어도 설명할 수 있을 만큼.

샤토프의 신인론도 마찬가지다. 그 복잡한 논쟁 속에서 도스토옙스키는 인류가 신을 버릴 때 무엇을 잃는지 집요하게 묻는다. 그것은 단순한 믿음이 아니라, 인간을 인간으로 묶어 두던 근거이자 삶의 의미를 지탱하던 마지막 기준이다. 신이 사라진 자리에서 남는 것은 자유가 아니라, 방향을 잃은 인간의 불안과 해체다.

그래서 『악령』은 어렵다. 정말 어렵다. 읽다가 포기하는 사람이 많고, 길을 잃는 사람도 많다. 이 작품을 끝까지 읽고 나면 다른 도스토옙스키 작품은 비교적 수월하게 느껴질 정도다.

그런데 번역자로서 내가 느낀 진짜 어려움은 문장도 아니었고, 사상도 아니었다. 그건⋯ 욕이었다.

『죄와 벌』은 대학생 살인자의 이야기이고, 『백치』의 중심인물들은 귀족이다. 그런데 『악령』에는 하급 관리, 혁명 분자, 산파, 고리대금업자 들이 등장한다. 그리고 그들은 욕을 한다. 아주 많이 한다.

문제는 내가 욕을 모른다는 데 있다. 나는 아이들에게 바른말, 고운 말을 쓰자고 늘 강조해 왔고, 영화에서 욕이 많이 나오면 슬쩍 자리를 뜨는 사람이다. 내가 아는 욕이라고는 '제길', '젠장', '젠장맞을' 정도다. 그런데 혁명가들이 그런 미적지근한 말만 할 리가 없지 않은가. 그래서 나는 욕 공부를 하기로 했다.

대학생 아들의 추천을 받아 김수미 선생이 욕쟁이 할머니로 나오는 〈헬머니〉를 보았다. 옆에는 공책을 펼쳐 두고, "대-갈-빡" 같은 단어를 한 글자씩 받아 적는 나를 보며 아들은 혀를 찼다.

"엄마는 욕도 공부를 해야 돼?"

맞다. 나는 뭐든 학구적으로 접근한다. 다만 요리, 화장, 운전은 끝내 정복하지 못한 영역으로 남아 있다. 욕도 그에 준했다.

결국 내 『악령』 번역본에는 "제길.", "젠장.", "젠장맞을."이 유난히 많이 나온다.

어느 날 새벽, 출판사에서 보내온 마지막 편집본을 보다가 나는 깜짝 놀랐다. 쌍시옷이 들어간 욕이 두 군데나 등장한 것이다. 기억에 없는 말들이다. 편집자에게 사진을 보내며 물었다.

"이거… 제가 쓴 건가요?"

편집자는 태연하게 답했다.

"원고에 '젠장'이 너무 많아서 몇 군데만 고쳤어요. 마음에 안 드시면 다시 바꿀까요?"

잠시 생각하다가 말했다.

"그냥 두세요. 잘하셨어요."

그래서 나의 『악령』은 입이 상당히 많이 순화된 혁명가들의 이야기다.

이 일화가 농담처럼 들릴지 모르겠지만, 욕을 번역하는 문제는 결코 사소하지 않다. 왜냐하면 『악령』은 단순한 사상 소설이 아니라, 사상이 타락하는 과정을 그린 실험장이기 때문이다. 이념은 인간의 언어를 바꾼다. 혐오와 조롱과 분노는 말의 톤을 낮추고 거칠게 만든다. 욕은 단순한 저속함이 아니라, 영혼이 붕괴되는 소리다.

따라서 그 비명을 정제된 언어로 다듬는 것은, 도스토옙스키가 창출한 비극의 핵심을 지우는 일이 될 수도 있다. 번역가로서 고심할 수밖에 없었던 이유다.

도스토옙스키는 단순한 19세기 러시아 소설가가 아니다. 그는 정치적 작가이며, 묵시록적 종교주의자이고, 극단적 슬라브주의자이다. 또한 실존적 철학가이고, 논쟁적 저널리스트이며, 비극적 예언자다. 그의 작품은 시대의 사건을 반영하면서도 시공을 초월하는 질문을 던진다. 신과 인간, 죄와 벌, 구원과 파멸, 선과 악. 『악령』은 그 모든 명제가 폭발하는 현장이다.

1861년 농노 해방 이후 러시아에는 사회 변화의 열기와 혁명의 기운이 동시에 들끓었다. 허무주의와 혁명

욕은 단순한 저속함이 아니라,

영혼이 붕괴되는 소리다.

진정한 악령은 욕이 아니라,

연민이 사라진 언어 속에

숨어 있다는 것을.

사상은 더 이상 관념이 아니라 현실의 언어가 되어 전통적 사회 질서를 급속히 해체했다. 그렇게 격변기 러시아는 개혁과 자본주의의 물결 속에서 흔들리고 있었다. 서구주의와 슬라브주의의 대립, 개인주의와 어머니 대지 신앙의 충돌, 1840년대 자유주의와 1860년대 허무주의의 갈등.

도스토옙스키는 이 모든 사상적 파열음을 하나의 소설에 욱여넣었다. 그래서 인물들은 하나같이 거대 담론을 토해 낸다. 그들의 대화는 때로 강연이고, 때로 논쟁이고, 때로 예언이다.

이 소설을 끝까지 읽고 나면, 숨이 차다. 마치 거대한 철학의 산을 하나 넘은 기분이다. 그러므로 생각한다. 내가 번역하며 가장 힘들었던 것은 욕이 아니라, 인간의 가능성이 이렇게까지 타락할 수 있다는 사실을 직면하는 일이었다는 것을.

웃으며 시작한 욕 공부 이야기는 이렇게 끝이 난다. 하지만 내가 정말 하고 싶은 말은 이렇다. 우리가 일상에서 내뱉는 그 짧은 비속어들이 인간의 억눌린 파괴성을 비추는 거울이라면, 소설 『악령』은 그 거울을 집요하게 들여다보는 거대한 기록이라는 것.

『악령』은 어렵다. 그러나 그 어려움은 헛되지 않다. 이 작품을 정복하고 나면, 우리는 도스토옙스키의 질문을 조금 더 깊이 이해하게 된다. 인간은 어디까지 무너질 수 있는가. 그리고 그 무너짐 속에서 무엇을 붙들 수 있는가.

어쩌면, 내가 욕을 배우며 한 글자씩 적어 내려간 그 공책도, 결국은 이 거대한 질문을 따라가기 위한 작은 준비였는지도 모른다.

나는 아직도 생각한다. 진정한 악령은 욕이 아니라, 연민이 사라진 언어 속에 숨어 있다는 것을.

깊은 산속에서 도 닦듯, 열심히 수련(!)했지만 내게 욕은 여전히 넘사벽으로 남아 있다. 웃프지만 번역가로서 맞는 또 다른 한계다.

인생 쉽지 않다

인신론과 키릴로프, 그리고 우리가 오해한 것

2018년 3월 11일 자 경향신문 연재 '장강명의 내 인생의 책'에서 장강명 작가는 도스토옙스키의『악령』을 "글자로 된 야수"라고 표현했다. "독자를 찢어발기고 아무 대책도 내놓지 않는다."

그는 또 이렇게 고백했다. "나는『악령』이후로 문학이 인간을 구원한다는 말을 믿지 않는다." 그는 한동안 신에 대한 믿음을 잃고 무신론자가 되었다고도 했다.

나는 그 글을 읽고 마음이 덜컥 내려앉았다. 왜냐하면『악령』은 영적 길잡이 없이 읽으면 정말로 사람을 어디론가 몰아갈 수 있는 작품이기 때문이다.

그래서 KBS 라디오 〈작은 서점—장강명의 인생 책〉에서 출연 요청을 해 왔을 때 나는 흔쾌히 응했다.『악령』은 설명이 필요한 작품이기 때문이다. 특히 키릴로프는 더욱 그렇다. 도 선생님이 키릴로프를 통해 무엇을 보여 주고자 했는지 말해 줄 책임이 있다고 느꼈다.

나는 방송에서 설명했다.

"사실『악령』이나『카라마조프가의 형제들』같은 작품은 위험할 수 있어요. 사람을 어디론가 무섭게 몰아갈 수 있거든요. 저도 처음엔 이반이나 키릴로프가 던지는 무신론적 명제들에 머리가 띵했습니다. '신이 없다면 모든 것이 허용된다.'거나, '인간이 곧 신이다.' 같은 말들이 그래요. 그럴듯한 논리들이잖아요.

그런데 제가 이 거대한 네 작품을 집필 순서대로, 한 단어 한 단어 씹어 넘기며 번역하다 보니 어느 순간 전율이 오더라고요. 실타래가 풀리듯 깨달은 건, 도스토옙스키가 그들의 사상을 지지해서 그렇게 매력적으로 쓴 게 아니라는 점이에요. 오히려 현실의 언어가 된 사상들이 인간을 얼마나 처참하게 파괴하는지, 그 허구성을 폭로하기 위해 그토록 치열하게 쓴 거죠."

장강명 작가는 고개를 끄덕이며 말했다.

"아, 그렇게 봐야 하는 거였군요. 저는 가이드 없이 읽었다가 큰일 날 뻔했습니다."

실제로 키릴로프는 위험한 인물이다. 장강명 작가뿐 아니라 많은 독자들이 그의 사상에 충격을 받고, 어떤 이들은 그를 통해 무신론의 논리를 재확인하기도 한다. 리처드 도킨스, 크리스토퍼 히친스, 샘 해리스 같은 현대의 공격적 무신론자들이 도스토옙스키를 직접 인용하지는 않더라도, "인간이 신을 발명했다."는 식의 주장을 편다. 그 논지의 구조는 키릴로프의 그것과 닮아 있다. 알베르 카뮈는 『시시포스의 신화』에서 키릴로프에게 하나의 장을 할애하며 그의 자살을 '논리적 자살', '자유의 절대적 증명'으로 다루었다. 키릴로프는 분명 매혹적이다. 그리고 위험하다.

키릴로프의 이론, 즉 인신론을 간단히 말하면 이렇다. 인간이 자살하지 않는 이유는 죽음이 두렵기 때문이라는 것이다. 인간은 죽음에 대한 공포 때문에 신이라는 존재를 만들어 냈다. 죽음 이후의 보상, 처벌, 심판을 상상함으로써 자신의 공포를 달랜 것이다. 그렇다면 죽음에 대한 공포를 극복하는 자는 곧 신이 된다. 신이 인간을 창조한 것이 아니라, 인간이 신이 된다. 인간이 신이 된다는 사상, 그것이 인신론이다.

그는 비유를 든다. 우리 머리 위에 집채만 한 바위가 대롱대롱 매달려 있다. 그 바위가 떨어지면 아플까? 아니다. 아픔을 느낄 새도 없이 죽을 것이다.

그런데 우리는 그 바위가 매달려 있는 동안 "아플 것이다."라고 상상하며 두려워한다. 바위 자체에는 고통이 없지만, 우리의 상상 속에는 두려움이 있다. 그 두려움이 고통을 낳는다. 그러므로 그 두려움을 극복하는 자는 신이 된다.

여기까지는 그럴싸하다. 이십 대 혈기 넘치는 청년이라면 매혹될 수도 있다. 삶과 죽음이 동일하다면, 죽음을 두려워할 이유가 없다면, 최초로 그 사실을 실천으로 증명하는 자는 위대한 인간, 아니 신적 존재가 된다. 이 얼마나 매력적인 논거인가.

그는 또한 자신의 죽음을 통해 사상의 프로파간다를 구현하려고 한다. 스스로 사상의 증명자임을 자처한다. 인류를 옥죄는 신이라는 거대한 환상을 깨부수기 위해, 첫 번째 펭귄이 되어 죽음의 심연으로 뛰어들어야 한다고 믿은 것이다.

＊Бог(신), страх(공포), СВОБОДА(자유)   키릴로프와 인신론

신은 인간의 공포가 만든 환상, 공포를 극복하면 신은 사라지고 인간이 주인이 된다. 그러니 자유 의지를 증명하기 위해 스스로 죽음을 택하라….

논리만 놓고 보면 섬뜩할 정도로 정합적이다. 그러나 그 정합성은 삶의 의미를 지우는 순간에만 성립하는, 치명적인 공백 위에 세워진 논리다. 문제는 실행이다.

키릴로프의 자살은 장엄하지 않다. 빛이 번쩍이지 않는다. 초월의 기운도 없다. 그의 죽음은 끔찍하고 처참하다. 살해당하는 장면보다 더 비참하다. 나는 그것을 '왈왈 죽음'이라고 부르고 싶다. 철학적 고결함과는 거리가 먼, 어수선하고, 우왕좌왕하고, 비참하고, 인간적인, 너무나 인간적인 죽음이다. 그 자살 장면은 그의 사상을 영광으로 봉인하지 않는다. 오히려 폭로한다. 그의 이론이 얼마나 인간의 본성과 어긋나는지, 삶이라는 것의 질감과 얼마나 동떨어져 있는지 드러낸다.

바로 여기에 도스토옙스키의 의도가 있다. 키릴로프의 사상은 그 자체로 읽으면 위험하다. 그러나 사상과 그 실행, 즉 그의 죽음까지 하나의 연결선상에 놓고 보면 전혀 다른 메시지가 된다. 그의 자살은 이론의 승리가 아니라, 이론의 허구성이 여실히 드러나는 장면이다.

삶은 소통이다. 인간은 관계 속에서 산다. 키릴로프는 "삶과 죽음이 동일하다면 죽음을 선택해야 한다."고 말하지만, 인간은 죽음을 선택하지 않는다. 왜냐하면 인간은 두려움 때문만이 아니라, 관계 때문에 산다. 아침에 누군가와 나누는 인사, 식탁 위의 밥, 기다리는 사람, 책임져야 할 이름들…. 삶은 논리로만 구성되지 않는다. 인간은 철학적 명제 하나로 움직이는 기계가 아니다.

쓰인 순서로 보면 『악령』은 『죄와 벌』, 『백치』 다음에 온다. 그러나 나는 독자에게 이 작품을 마지막에 읽기를 권한다. 준비 없이 들어가면 길을 잃기 쉽다. 사상은 날 것으로 다루기엔 위험하다. 키릴로프의 인신론과 샤토프의 신인론은 작품 전체의 맥락 속에서 이해해야 한다. 키릴로프만 놓고 보면 '자유의 철학'처럼, 샤토프만 놓고 보면 '신앙의 철학'처럼 보인다.

그러나 이러한 단편적인 독해로는 충분하지 않다. 이들의 사상은 개별적인 주장이 아니라, 서로의 대립과 파국으로 치닫는 결말, 스타브로긴과 얽힌 구조적 관계 속에서 파악해야 한다. 그때 비로소 도스토옙스키가 구축한 거대한 의미에 도달할 수 있다. 이 여정이 없으면 사상의 장엄함에 매혹되어 그 파국을 오독할 수 있다.

두려움이 있기에 인간은 인간이다.

고통이 있기에 연민이 가능하다.

죽음이 두렵기 때문에

우리는 서로를 붙든다.

인생은 쉽지 않다. 나의 인생도, 당신의 인생도. 만약 인생이 쉽고 행복하기만 했다면, 우리는 작은 불행 하나에도 맥없이 무너졌을 것이다. 그래서 어쩌면 인생은 일부러 어렵고 복잡하게 설계되어 있는 것인지도 모른다. 부처에게도, 예수에게도 삶은 쉽지 않았다. 하물며 우리 같은 평범한 존재에게야 더 말할 것도 없다. 그렇다고 해서 이것을 "고통스러운 삶보다 논리적인 죽음이 낫다."는 식으로 치환할 수는 없다.

키릴로프는 인간의 두려움을 제거하려 했다. 도스토엡스키는 인간의 연약함을 인정한다. 두려움이 있기에 인간은 인간이다. 고통이 있기에 연민이 가능하다. 죽음이 두렵기 때문에 우리는 서로를 붙든다.

그래서 나는 말하고 싶다.

키릴로프를 읽고 무신론자가 되었다는 고백을 하는 것은 가능하지만, 키릴로프의 죽음까지 읽었다면 거기서 멈춰야 한다고. 그의 이론은 완결된 철학이 아니라, 파국으로 끝나는 실험이다.

인생은 쉽지 않다. 역설적으로, 그렇기에 우리는 쉽게 죽지 않는다. 죽음이 두려워서가 아니라, 삶이 우리를 붙들고 있기 때문이다. 누군가의 목소리, 누군가의 체온,

누군가의 기다림이 우리를 붙들고 있기 때문이다. 도스토옙스키는 우리를 구원하지 않는다. 그 대신 묻는다.

"당신은 이 어려운 삶을 그래도 붙들 것인가?"

그 질문은 19세기 러시아를 넘어 지금 여기까지 온다.

『악령』을 읽을 때마다 생각한다. 이 소설은 절망을 주기 위해 쓴 것이 아니라, 절망을 끝까지 밀어붙여 그 밑바닥에서 인간을 다시 보게 하기 위해 쓴 것이라고.

인생은 쉽지 않다. 그러나 쉽지 않기에, 우리는 아직 살아 있다.

'아' 다르고 '어' 다르다

지배의 언어인가, 고통의 언어인가

나는 정면으로 맞서는 것을 좋아하지 않는다. 누군가를 공개적으로 반박하는 일은 체질에 맞지 않는다. 특히 내가 초대받은 손님이고, 상대가 그 프로그램의 고정 패널이라면 더더욱 그렇다.

2026년 1월 22일. 〈일당백〉에 초대받아 나갔을 때다. 〈일당백〉은 "일생 동안 읽어야 할 백 권의 책"이라는 의미로, 인문·사회·역사·철학 등을 해설하는 유튜브 채널이다.

나는 자신을 "도 선생님 전도사 김박"이라고 소개했다. 프로그램 패널 중 한 명의 별칭이 '정박'이었기 때문이다. 흔히 김씨 성을 가진 변호사를 '김변'이라고 하는 것처럼 그가 '정박'으로 불리고 있어 나도 다소 장난스레 '김박'이라고 한 것이다.

그가 이런 질문을 던졌다. "도 선생은 작품을 통해서는 인류의 보편적인 사랑과 연민을 말하면서도, 인생의 후반부에 다른 곳에서는 아시아를 정복하고 유럽을 제패하자고 하는 식의 국수주의적, 제국주의적 발언을 합니다. 이건 모순 아닌가요?"

그 질문을 듣는 순간, 나는 머릿속에서 경고등이 켜졌다. 마음속으로 "아…" 하고 탄식했다. '아' 다르고 '어' 다른데…. 그런데 이렇게 다를 수는 없다.

그러나 나는 그 자리에서 "아닙니다. 그건 잘못된 해석입니다."라고 말하지 못했다. 나는 손님이었고, 그는 고정 패널이었으며, 한 시간짜리 방송에서 그 권위를 건드리고 싶지 않았기 때문이다. 나는 말을 돌렸고, 최대한 완곡하게 설명했고, 뭉뚱그렸다. 그때는 그게 예의라고 생각했다.

하지만 방송이 나간 이후 영상에 달린 댓글을 보며 가슴이 아팠다. 도스토옙스키를 국수주의자, 제국주의자, 말과 행동이 다른 이중적 인물로 매도하는 글이─몇 안 되지만─그래도 달려 있었다. 이건 바로잡아야 한다.

도스토옙스키는 단 한 번도 "아시아를 정복하자."거나 "유럽을 제패하자."는 식의 제국주의적 선동을 한 적이 없다. 그가 말한 것은 군사적 팽창이 아니라 영적 중심의 인류 구원이었다.

시베리아 이전의 그가 속해 있던 준거 집단, 즉 1840~1850년대 러시아 지식인 사회에는 유럽 숭배 풍조가 있었다. 도스토옙스키 역시 서구의 문명과 가치가 유라시아뿐 아니라 전 세계를 구원할 수 있을 것이라 믿었다. 벨린스키, 페트라솁스키에 경도되었던 이유다.

그러나 1862년 6월부터 9월에 거쳐 독일, 프랑스, 이탈리아, 영국 등을 돌았을 때, 작가는 유럽 대도시의 주변부에 있는 사람들의 비참한 환경과 방탕하고 범죄에 찌든 모습을 보고 충격을 받는다. 그는 서구 문명은 타락했으며, 다른 나라를 구원할 수 없을 뿐만 아니라, 자신들의 자정 능력마저 상실했다고 보았다. 서구의 합리주의, 물질주의, 개인주의가 인간의 영혼을 공허하게 만들었고, 그 공허는 결국 허무주의와 폭력으로 이어진다고 보았다. 그의 시선은 정치적 지배가 아니라 영적 책임에가 있었다. 무너진 가치를 재건하기 위해서는 도덕적 회복만이 유일한 길임을 강조했다.

군림하기 위한 권세가 아니라,

고난을 짊어지려는

책임감에서 나온 사명이다.

지배의 논리를

구축하려는 것이 아니라,

타인의 고통을 온전히 감내하려는

희생의 논리다.

시베리아 유형 4년 동안 그는, 러시아 농부들 심지어 가장 밑바닥의 범죄자들 속에서도 신앙이, 신이 살아있음을 보았다. 『죄와 벌』 에필로그에서 라스콜리니코프는 다른 죄수들에게 '먹물 먹은 자', 곧 신을 잃은 자로 여겨져 구타당한다. 이 장면은 단순한 감정 폭발이 아니다. 도스토옙스키는 러시아 민중의 가슴속에 신에 대한 믿음이 본래부터 자리 잡고 있음을 보았고, 그것을 러시아의 가능성으로 해석했다. 고난받는 예수를 중심으로 한 정교회적 영성은 러시아 민중의 영혼을 상징한다. 그는 러시아 민족을 "신을 잉태한 민족"이라 불렀다. 이것은 민족 우월주의가 아니라, 영적 책임의 선언이었다.

그가 믿은 것은 이것이다. 서구가 타락했다면, 누군가는 십자가를 져야 한다. 예수가 유대인이었으나 유대인만을 위해 십자가를 지신 것이 아니지 않은가. 그는 세계인을 위해 십자가를 졌고, 세계인의 구원과 속죄를 위해 피 흘려 죽었다. 도스토옙스키는 바로 그 십자가의 소명을 슬라브 민족이 져야 한다고 믿었다.

그의 말은 지배의 언어가 아니다. 고통의 언어다. 군림하기 위한 권세가 아니라, 고난을 짊어지려는 책임감에서 나온 사명이다. 지배의 논리를 구축하려는 것이 아니라, 타인의 고통을 온전히 감내하려는 희생의 논리다. 그것은 자학에 가까운 영적 사명 선언이다.

골고다의 길은 승리의 길이 아니라, 쓰러지고 넘어지는 길이었다. 십자가는 왕관이 아니라 형벌이었다. 도스토옙스키가 말한 "러시아의 사명"은 정복이 아니라 고통의 감당이었다.

샤토프의 신인론은 바로 이 사상을 대변한다. 한 민족은 단순한 혈통 공동체가 아니라, 신을 중심으로 형성된 영적 공동체라고. 인간은 신을 통해서만 인간이 된다고. 인간이 신을 버리면 인간성도 함께 붕괴된다고. 민족이 자신의 신앙을 통해 세계에 책임을 질 때 비로소 참된 존재가 된다고. 이것이 신인론이다.

반면에 키릴로프는 인간이 신이 되어야 한다고 주장한다. 인간이 죽음에 대한 공포를 극복하면 신이 된다는 인신론을 펼친다.

도스토옙스키는 이 두 사상을 충돌시킨다. 그리고 그 충돌의 결과는 파국이다. 샤토프의 신인론은 키릴로프의 인신론과 정면으로 충돌한다. 샤토프는 인간이 신을 잃으면 인간성을 상실하게 된다고 주장하지만, 키릴로프는 인간이 두려움을 극복해 신이 된다고 말한다.

논리를 구성하는 단계는 흡사해 보인다. 그러나 전제부터 결론까지 전혀 다른 사유다. 도스토옙스키를 바라보는 오해의 시선도 마찬가지다. "러시아가 중심이 되어야 한다."는 말을 "러시아가 지배해야 한다."로 읽는 순간, 영적 사명은 군사적 제국주의로 변질된다.

도스토옙스키는 러시아가 유라시아를 군사적으로 장악해야 한다고 말한 적이 없다. 그는 러시아가 영적 고통과 책임을 감당해야 한다고 말했다. 이 명백하고도 엄정한 차이를 놓치면 도스토옙스키는 한순간에 제국주의자가 된다.

지금 우리는 러시아-우크라이나 전쟁이라는 현실을 보고 있다. 러시아의 제국주의적 이미지가 강화된 이 시기에, 도스토옙스키의 문장을 정치적 맥락으로 끌어와 그 프레임 속에 끼워 맞추려는 시도를 이해 못 할 바는 아니다. 그러나 19세기 사상가의 영적 슬라브주의를 21세기 지정학적 제국주의로 환원하는 것은 심각한 오독이다.

도스토옙스키는 정치 시스템의 변화를 통해 인간이 구원될 수 있다고 믿지 않았다. 그는 혁명도, 제도도, 경제 개혁도, 자본주의도 인간의 내면을 바꾸지 못한다고 보았다. 그의 관심은 언제나 인간의 영혼에 있었다. 그가 말한 '중심'은 군사나 정치의 논리에서 나온 것이 아니다. 구원과 회복이라는 사명을 완수하기 위한 영적 차원의 팽창이다. 그가 말한 "유라시아의 중심"은 군대의 중심이 아니라, 십자가의 중심이었다.

나는 그날 방송에서 이 말을 끝내 하지 못했다. 녹화였고, 시간이 있었고, 할 수 있었지만, 남에게 싫은 말을 하지 못하는 성격 탓에 예의를 택했다.

약간의 관점 차이는 언제나 있다. 그로 인해 도달하는 결론 또한 전혀 달라질 수 있다. 하지만 '아' 다르고 '어' 다르다. 달라도 이렇게 다르면 안 된다.

샤토프의 신인론은 인간이 신이 되어야 한다는 키릴로프의 인신론과 다르다. 신을 제거한 인간은 무한 자유를 얻는 것이 아니라 방향을 잃는다. 도스토옙스키가 두 사상을 충돌시킨 이유는 독자를 선동하기 위함이 아니라 오해를 방지하기 위함이다. 그는 극단을 더 극단으로 몰아붙여 파국을 이룬다. 그 파국을 통해 진짜 메시지를 드러낸다. 도스토옙스키를 제국주의자로 읽는 것은, 골고다를 왕궁으로 읽는 것과 같다. 그 차이는 단순한 뉘앙스의 차이가 아니다. 세계관의 차이다.

그래서 나는 이 글을 쓴다. 그날 방송에서 하지 못한 말을 여기다 적는다.

도스토옙스키는 정복을 말한 적이 없다. 그는 십자가를 말했다. 그는 고통을 말했다. 그는 책임을 말했다. 그 책임은 우월의 선언이 아니라, 자기희생의 선언이다. 그리고 그 고통을 감당할 수 있는 민족, 십자가를 질 수 있는 공동체를 꿈꾸었다.

표현의 차이는 사소해 보일 수 있다. 그러나 이 경우는 단순한 수사의 문제가 아니다. 그것은 사상을 이해하느냐, 오해하느냐를 가르는 기준점이다. 갈등을 확대하는 해석은 언제나 경계해야 한다. 그러나 텍스트의 의미가 왜곡된 채로 고정되는 일은 더 조심해야 한다. 필요한 것은 대립이 아니라 정확한 독해다. 사소해 보이는 단어 하나, 생각 하나가 사상의 방향을 바꾸기도 한다. 방향만 바꾸는 것이 아니라 질서까지 바꾼다.

나는 도 선생님 전도사다. 억울하면 말해야 한다. 이제라도 '아'를 '아'로, '어'를 '어'로 읽어 주기 바란다. 그의 꿈이 현실 정치에서 어떻게 왜곡되었는가는 또 다른 문제다.

도 선생님은 제국주의 선동가가 아니라, 영적 책임을 외친 사람이다. 이 차이를 이해하지 못하면, 우리는 또 한 번 그를 오해의 늪에 빠뜨린 채 지나치게 될 것이다.

언젠가 다시 방송에 나가게 된다면,
그때는 조금 덜 얌전해질지도 모르겠다.

내 머리 어데 갔노

번역가, 걸어 다니는 종합 병원 되다

처음 장편 번역에 착수했을 때, 그러니까 어언 십여 년 전, 나는 꽤나 총명한 사람이었다. 모르는 단어가 나와도 사전을 찾아 입으로 웅얼웅얼 두세 번만 해 보면 그 단어는 바로 내 것이 되었다. 더 이상 찾을 필요가 없었다. 내 머리는 스펀지처럼 흡수력이 좋았고, 러시아어 단어들은 착실히 그 자리에 저장되었다.

그런데 『악령』을 번역하면서부터 이상한 일이 벌어졌다. "이 단어, 분명히 나왔던 건데…." 뜻이 혀끝에서 맴돌맴돌 하다가 도망간다. 결국 또 찾는다. 그리고 또 찾는다.

마지막 장편 『카라마조프가의 형제들』에 이르러서는 더 심각해졌다. "이거 나왔던 거야, 그치?" 찾는다. 다음 날 또 나온다. 또 찾는다. 내 머리 어데 갔노.

『죄와 벌』을 끝냈을 때 나는 허리가 박살이 났었다. 그래서 높이 조절 책상을 샀다. 버튼을 누르는 것에 따라 징징 소리를 내며 올라갔다 내려왔다 하는 그 책상. 나는 그 앞에서 서서 번역을 했다. 허리 아픈 게 회사 간다고 낫는 건 아니라서 회사 책상도 똑같은 흰색 책상으로 바꿨다. 내 사무실은 그때부터 러시아 문학 연구소라기보다 재활 병원에 가까워졌다. 흰 책상이 하얀 병동 느낌을 더했다.

허리에는 단단한 복대, 목에는 병원에서 주는 것 같은 목베개, 다리에는 압박 스타킹, 손목에는 보호대. 가끔은 손가락에 실리콘 지지대, 머리는 질끈 동여맨 똥머리. 그 몰골을 보고 가족들은 혀를 끌끌 찼다.

"무슨 부귀영화를 보자고 저러노…."

밖에서는 우아하다는 소리를 듣는 내가, 집에만 오면 거의 걸어 다니는 종합 병원이 된다. 요가복 차림으로 서서 작업하다가, 어깨가 뭉치면 스트레칭, 목이 아프면 고개 돌리기, 허리가 당기면 의자에 매달리기.

246

남들이 이 모습을 본다면 피식 웃을지도 모른다. 그러나 다른 사람에게는 희극일지라도 당사자에게는 비극이다. 몸이 아팠다, 많이.

그런데 허리만 문제인 줄 알았더니, 이제는 눈이다. 두어 시간 지나면 화면이 뿌옇다. 눈앞에 파리가 날아다니는 것 같다. 의사는 "비문증입니다." 하고 무표정한 얼굴로 말한다. 눈에 뭔가 낀 것처럼 삭은 실오라기가 둥둥 떠다닌다. 파리를 쫓듯 손을 휘저어도 사라지지 않는다. 그래서 눈 운동을 배우고, 눈을 감았다 떴다, 먼 곳을 보고 가까운 곳을 보고, 별짓을 다 한다.

다리도 아프고, 어깨도 아프고, 눈도 아프고, 머리는 점점 둔해진다. 운동도, 요가도, 마사지도 듣지 않는다. 체력의 한계를 느꼈다. 『카라마조프가의 형제들』은 가도 가도 끝이 없는 사하라였다. 낙타도 없이 혼자 터벅터벅 걷는 기분. 끝이 없다. 그러던 어느 날부터 다리가 아파오기 시작했다. 10년 중 『죄와 벌』작업 2년 반을 제외한 나머지 시간을 매일 새벽 서 있었으니, 당연한 결과였다.

그때 『코가 뚫리면 인생이 뚫린다』라는 책을 보게 되었다. 아이들도 나도 비염이 있어 자연스럽게 관심이 갔다. 책에 이런 내용이 있었다. 몸무게 1킬로그램이 늘

번역이란 무엇인가.

단어를 옮기는 일이 아니다.

타인의 정신을

내 정신 속으로 옮겨 와

다시 태어나게 하는 일이다.

면 무릎 관절이 받는 하중은 1킬로그램이 아니라, 3킬로 그램이 된다고. 몸무게의 10퍼센트만 빼면 만병의 70퍼센트가 사라진다고. 내가 병을 키운 건 아닌가 자책했다.

나는 저녁을 먹지 않고 일찍 자느라 새벽에 배가 고파 이것저것 야금야금 먹었고, 그 결과 3킬로그램이 쪘다. 그러면 각 관절이 받는 무게는 3×3=9킬로그램. 그러니 아프지 않을 리가. 그래서 친한 지인 세 명과 6개월 안에 몸무게 10퍼센트를 빼자고 내기를 했다. 무슨 거창한 방법을 쓴 건 아니다. 그저 식단을 관리하고 정해진 운동량을 채웠다. 그렇게 묵묵히 시간을 보낸 후 나는 자연스레 승자가 되었고, 맛있는 점심을 얻어먹었다. 몸이 가벼워졌고, 작업 시간도 조금 늘어났고, 4대 장편 번역을 끝낸 후 인터뷰에 나갈 때는 조금은 날씬한 모습이 되었다. 그런데 머리는… 여전히 오리무중이다.

번역이란 무엇인가. 단어를 옮기는 일이 아니다. 타인의 정신을 내 정신 속으로 옮겨 와 다시 태어나게 하는 일이다. 하루 네다섯 시간씩 10년을 타인의 사상과 씨름하면, 내 머리가 조금 닳아도 이상할 건 없다. 내 머리가 겪은 변화는 번역에 쏟은 노력을 인정해 주는 증거일 테니까.

사람들은 간혹 번역을 육체노동에 비유하곤 한다. 근육이 아니라 뇌를 쓰는 육체노동이라고.

하지만 나는 제의(祭儀)라고 생각한다. 문학의 신을 추앙한 끝에 종국엔 자신을 제물로 바칠 수밖에 없는 운명이라고.

몸은 고장 나고, 머리는 느려지고, 단어는 도망간다. 하지만 한 문장이 정확히 자리를 잡는 순간, 그 모든 고통이 보상받는다.

사람들은 묻는다.

"힘들지 않으셨어요?"

나는 웃으며 대답한다.

"조금요. 하지만 행복한 작업이었어요."

나는 안다. 이 작업은 나를 조금씩 부수면서 동시에 다시 만들었다는 것을. 허리는 망가졌지만 시야는 넓어졌고, 기억력은 떨어졌지만 이해력은 깊어졌다. 단어는 잊어도, 사고의 깊이는 더 오래 남는다. 그 과정에서 닳아 없어진 나의 시간은 사라진 것이 아니라, 문장 사이사이에 스며들어 단단한 골조가 되었다.

내 머리가 어디로 갔는지는 모르겠다. 아마 도 선생님 책 속 어딘가에 끼어 있을 것이다. 그래도 괜찮다. 몸은 종합 병원이 되었고, 머리는 헛바퀴를 돌지만, 나는 여전히 책상 앞에 서 있다.

이 모든 고생을 웃으며 말할 수 있다면, 그건 아직 내가 번역가로 살아 있다는 증거다. 그러니 가족들이 혀를 끌끌 차도 괜찮다. 부귀영화는 못 봤지만, 도 선생님은 봤다. 그것으로 이 여정은 헛되지 않았다.

IV

『카라마조프가의
형제들』

모든 심연을 껴안은 사람들

2권은 못 쓰고 돌아가셔서 천만다행

번역가의 형이하학적 기쁨과 형이상학적 안도

이런 말을 해도 될지 모르겠다. 도 선생님이 『카라마조프가의 형제들』두 번째 이야기를 못 쓰고 돌아가신 것이, 번역가로서는… 정말 천만다행이다.

이 말을 듣고 어떤 사람들은 기겁할지도 모른다. "도 선생님 전도사라면서 그 무슨 해괴망측한 소리냐?"고. 여기서 잠깐 계산기를 꺼내 보자.

『죄와 벌』은 길다. 일반 독자들이 덤비기 쉽지 않은 분량이다. 그런데 『백치』는 그보다 약 20퍼센트 더 길다. 처음에 나는 순진하게 생각했다. "한 권 해 봤으니, 이제는 좀 빨라지겠지."

내 번역 속도가 20퍼센트 빨라졌을 즈음, 작업 분량도 20퍼센트 늘어났다. 그리고 『악령』은 『백치』보다 또 20퍼센트 더 길다. 숨이 가빠질 즈음, 『카라마조프가의 형제들』은 다시 20퍼센트 이상 길어진다. 계산해 보면, 도 선생님이 구상한 『카라마조프가의 형제들』 첫 번째 이야기는 사실상 『죄와 벌』 두 권 분량이다.

이 추세라면 두 번째 이야기는…?

나는 아마 그 지점에서 번역가로서 육체적, 정신적 체력은 물론이고 영적 체력도 바닥났을 것이다. 그래서 가끔, 도 선생님이 1권을 마치고 두 달 뒤에 돌아가신 것을 떠올리며 번역가로서 가슴을 쓸어내린다. 이것이 형이하학적 기쁨이다.

그러나 이 이야기를 단순히 개인적인 서사로 끝내면 내 사유의 밑바닥이 너무 얄팍해 보일 것이다. 사실 내가 이토록 집요하게 텍스트의 본질을 붙들려는 이유는 형이상학적 층위에 맞닿아 있다.

『카라마조프가의 형제들』의 서문 '작가로부터'를 보면 이 작품은 원래 두 개의 작품으로 계획했으며, 두 번째에서는 알료샤 카라마조프가 세상으로 나아가 세상을 아름답게 바꾸는 이야기를 쓰려 했다고 분명히 밝힌다.

알료샤는 카라마조프 삼 형제 중 막내로, 순수한 신앙과 따뜻한 사랑으로 주변 사람들을 감싸안는 인물이다. 도스토옙스키가 구상한 이상적 인간형에 가장 가까운 존재다. 두 번째 이야기에서 그를 주인공으로 삼으려 했다는 것은 작가의 궁극적 희망이 어디를 향하고 있었는지를 잘 보여 준다. 그래서 도 선생님은 알료샤를 "나의 주인공"이라고 부르지 않고 "나의 미래의 주인공"이라 부른다.

내가 도 선생님의 언어를 '지배'가 아닌 '고통'으로 읽어야 한다고 강변하는 이유는, 바로 이 알료샤라는 존재가 증명한 실천적 사랑의 형이상학을 수호하고 싶어서다.

현재 우리가 읽을 수 있는 『카라마조프가의 형제들』은 사실상 전반부다. 플롯상의 주인공은 장남 드미트리이고, 사상적 주인공은 차남 이반이다. 막내 알료샤는 오히려 조용히 서 있는 인물에 가깝다.

그런데 만약 두 번째 이야기가 쓰였다면?

알료샤는 한 알의 밀알처럼 스스로를 썩히고, 일류샤의 장례식에서 서로를 영원히 잊지 말자고 약속했던 열두 아이와 함께 세상으로 나아갔을 것이다. 그는 권력으로 군림하는 정복자가 아니라, 사랑으로 영혼을 구하는 '사람을 낚는 어부'가 되어 비극적인 세상을 구원하는 길을 보여 주었을 것이다.

"어? 도대체 무슨 말이야?"

소설을 읽지 않은 독자라면, 나의 전언에 어리둥절했을 듯하다. 하나씩 살펴보자.

'한 알의 밀알' 비유는 요한복음에 나온다. 요한복음 12장 24절은 카라마조프가의 형제들 전체의 제사(題詞)이기도 하다. 겸손과 자기희생을 뜻한다.

일류샤는 가난한 퇴역 군인의 아들로, 모욕당한 아버지 스네기료프의 명예를 지키려 아이들과 맞서다 마음의 상처를 입고 병들어 죽는 소년이다.

열두 아이들은 일류샤와 한때 갈등을 빚었지만 화해하고 마지막 길인 장례식에 모인 친구들이다. 열둘이라는 숫자는 예수와 열두 제자를 떠올리게 한다.

'사람을 낚는 어부'는 예수가 제자들에게 "내가 너희를 사람을 낚는 어부가 되게 하리라."라고 한 것에서 온 표현이다.

원래 알료샤는 수도원에 들어가 수도사가 되고자 했지만, 조시마 장로의 명령에 따라 세상으로 나가 결혼도 하고 인간의 삶을 살게 될 것이다.

바로 이것을 밀알이 땅에서 썩는 것으로 비유한 것이다. 자신을 밀알처럼 땅에 묻고, 일류샤의 죽음 앞에 모인 아이들과 함께 세상으로 나아가, 사람들의 영혼을 움직이는 존재가 되는 것.

도스토옙스키가 두 번째 이야기에서 그리려 했던 구원은, 제도도 혁명도 아닌, 한 사람의 희생과 사랑이었으리라고 생각한다.

문제는 여기다.

『백치』에서 미시킨은 실패했다. 가장 완벽하게 아름다운 사람이었음에도 세상을 구원하는 데 실패했다. 그 실패 덕분에 『백치』는 위대한 소설이 되었다.

그런데 만약 알료샤가 성공했다면? 예수의 계보를 잇는 또 하나의 아름다운 사람이 정말로 세상을 바꾸는 모습을 보여 주었다면? 그건 설교가 되었을까, 아니면 소설이 되었을까. 또한 우리는 그것을 여전히 이야기로 받아들일 수 있었을까, 아니면 믿음의 증거 앞에서 더 이상 문학이라는 거리를 유지하지 못했을까.

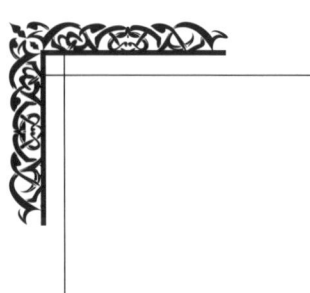

성공은 그의 언어가 아니다.

그의 언어는 고뇌이고, 균열이고,

끝내 봉합되지 않는 질문이다.

도스토옙스키의 위대함은 결코 교과서적인 해답을 주지 않는다는 데 있다. 그는 항상 질문을 던졌고, 항상 균열을 남겼다.

만약 두 번째 이야기에서 알료샤가 아름답게 성공했다면, 그는 미시킨이 실패한 지점에서 '무언가'를 완성했을지도 모른다. 그것은 미시킨이 끝내 증명하지 못한 것, 즉 "순수한 선이 세상 안에서도 살아남을 수 있는가?"라는 질문에 대한 답이 되었을 것이다.

그러나 그 완성이 도스토옙스키적인 완성이었을까?

나는 확신이 없다. 도스토옙스키의 세계는 항상 분열되어 있고, 여러 층위의 사상이 동시에 공명한다. 성공은 그의 언어가 아니다. 그의 언어는 고뇌이고, 균열이고, 끝내 봉합되지 않는 질문이다.

나는 생각한다.

첫 번째 이야기에서 끝났기 때문에『카라마조프가의 형제들』은 위대해졌다. 알료샤는 미래의 주인공으로 남겨짐으로써, 우리에게 영원히 가능성으로 존재하게 되었다. 미래의 주인공은 언제나 가장 아름다운 상태로 정지해 있다. 그가 실제로 세상에 나가 성공하거나 실패하는 모습을 우리는 볼 필요가 없다.

나는, 번역가로서도 독자로서도, 도 선생님이 두 번째 이야기를 못 쓰고 돌아가신 것이 조금은 다행이라는 생각을 한다. 불경한 생각일지도 모른다. 그러나 소설은 때때로 완성되지 않기 때문에 완벽하다. 결국 이 소설의 위대함은 처음에서 멈춘 미완의 미학에 있다. 나의 불경함은 그 미학에 바치는 제물이다.

그리고 번역가는 그 미완의 자비를 조용히 감사하게 된다. 이번엔 형이하학적 기쁨도 아니고, 형이상학적 안도도 아닌, 실존적 안온이다.

간질

더 이상 아름다울 수 없는 저주

도스토옙스키의 작품을 관통하는 몇 가지 키워드를 꼽으라면 나는 주저 없이 이렇게 말할 것이다. '가난과 도박', 이 둘은 한 덩어리다. 그리고 '간질', 나머지 하나는 사형선고 직전의 사면으로부터 시작된 '생명 찬가'.

이 네 가지는 따로 떨어져 있는 것이 아니라, 서로를 파고들며 그의 세계를 이루는 뿌리다. 가난은 인간을 벼랑 끝으로 몰고, 도박은 그 지긋지긋한 가난을 한 번에 해결하고자 하는 운명과의 싸움이며, 사면은 죽음의 문턱에서 삶으로 되돌아온 체험이고, 간질은 그 모든 극단을 육체 안에 새겨 넣은 흔적이다.

요즘은 간질 대신 '뇌전증'이라는 가치 중립적인 용어를 쓰는 것이 옳다고 배웠다. 그래야 한다. 그러나 이상하게도 도 선생님을 이야기할 때는 '간질'이라는 단어가 더 가슴에 와 닿는다. 그 단어에는 고통, 공포 그리고 어딘가 모르게 신화적인 울림이 함께 들어 있다.

도 선생님은 심각한 간질 환자였다. 그의 두 번째 아내 안나 그리고리예브나가 쓴 『도스토옙스키와 함께한 나날들』을 읽어 보면, 발작이 얼마나 자주, 얼마나 격렬하게 그를 덮쳤는지 생생히 묘사되어 있다.

1867년, 그가 마흔다섯이고 안나가 스물이었던 해, 두 사람은 결혼했다. 안나는 이렇게 썼다. 그는 조금만 긴장해도 쓰러질 정도였고, 심하면 발작이 한 번으로 끝나지 않고 연달아 이어져 며칠씩 정신과 육체가 망가졌다고. 첫 번째 아내 마리야 드미트리예브나와 결혼을 앞두고도 도스토옙스키는 극심한 긴장 속에서 발작을 일으켰고, 그 충격이 관계를 뒤틀었다는 일화도 전해진다.

그런데 도스토옙스키는 이 고통에 신화적인 의미를 입혔다. 그는 발작 직전에 찾아오는 그 섬광 같은 순간, 찰나의 황홀을 "유한한 인간이 무한한 세계를 엿보는 은총의 시간"이라 정의했다. 그 몇 초 동안 모든 것이 조화

롭고 아름답고 완전하게 느껴진다고, 그는 그 순간을 사랑한다고까지 말했다. 그는 그 순간이 신의 세계를 살짝 들여다볼 수 있는 선물 같은 순간이라 믿었다.

그는 그 선물을 자신이 가장 사랑한 인물, 완벽하게 아름다운 인간인 미시킨에게 주었다. 또한 저 세계와 이 세계를 잇는 연결의 도구로 간질을 활용하기도 했다.

저 세계는 신의 차원 즉 초월적 세계이고, 이 세계는 현실 즉 불완전성의 세계이다. 따라서 소설 속에 등장하는 간질 발작은 단순한 병리 현상이 아니라, 인간이 잠시나마 초월적 세계를 감지하는 통로처럼 기능한다.

실제로 『백치』에는 로고진이 칼을 들고 달려드는 절체절명의 순간에 미시킨이 찰나의 황홀경에 빠졌다가 곧이어 강렬한 발작을 일으키며 쓰러지는 장면이 나온다. 간질은 고통이면서 동시에 신의 손길처럼 묘사된다.

『악령』에서도 키릴로프는 발작 직전의 순간을 언급한다. 그는 인간이 그 찰나를 감당할 수만 있다면 스스로 신이 될 수 있다고 역설한다. 인간이 육체와 정신의 극한을 넘어서는 순간, 신의 자리에 오르게 된다는 논리다. 그것은 인신론을 신화적으로 정당화하는 장치다. 도스토옙스키는 그에게도 간질의 그림자를 덧씌운다. 발작 직전의 그 황홀을 통해 인간이 신이 될 수 있다는 환상, 환상이되 또 현실인 증거.

그러나 우리는 알고 있다. 키릴로프의 자살은 영광이 아니라 처참함이었다는 것을. 그의 죽음은 철학의 승리가 아니라, 비참한 인간적 파국이라는 것을.

미국에서 박사 과정을 밟던 시절, 비교문학과 교수 한 분이 사무실 앞에 도스토옙스키 관련 책들을 내놓았다. 나는 책 욕심이 무척 많다. 머리에 든 게 많지 않으면 책이라도 많아야 한다는 게 내 지론이기도 하다. 나는 두 팔 가득 책을 안아 들고 TA 오피스로 돌아가려 했다.

그때 교수님이 나를 붙잡고 말했다. "도스토옙스키 전공이냐?" 그러더니 차를 한잔 마시자고 했다. 그분은 자신도 간질 환자라며, 도스토옙스키가 묘사한 발작 직전의 그 순간은 이 세계의 언어로는 설명할 수 없는 상태라고 했다. 자신은 그것을 선물로 받아들인다고.

나는 속으로 '그런 선물은 사양하겠다.'고 생각했지만, 실제 그 질병을 앓는 사람의 입을 통해 듣고 나니 도스토옙스키의 묘사가 더 깊이 이해되었다.

도스토옙스키가 가장 사랑했던 세 살배기 막내 아들 알료샤가 1878년 어느 날 갑자기 발작을 일으키고, 그 자

266

리에서 죽는다. 오전까지 방긋방긋 웃던 아이가, 오후에 아버지에게서 물려받은 간질로 쓰러져 세상을 떠난다. 그 황망함은 작품 전체에 그림자처럼 드리운다. 이제 간질은 더 이상 아름다운 은총이 아니다.

자신이 쓴 표현에 첨언을 하는 것이 다소 어색하지만 "아버지에게서 물려받은 간질"이라는 말은 현대 의학 관점에서 보면 고찰이 필요하다. 간질은 발작을 일으키기 쉬운 유전적 소인만 전달되기도 하고, 직접 유전이 되기도 하기 때문이다. 도스토옙스키는 후천적으로 생긴 것 같은데, 아이는 물려받은 게 아닌가 싶다.

19세기의 의학적 한계 속에서 살았던 도스토옙스키에게는 가혹한 운명의 대물림이었을 것이다. 자신이 겪어 온 지옥 같은 고통을 사랑하는 존재에게 전이시켰다는 자책. 그 심리적 형벌은 소설 속 알료샤에게 '건강한 미래'라는 보속의 서사를 부여하는 원동력이 되었다.

『카라마조프가의 형제들』에서는 간질이 스메르쟈코프에게 주어진다. 이름부터가 '구린내 나는 자'를 뜻하는 인물. 카라마조프가의 사생아다. 그는 관념적 공간인 지옥이 아니라, 지극히 현실적 장소인 목욕탕에서 태어난 존재다. 목욕탕은 비천하고 더러운 공간을 암시한다.

어머니는 지적 장애 여인으로, '냄새나는 여자'라는 뜻의 스메르쟈쉬차야로 불리던 리자베타다.

하지만 그녀는 '유로디바야'이기도 했다. 이 개념은 러시아 정교회에서 "세속적으로는 바보처럼 보이지만, 신앙적으로는 진리를 드러내는 성스러운 존재"라는 의미로 쓰인다. 이성이 결여된 대신 신의 뜻을 가감 없이 받아들이는 가장 순결한 통로이기 때문이다. 그녀는 추악한 욕망이 들끓는 마을에서 죄와 계산이 없는 존재다.

그런 그녀가 유린당한 채 목욕탕 바닥에서 홀로 아이를 낳고 숨을 거두었다. 비극 속에서 태어난 아이, 스메르쟈코프. 그 이름은 어머니에게서 온 것이다.

그 목욕탕은 『죄와 벌』에서 스비드리가일로프가 묘사한 지옥―거미와 검댕이 들끓는 좁고 습한 목욕탕―의 현실적 구현처럼 보인다. 지옥은 더 이상 상상 속 은유가 아니라, 인간 세계 한복판에 있다.

스메르쟈코프는 간질을 자신의 알리바이로 사용한다. 발작은 더 이상 신과의 접촉이 아니라, 범행을 숨기기 위한 도구가 된다. 한때 은총으로 묘사되던 것이 이제는 범죄의 장치가 된다. 여기서 우리는 도스토옙스키의 변화, 아니 상처를 본다.

젊은 시절의 도스토옙스키는 고통에 신화의 옷을 입혔다. 간질을 황홀의 섬광으로 묘사했던 작가가 이제는 그것을 더 이상 축복으로 그릴 수 없게 되었다. 아들의 죽음 이후, 간질은 더 이상 신의 선물이 아니라 저주가 된다. 그것은 삶을 앗아 가는 현실적 공포이며, 인간의 무력함을 드러내는 잔혹한 조건이다.

노스토옙스키는 여전히 신을 믿었지만, 그 신은 더 이상 감미로운 은총만을 주는 존재가 아니다. 십자가를 지고 가는 길이 결코 쉽지 않았듯, 신앙 역시 고통을 면제해 주지 않는다. 예수조차 골고다의 길에서 여러 번 쓰러졌다. 하물며 우리 같은 평범한 인간에게 삶이 쉬울 리 없다.

나는 이 지점에서 멈추게 된다.
인간은 왜 고통을 아름답게 포장하려 하는가.
견디기 위해서인가.

모든 고통이 신화로 승화되는 것은 아니다. 어떤 고통은 그저 고통이다. 아무런 의미도 부여할 수 없는 상실이다. 도스토옙스키는 신을 버리지 않았다. 신앙을 낭만

우리는 균열의 틈새에서 목격한다.

신의 은총도, 신의 침묵도

모두 인간의 삶 위에

얹혀 있다는 사실을.

처럼 그리지도 않았다. 십자가는 빛나는 왕관이 아니었다. 피와 먼지와 모욕이 뒤섞인 나무였다.

『카라마조프가의 형제들』에서 간질은 저주가 되었다. 그러나 그 저주를 피하지 않고 끝까지 직시하는 태도를 통해 도스토옙스키는 여전히 인간에 대한 희망을 포기하지 않는다.

간질은 더 이상 아름답지 않다. 그것은 삶을 갈라놓는 균열이다. 우리는 균열의 틈새에서 목격한다. 신의 은총도, 신의 침묵도 모두 인간의 삶 위에 얹혀 있다는 사실을.

도스토옙스키의 세계에서 고통은 사라지지 않으나 그렇다고 단순한 저주에 머물지도 않는다. 그는 고통을 정면으로 응시하며 문장을 써 내려갔다. 그 떨리는 문장들이 우리 가슴을 저리게 만드는 이유다.

옵티나 수도원,
그리고 창자를 끊어 내는 통곡

모든 창작은 고통의 산물이다

도스토옙스키의 작품을 읽다 보면, 어느 순간 이런 생각이 든다. '이 사람은 글을 쓴 것이 아니라, 자기 심장을 찢어 종이 위에 붙여 놓은 것이 아닐까.' 하고.

모든 창작은 고통과 아픔의 산물이라고들 말한다. 예술가들의 생애를 마주하다 보면, 그 말이 단순한 수사가 아닌 잔인한 현실로 다가온다.

프리다 칼로는 몸과 정신의 고통을 화폭에 옮겼고, 빈센트 반고흐는 정신의 붕괴 속에서 「별이 빛나는 밤」을 남겼으며, 에곤 실레는 신경이 드러난 듯한 선으로 인간의 불안을 그려 냈다.

그러나 이 모든 예를 떠올려도, 도스토옙스키만큼 고통과 작품이 밀착된 경우는 흔치 않다. 『카라마조프가의 형제들』은 특히 그렇다.

이 작품은 작가가 경제적으로, 정신적으로 비교적 안정된 시기에 쓰기 시작했다. 젊고 유능한 아내 안나가 옆에 있었고, 도박과 빚에 시달리며 유럽을 떠돌던 세월은 일단락된 듯 보였다. 페트라솁스키 서클 사건으로 체포되어 사형 선고를 받고, 마지막 순간에 감형을 받고, 시베리아 유형을 견디고, 빚쟁이들의 독촉을 피해 해외를 전전하던 시간을 지나 이제야 조금 숨을 돌릴 수 있겠구나 싶은 시기였다.

그런데 그때, 세 살배기 막내아들이 죽는다. 오전까지만 해도 방긋방긋 웃던 아이가, 오후에 발작을 일으키고, 그 자리에서 숨을 거둔다. 도스토옙스키의 간질이 아들에게 유전되었다고 단정할 수는 없지만, 아들의 고통이 자신에게서 비롯되었다는 자책을 피할 수 없었을 것이다. 그 아픔을 그는 견뎌 내지 못했다. 나는 그 지점에서 문득 멈춘다. 위대한 작가 이전에, 그는 아버지였다.

『카라마조프가의 형제들』 1권 2편에 나오는 「신심 깊은 시골 아낙들」을 읽을 때마다, 나는 가슴이 조여 온다.

네 아이를 모두 잃은 여인이 장로 앞에서 울부짖는
다. 어미의 그 처절한 통곡은 활자를 넘어 차가운 냉기로
내 살갗에 닿는다.

"아들 녀석이 안돼서요, 장로님. 세 살배기인데…. 석
달만 더 지나면 만 세 돌이 됐을 거예요. 고 어린 아
들 녀석 때문에 가슴이 아파요, 장로님. 고 어린 아들
녀석 때문에요. 마지막으로 남은 아들이었어요. 저
와 니키투시카 사이에 아이가 넷 있었지만 이제는 하
나도 남아 있지 않아요. 하나도 안 남았어요. 사랑하
는 장로님, 하나도 안 남았어요. 처음 세 아이를 땅에
묻었을 때만 해도 이렇게까지 슬프지는 않았는데, 이
막내를 묻고 나서는 그 애를 잊을 수가 없어요. 그 애
가 꼭 제 눈앞에 서 있는 것만 같고, 떠나질 않아요.
제 속은 바싹 다 타 버렸어요. 그 애의 조그마한 속옷
이나 윗도리나 신발을 보면 엉엉 통곡을 하게 돼요.
… 단 한 번만이라도 그 애를 다시 볼 수만 있다면, 그
애에게 다가가지도 않고 말도 한마디 하지 않고 구석
에 숨어서 단 일 분만이라도 그 애를 보고 그 애가 마
당에서 놀다 들어와서 고 귀여운 목소리로 '엄마, 어

됐어?'라고 외치는 소리를 들을 수만 있다면, 그 애가 고 작고 귀여운 발로 방 안을 지나가며 콩콩거리는 소리를 들을 수만 있다면…."

그리고 그녀는 품속에서 아들의 작은 허리띠를 꺼내, 손가락으로 눈을 가리고 온몸으로 흐느끼며 무너진다. 아이 셋을 둔 엄마로서 나는 이 장면을 읽을 때마다 숨이 막힌다. 감히 상상하기조차 두려운 고통이다.

그런데 이 통곡은 단순한 허구가 아니다. 이것은 도스토옙스키의 통곡이다. 그에게도 네 아이가 있었다. 첫째 딸 소피야는 유럽을 떠돌던 시절, 스위스에서 갑작스럽게 감기에 걸렸다가 며칠 만에 세상을 떠났다. 그때도 그는 견디지 못하고 그곳을 떠났다. 그리고 이제, 막내아들이 죽었다.

그 아이의 신발, 그 아이의 발소리, 그 아이의 웃음이 눈에 사무쳐 더 이상 글을 쓸 수 없을 지경이었다. 그때 안나는 도스토옙스키에게 옵티나 수도원의 암브로시 장로를 찾아가 보라고 권한다. 『카라마조프가의 형제들』에서 주인공 알료샤의 영적 스승인 조시마 장로의 실제 모델이 된 인물이다. 도스토옙스키는 순례를 떠난다.

275

그리고 그의 고통은 작품 속에서 다시 태어난다. 일류샤의 죽음과, 일류샤 아버지 스네기료프의 절규로.

"그는 일류샤의 이부자리 앞, 한쪽 구석에 가지런히 놓인 일류샤의 조그만 구두 두 짝을 보았다. 낡아서 불그죽죽하게 변색되고, 꺼칠꺼칠하고, 군데군데 덧대기까지 한 구두를, 집주인 노파가 방금 정리해 둔 것이었다. 그것을 보자 그는 두 팔을 들어 올리며 그대로 그쪽으로 돌진하더니, 무릎을 꿇은 채 쓰러져서는 신발 한 짝을 움켜쥐고 입술을 갖다 대며 '내 꼬마 아빠, 일류세치카, 내 사랑스러운 꼬마 아빠, 신은 여기 있는데 네 귀여운 발은 어디로 간 거니?'라고 외치며 그 신에 마구 입을 맞추었다."

'일류세치카'는 일류샤의 애칭이다. '꼬마 아빠'라는 표현은 관계의 역전을 의미한다. 그것은 보호해야 할 자와 보호받아야 할 자의 위치가 뒤바뀐 상태, 알코올에 찌들어 무너진 아버지를 어린 아들이 떠받치고 있는 비극적 역전을 드러내는 말이다. 이 장치들은 잔혹한 현실의 균열을 선명하게 드러낸다.

안나의 기록에 따르면, 이것은 도스토옙스키가 실제로 했던 행동이었다. 아들의 신발에 입을 맞추며 울던 아버지. 이는 한 인간의 비참함이 아니라, 사랑하는 아들을 떠나보낸 현실 앞에서 완전히 무너져 내린 영혼의 고백처럼 읽힌다.

나는 이 장면을 번역하는 내내, 단어를 옮기는 것이 아니라 한 사람의 심장을 만지는 기분이었다. 문장이 아니라 통곡이었다.

모든 창작은 고통의 산물이라고 쉽게 말하지만, 그 고통이 이런 종류일 필요는 없지 않은가. 나는 위대한 작가가 아니어서 다행이라고 생각한다. 이런 상실이 내 앞길을 비켜 가기를 바란다. 나는 이만큼의 고통을 예술로 승화시킬 용기가 없다.

범인(凡人)들이 고통을 외면할 때, 도스토옙스키는 그 참혹한 심연을 피하지 않았다. 고통을 용해해 소설 속에 집어넣었다. 미화하지도 않았고, 덜어 내지도 않았다. 창자를 끊어 내는 아픔 그대로를 적었다.

그래서 우리는 읽다가 멈춘다. 숨이 막힌다. 책을 덮었다가 다시 펼친다. 그의 철학은 관념 위에 세워진 것이 아니다. 피와 눈물 위에 세워졌다.

그 통곡을

끝까지 읽어 내는 순간,

우리는 조금 더 겸허해진다.

위대한 예술은

위대한 고통의

다른 이름일지도 모른다.

나는 막내아들의 죽음이라는 도스토옙스키의 상처 앞에서 가슴이 먹먹했다. 위대한 사상가 이전에, 그는 무너진 아버지였다. 그리고 그 무너짐 위에 세운 것이 이 소설이다.

그래서 『카라마조프가의 형제들』은 형식 면에서는 소설이지만, 존재의 본질을 묻는 관점에서 보면 소설이 아니다. 이를 사유 깊은 철학 소설이라고 승화해도 마찬가지다.

그것은 통곡이다. 그리고 그 통곡을 끝까지 읽어 내는 순간, 우리는 조금 더 겸허해진다. 위대한 예술은 위대한 고통의 다른 이름일지도 모른다.

내 째끼 알료샤

영원불멸의 주인공으로

예술은 때로 상실을 지우지는 못해도 상실을 견딜 수 있는 자리를 마련해 준다. 그것은 상처를 없애지는 못해도, 상처가 머물 공간을 만들어 준다.

도스토옙스키에게 문학은 생계인 동시에 피난처였으며, 또 어떤 의미에서는 무덤 위에 세워진 비석이기도 했다. 그는 가난과 도박과 유형과 간질과 빚과 모욕 속에서도 실존과 구원을 탐구한 인간이었으며, 두 아이를 먼저 보낸 아버지였다. 그의 삶은 찢어진 천 같았고, 그는 그 찢어진 천 조각들을 하나씩 이어 붙여 거대한 소설을 만들어 냈다.

1878년, 『카라마조프가의 형제들』을 쓰기 시작한 지 얼마 되지 않아 세 살배기 아들 알료샤가 간질 발작으로 세상을 떠난다. 너무 빠른 죽음이었다. 그는 붕괴했고, 집필은 중단되었다. 아내 안나의 권유로 옵티나 수도원을 다녀온 후에야 다시 원고 앞에 앉을 수 있었다.

그때 도스토옙스키는 결심한 듯 보인다. 소설의 중심에, 죽은 아들의 이름을 딴 인물을 세워 두기로.

알렉세이 표도로비치 카라마조프.

하지만 소설 속에서 그는 대부분 애칭인 '알료샤'로 불린다. 이반과 드미트리에게도 애칭이 있지만 독자에게 이반은 이반, 드미트리는 드미트리로 인식된다. 호칭의 차이는 독자의 감정 이입 방향을 은밀하게 조율한다. 이는 도스토옙스키가 의도적으로 부여한 문학 장치다.

이반은 이성의 인간이다. 드미트리는 열정의 인간이다. 그들은 자신의 본명을 유지한 채 논쟁하고, 고뇌하고, 죄를 짓고, 사랑한다.

그러나 알렉세이는 거의 예외 없이 알료샤다. 애칭이다. 애칭은 단순히 이름을 줄여 부르는 편의가 아니라, 존재를 살포시 안는 다정함의 발로(發露), 정서적 밀착을 의미한다. 그리하여 품 안에 안고 부르는 이름이다.

이런 이유로 알렉세이는 거의 끝까지 '알료샤'로 남는다. 아이를 보호하듯, 막내를 챙기듯, 품 안의 온기를 나누듯, 도스토옙스키는 그를 거의 '알렉세이'로 홀로 세우지 않는다. 알료샤는 끝까지 애칭으로, 다정한 호명으로 남는다. 단순히 아들의 이름을 차용한 것을 넘어 모든 긍정과 선함의 총합으로 승화시킨다.

이것은 작가의 선택이 아니라, 아버지의 선택이다. 도스토옙스키는 현실에서 잃은 아이에게 시간을 선물할 수 없었다. 그러나 문학 속에서는 아이를 자라게 할 수 있었다. 그는 알료샤에게 긍정적인 자질을 모두 부여했다. 부드럽고, 관대하고, 신앙 깊고, 강인하면서도 겸허한 영혼. 그는 분노하지 않고, 판단하지 않으며, 오직 사랑만 베푼다. 그는 사람들 사이를 조용히 걸어 다니며, 타인의 고통을 흡수하고, 연민을 흘려보낸다.

그럼에도 그는 완성된 인물이 아니다. 도스토옙스키는 그를 "나의 미래의 주인공"이라고 부른다. 아직 완성되지 않은 존재, 앞으로 세상으로 나아가야 할 존재. 이 점에서 알료샤는 멈춰 있다. 그는 아직 실패하지도, 성공하지도 않았다. 그는 가능성으로 남아 있다. 그 가능성은, 아버지가 아들에게 남겨 준 가장 큰 선물이다.

＊ БРАТЬЯ КАРАМАЗОВЫ(카라마조프가의 형제들), АЛЁША(알료샤)   내 째끼 알료샤

현실에서 도스토옙스키의 아이가 죽은 것처럼, 소설 속에서도 죽음이 재현된다. 또 다른 아이 일류샤다. 그의 아버지 스네기료프가 구두를 움켜쥐고 통곡하는 장면은, 이미 우리가 알고 있는 것과 닮아 있다. 도스토옙스키의 통곡이다. 그는 현실에서 잃은 아이를 추모라도 하듯 소설 속에서 또 다른 아버지를 울게 한다. 그러나 동시에 알료샤를 통해, 죽음이 끝이 아님을 보여 주려 한다.

일류샤와 알료샤, 이름의 울림이 닮아 있고, 둘 다 막내이며, 둘 다 '한 알의 밀알'을 상징한다. 현실의 알료샤는 짧은 생을 살았다. 그러나 문학에서 환생한 알료샤는 100년이 훌쩍 넘은 지금도 살아 있다. 앞으로 인류가 존재하는 한, 그 이름은 사라지지 않을 것이다. 그는 더 이상 무덤 속의 아이가 아니라, 세계 문학 속에서 숨 쉬는 존재다.

도스토옙스키는 알료샤를 모든 사람에게 사랑받는 존재로 그려 넣었다. 이것은 단순한 위안이 아니라, 영생을 부여한 것이다. 육체는 사라졌으나, 이름은 사라지지 않는다. 불멸의 상징으로서 확고히 자리 잡을 것이다. 아버지로서는 아들에게 시간을 주지 못했지만, 작가로서는 시간과 공간을 넘어서는 생을 선물했다.

작가는 아들을 잃은 아버지로서, 아들이 현실에서 누리지 못한 시간을 문학 속에서 영원으로 연장한 후, 걸음을 이어간다. 알료샤는 단지 상실의 대체물이 아니다. 그는 '한 알의 밀알'의 상징이다.

"내가 진정으로, 진정으로 너희에게 말한다. 밀알 하나가 땅에 떨어져서 죽지 않으면 한 알 그대로 있고, 죽으면 열매를 많이 맺는다."

-요한복음서 12:24

도스토옙스키가 『카라마조프가의 형제들』의 제사(題詞)로 띄운 구절이다.

밀알은 자신이 죽어야만 많은 열매를 맺는다. 현실의 알료샤는 짧은 생을 살았지만, 문학 속 알료샤는 죽지 않는다. 그는 순결한 신앙과 연민을 품은 채 사람들 사이로 조용히 스며든다. 그는 세상을 단번에 구원하지 않는다. 사람들의 마음에 작은 흔적을 남긴다. 도스토옙스키는 그를 통해 하나의 가능성을 남겨 둔다.

문학은

상처 입은 현실을 되돌릴 수 없다.

그러나 상실을 해체해

그 안에 숨은 의미를

영원 속에 고정할 수 있다.

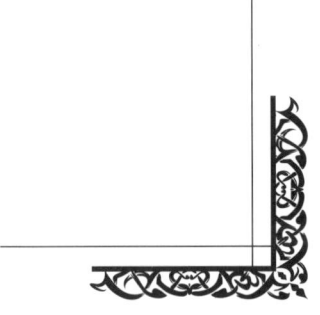

286

문학은 상처 입은 현실을 되돌릴 수 없다. 그러나 상실을 해체해 그 안에 숨은 의미를 영원 속에 고정할 수는 있다.

알료샤는 그렇게 영원불멸의 주인공이 되었다. 그 이름은 무덤 위에 머무는 것이 아니라 문장 속에서 살아 움직인다. 도스토옙스키는 아버지로서는 울었고, 작가로서는 그 울음을 형상화했다. 그 형상은 오늘 우리에게까지 닿는다.

나는 이 사실 앞에서 오래 멈춘다. 도스토옙스키가 아버지로서, 작가로서 한 일을 생각하면 고개를 숙이게 된다. 그는 상실을 단순한 비극으로 남겨 두지 않았다. 그는 그것을 문장으로 용해해 영원 속에 고정했다. 아버지는 아이를 잃었지만, 작가는 존재를 세상에 남겼다. 육체는 사라졌지만, 이름은 남았다. 그리고 그 이름은 여전히 다정하게 불린다.

이제 이번 원고의 제목을 설명해야겠다. '째끼'는 '자식'이라는 뜻을 지닌 '새끼'에 미처 담지 못한 온기를 채워 넣은 나만의 애칭이다. 러시아 소설을 읽어 본 사람은 알겠지만 등장하는 사람들 이름이 복잡하다. 원래 이름도 있고 애칭도 있다. 애칭에 다정한 뉘앙스를 더

한 표현도 있다.

‘알료샤’를 예로 들면, ‘알렉세이’는 본명, ‘알료샤’는 애칭, 여기에 다정함을 더한 것이 ‘알료셴카’, ‘알료시카’ 등이다.

‘째끼’는 그 다정함을 이 글에서 표현해 보려고 했던 번역가의 고심이다. 아들을 잃은 아버지의 통곡을 제 살붙이의 죽음처럼 공감한 어머니의 눈물일 수도 있다.

그 눈물을 따라가다 보면, 알료샤라는 소설 속 인물이 아니라 아버지가 아들에게 건넨 마지막 선물과 마주하게 된다. 그 선물은 시간보다 길고, 죽음보다 깊다.

나는 묻는다. 상실은 끝인가, 아니면 다른 형태의 시작인가. 도스토옙스키는 답을 주지 않았다. 그 대신 답의 자리에 가만히 알료샤를 세워 두었다. 알렉세이가 아닌, 알료샤를.

그 이름이 증거다. 그 애칭이, 그 부드러운 호명이, 도스토옙스키의 사랑이 영원하다는 증거다.

검정, 카라마조프

심연의 색, 카오스의 색

『카라마조프가의 형제들』을 번역하며 나는 한동안 결정하지 못했다. 이 작품의 상징색은 무엇이어야 하는가.

『죄와 벌』은 초록이었고, 『백치』는 흰색이었다. 『악령』은 검붉은색이 자연스레 떠올랐다. 그러나 카라마조프가의 형제들은 쉽게 입을 열지 않았다. 작품의 중반을 넘어가도록, 나는 그 색을 붙잡지 못한 채 머뭇거렸다.

그러던 어느 날, 문득 한 장면이 나를 붙들었다. 알료샤는 형 드미트리가 모욕한 스네기료프의 집을 방문한다. 그곳에는 병으로 죽어 가는 소년 일류샤, 그리고 정신적으로 온전하지 못한 일류샤의 어머니가 있다.

일류샤의 어머니—유로디바야로 표현되는 그 여인, 세상 사람들의 눈에는 어리석은 바보 같으나 툭툭 던지는 한마디 속에 일반인이 감당하지 못할 진실을 품고 있는 존재—가 알료샤를 보고 말한다.

"알료샤 카라마조프가 아니라 알료샤 쵸르마조프."

남편 스네기료프가 고쳐 말한다.

"카라마조프요."

그러나 그녀는 다시 말한다.

"아니야, 쵸르마조프야."

그 순간 나는 멈췄다. 이건 그냥 실언이 아니었기 때문이다. 러시아어 '쵸르느이(чёрный)'는 '검다'라는 뜻이다. 여기에서 더 깊이 파고들어 가면 카라마조프라는 이름의 뿌리가 보인다. 튀르키예어 '카라(kara)'는 '검다'를 뜻하고, 러시아어 '마자치(мазать)'는 '검댕을 바르다, 문지르다'를 의미한다. 흑해를 튀르키예어로 '카라데니즈(Karadeniz)'라고 부른다. '검은 바다'라는 의미다. 흑해의 러시아어 명칭이 '쵸르노예 모레(Чёрное море)'인 것도 같은 맥락이다. 이름 자체에 이미 '검음'이 들어 있다.

다른 나라의 언어에 숨은 의미까지 우리말로 옮기기는 쉽지 않지만, 앞의 설명을 간략하게 말해 보자면 '카라마조프'라는 성은 '검댕투성이인 사람들'이라는 뜻을 품고 있다. 튀르키예어와 러시아어가 섞여 만들어진 이 이름은 그 자체로 '검게 얼룩진 가문'을 상징한다.

일류샤의 어머니가 알료샤를 향해 '카라마조프'가 아니라 '쵸르마조프'라고 부른 것은 언어 관점에서는 언어 유희이고 문학 관점에서는 통찰이다. 외국어와 러시아어가 혼용된 성(姓) 대신, 러시아 사람이라면 누구나 '검다'고 느낄 직접적인 단어로 바꾸어, 그 가문의 추악하리만치 집요한 삶에의 욕망을 드러낸 셈이다.

나는 그제야 이마를 쳤다. '그래, 바로 이거야!' 도 선생님이 작품의 상징색을 나에게 알려 준 것이다. 카라마조프는 검정이어야 한다.

이 작품은 검은 옷을 입고 독자 앞에 선다. 밤의 무게를 짊어진 색, 모든 색채가 그 앞에서 퇴각하는 색, 빛을 삼켜 버리는 색. 이 작품은 심연을 응시하는 소설이다. 그 심연은 단순한 우울이나 슬픔이 아니라, 폭발 직전의 카오스다. 욕망과 광기와 이성과 신성이 동시에 소용돌이치는, 빅뱅 이전의 암흑과 같은 에너지의 집적.

카라마조프의 남자들은 검다. 그들의 핏속에는 검은 진흙이 섞여 있다. 드미트리는 욕망의 불길로 타오르며, 이반은 이성의 칼날로 자신을 찢고, 표도르는 방탕과 조롱으로 혼탁을 키운다. 알료샤조차 그 어둠의 한가운데 서 있다. '카라마조프적'이라는 말은 단순한 성격 묘사가 아니다. 그것은 인간이 동시에 두 개의 심연을 응시할 수 있는 존재라는 선언이다. 하늘의 심연과 지옥의 심연, 가장 높은 이상과 가장 저열한 타락. 그 둘을 동시에 품고 흔들리는 존재.

이름 안에 이미 운명이 들어 있다.
'카라마조프', 검정을 품은 말.

진흙과 재와 검댕이 뒤섞인 대지의 색. 러시아의 땅, 러시아의 심장, 인간 본성의 색. 욕망과 이성과 광기가 뒤엉켜 팽창하는 힘. 카라마조프가의 사람들은 얌전하게 살 수 있는 존재들이 아니다. 끝까지 밀어붙여야 직성이 풀리는 피, 극단으로 가야만 숨이 트이는 영혼들이다.

검정은 단순한 색이 아니다. 모든 것을 흡수하는 블랙홀이다. 모든 감정과 사상과 충돌을 빨아들여 응축시키는 용광로다. 이 작품에서는 사랑도 검게 타오르고, 죄도 검게 응고되며, 구원마저 검은 밤하늘의 별처럼 희미하게 빛난다.

"우리 본성은 가능한 한 모든 양극단을 함께 수용할 수 있으며, 두 개의 심연을 동시에 바라보는 것이다."

이 대사 속에 카라마조프의 정체가 있다. 내가 이 작품의 표지를 검정으로 선택한 이유는 바로 이 때문이다. 이 소설은 인간 내면의 심연을 들여다보는 창이다. 검정은 그 심연의 색이다. 우리는 이 책을 펼치며 묻는다. 나는 나의 전부를 들여다볼 수 있는가. 나 또한 이 격정의 피를 지녔는가.

검정은 침묵의 색이다. 말없이 모든 것을 담아내는 색. 욕망과 증오, 질투와 거짓, 방탕과 연민, 신성(神性)과 속됨을 한꺼번에 집어넣어도 넘치지 않는 색. 칠흑의 용광로 속에서 인간의 영혼은 가차 없이 드러난다. 카라마조프는 인간을 변호하지 않는다. 다만 보여 준다. 어둠 속에서만 별이 보인다.

이 작품은 빛으로 시작하지 않는다. 어둠으로 시작한다. 그러나 그 어둠은 단순한 절망이 아니다. 가장 깊은 절망이 가장 눈부신 구원을 잉태할 수 있다는 역설을 품

어둠을 들여다볼 준비가 되었는가.

나의 진짜 얼굴을 마주할

용기가 있는가.

고 있다. 검정은 타락의 색이면서 동시에 가능성의 색이다. 카오스는 파괴의 상태이면서 동시에 창조의 전야다. 그래서 『카라마조프가의 형제들』은 검정이어야 한다.

검정은 이 작품의 문이다. 우리를 혼돈과 진실의 심연으로 이끄는 문.

그 문을 열고 들어가면 네 명의 카라마조프가 서 있다. 그러나 끝내 마주하게 되는 것은 그들이 아니라 우리 자신이다. 우리 안의 욕망, 우리 안에 내재된 두 개의 심연, 우리가 외면해 온 어둠.

표지를 바라보며 잠시 망설인다. 어둠을 들여다볼 준비가 되었는가. 나의 진짜 얼굴을 마주할 용기가 있는가.

도스토옙스키는 대답을 강요하지 않는다. 그는 다만 심연의 문을 열어 두었을 뿐이다. 그리고 그 문은, 검다.

도스토옙스키는 우리를 빛으로 이끌기 전에 어둠을 통과하게 한다. 그는 위로하지 않는다. 그 대신 심연을 보여 준다. 검정은 그 심연의 색이다. 그 심연은 러시아의 대지이자, 인간의 무의식이자, 우리 각자의 내부다.

나는 결국 표지를 검정으로 정했다. 이 작품은 빛이 아니라 어둠에서 시작되기 때문이다. 그리고 그 어둠 속에서만, 비로소 진실이 떠오른다.

영혼의 합선

4주간 울지 마세요

『죄와 벌』을 마쳤을 때 출판사는 슬며시 제안했다.

"그럼 이제『카라마조프가의 형제들』부터 가는 게 어떨까요. 제일 잘 팔리니까요."

계산으로는 그 말이 맞았다. 시장은 순서를 바꾸라고 속삭였고, 계산은 그렇게 하는 게 맞다고 유혹했다.

그러나 나는 거절했다. 도 선생님의 사유가 이동하는 순서를 건너뛰고 싶지 않았다. 『죄와 벌』에서 시작된 죄와 구원의 질문이, 『백치』에서 아름다움이 세상을 구원할 수 있는지의 문제로, 『악령』에서 사상의 광기로, 그리고 마지막에『카라마조프가의 형제들』에서 총체적인 고백으로 이어지는 그 감정선과 철학적 발달의 결을 그대로 따라가고 싶었다. 도 선생님의 내면의 흐름과 사유의 발달, 개인적이면서도 시대적인 격랑의 결을 그대로 따라가야 한다고 믿었다. 번역은 상품의 우선순위가 아니라 영혼의 순서를 따라야 한다고 믿었다.

그렇게 순서대로 차근차근 걸어가다 보니, 가랑비에 온몸이 젖듯 어느 순간 나는 도 선생님의 영혼과 합선 상태에 이르고 말았다. 출판사 대표가 말한 "영혼의 스파크"에서 시작한 것이 어느새 "영혼의 합선"이 되어 있었던 것이다.

내면 연기로 생을 갉아먹은 배우들의 심정이 이해되기 시작했다. '스타니슬랍스키 시스템'—연기하는 동안만이 아니라 숨 쉴 때도, 이를 닦을 때도, 잠잘 때도 그 인물과 하나가 되라는 그 방식—이 왜 러시아 토양에서 발현되었는지 알 것 같았다. 얼마 전 세상을 떠난 안성기 선생이 "연기는 역할을 벗지 않는 일"이라고 말한 것과도 맥을 같이한다.

그들이 작정하고 그 길로 들어갔다면, 나는 나도 모르게 들어갔다. 스파크로 시작했으나, 나중에는 합선이었다.

합선의 시작은 5편 「프로와 콘트라」에서 왔다. 흔히 '이반의 편'이라고 불릴 만큼 이반 카라마조프의 사상과 고뇌가 지배하는 구간이다. 프로는 '찬', 즉 신이 만든 세계의 질서와 조화를 받아들이는 것이고, 콘트라는 '반', 다시 말해 고통받는 아이들이 존재하는 이 불합리한 세계를 거부하는 것이다. 그리고 이번 편의 백미라고 할 수 있는 「대심문관」에 이르러서는 인류에게 '자유'를 준 그리스도를 비판한다.

나는 5편을 번역하며 이상한 확신에 사로잡혔다. 도 선생님은 이 「프로와 콘트라」를 쓸 때, 알료샤가 세상으로 나가는 두 번째 이야기는 없을지도 모른다는 것을, 아니 이 첫 번째 이야기가 자신의 유작이 되리라는 것을 어렴풋이 알고 있었을지 모른다고.

문장 하나하나가 마치 남겨 두어야 할 마지막 말처럼, 모든 것을 털어놓는 사람의 고백처럼 느껴졌다. 단어 하나하나가 화살처럼 심장을 관통했다. 나는 그 말들을 옮기며, 신에게 맞서 온 한 인간의 마지막 독백을 보는 듯했다. 5편은 항거이면서 고해였다.

그러다 어느 순간, 눈물이 터졌다. 이반이 말한다. 죄 없는 어린아이의 눈물 한 방울이 마지막 날의 영원한 조화를 위해 필요하다면, 자신은 그 천국의 티켓을 반환하겠다고.

나는 그 문장 뒤에서 다른 목소리를 들었다. 도 선생님의 목소리였다. 어린아이의 눈물 한 방울이 아니라, 더 완벽하게 무고하고 아름다운 존재의 피가 이미 흘러내리지 않았는가. 우리는 예수 그리스도의 피를 마지막 한 방울까지, 그것도 가장 잔혹한 형벌 위에서 천천히 흘리게 하지 않았는가. 그 피 위에 세워진 천국이라면, 자신은 그 천국을 거절하겠다는 절규.

그것은 이반의 논리가 아니라, 내가 읽어 낸 도스토옙스키의 의중이었다. 항거인 듯 보이나 이미 고해였고, 반항인 듯 보이나 이미 무릎 꿇음이었다.

나는 그 외침 속에서 도 선생님이 왜 그렇게 예수 그리스도를 닮은 사람을 그려 내려고 했는지 어렴풋이 알 수 있을 것 같았다. 도 선생님은 평생토록 가장 아름다운 사람을 다시 그리려 했다. 미시킨을 그렸고, 알료샤를 그렸다. 마치 너무 빨리 신의 품으로 간 세 살배기 아들 알료샤를 다시 살려 내어, 그가 누리지 못한 시간과 사랑을 모두 받게 하고 싶었던 것처럼, 우리가 십자가 위에서 피를 흘리게 한 그 아름다운 존재를 다시 세상에 세워, 이

번에는 파괴되지 않게 하고 싶었던 것이다. 그 간절함이 그가 끝내 포기하지 않았던 마지막 희망이었다. 그는 끝까지 질문했고, 끝까지 주먹을 들어 보였고, 마지막에는 그 주먹을 천천히 내려놓는 법을 배웠다.

5편을 번역하는 동안 나는 매일 새벽 울었다. 화면이 흐려 보이지 않을 정도로, 눈물이 앞을 가려 단어가 보이지 않을 정도로. 사랑하는 사람이 죽음을 앞두고 마지막 고해를 한다고 생각해 보라. 뜨거운 눈물이 폭포처럼 쏟아진다. 멈추지 않는다.

나는 새벽마다 꺼이꺼이 울었고, 낮에 홀로 사무실에 앉아 있을 때면 나도 모르게 갑자기 눈물이 흘렀다. 귀가하는 택시 안에서 창밖을 보다가도 줄줄. 그러던 어느 날 거울을 보니 눈 흰자위가 날계란 흰자처럼 투명하게 출렁거렸다. 나는 순간 겁이 났다.

"아직 눈이 멀면 안 되는데, 멀더라도 번역 끝나고 멀어야 하는데."

안과로 달려갔다. 의사는 태연하게 말했다. "너무 많이 우셔서 그래요. 그래서 흰자위가 부은 거예요." 그리고 약을 처방해 주며 "적어도 4주간 울지 마세요."라는 말을 덧붙였다. 심지어 처방전에도 같은 문구를 썼다. 나는 그가 쓴 메모를 보고 잠깐 웃었다. 울지 말라니. 마치 바다에게 당분간 파도를 치지 말라고 권고하는 것 같았다. 약 봉투를 들고나오며 생각했다.

'세상에는 참으로 지킬 수 없는 처방도 있구나.'

그런데 그 문구가, 이상하게도 위로가 되었다. 울 만큼 울었다는 뜻이니까.

나는 그때 깨달았다. 번역은 문장을 옮기는 일이 아니라, 어떤 영혼의 마지막 진동을 통과하는 일이라는 것을. 5편은 단순한 철학적 논쟁이 아니었다. 도 선생님이 평생 괴로워했던 질문을, 떠나기 전에 마지막으로 쏟아내는 통과 의례였다. 그리고 나는 그 의식의 자리에 서 있었다. 너무 가까이.

어쩐지 스스로가 위태롭게 느껴졌다. 그 장을 번역하는 동안 나는 나를 잃을 지경이었다. 출판사 임원에게 "이건 위험한 작업입니다. 내가 나를 잃을 것 같습니다." 라고 토로할 정도였다.

그러나 돌이켜 보면, 그 시간이야말로 10년 번역 기간 동안 도 선생님과 가장 가까이 있었던 순간이었다. 나는 그와 함께 울었고, 그와 함께 질문했고, 그와 함께 침묵했다.

번역은 문장을 옮기는 일이 아니라,

어떤 영혼의 마지막 진동을

통과하는 일.

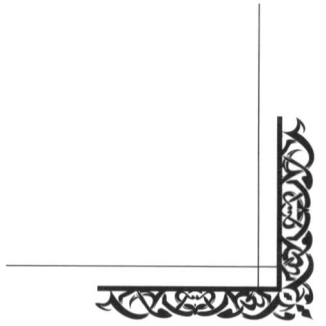

합선은 위험하다. 그러나 합선이 없었다면 「프로와 콘트라」의 온도를 끝까지 옮기지 못했을 것이다.

4주간 울지 말라는 처방은 완벽히 지키지 못했다. 그러나 그 이후 나는 조금 다르게 울었다. 이전처럼 쏟아내는 울음이 아니라, 내면으로 흘리는 울음이었다.

그 지점을 지나고 나서야 알았다. 문학은 인간을 구원한다고 쉽게 말할 수는 없지만, 적어도 누군가의 마지막 고해를 함께 들어 줄 수는 있다. 그리고 그 일을 하는 동안, 번역가는 자기 심장을 잠시 빌려준다.

나는 빌려주었다.

그리고 조금 타 버린 심장을 안고 돌아왔다.

영혼의 합선은 나를 태웠지만, 동시에 나를 조금 넓혔다. 영혼의 합선은 위험했다. 그러나 그 위험 속에서 나는 도 선생님의 숨결을 가장 가까이에서 들었다. 그 숨결은, 아직도 귓가에 남아 있다.

「러시아 수도사」 편은 우리에게 남긴 유언

지옥이란 더 이상 사랑할 수 없다는 사실에 대한 고통

나는 오랫동안 『카라마조프가의 형제들』 6편을 약간 못마땅하게 여겨 왔다. 속내를 말하자면, "이렇게 길어도 되나?" 하는 생각을 몇 번이나 했다. 운명을 앞둔 노인이 숨이 끊어지기 직전까지 그렇게 장황하게 설교를 이어간다는 설정이, 어딘가 할리우드 영화의 불필요한 연출처럼 느껴졌기 때문이다. 전쟁터에서 파편을 수십 개 맞아 피를 흘리면서도 "마지막으로… 할 말이… 있다…."라고 또박또박 대사를 마치는 인물처럼, 너무 인위적인 것이 아닌가 싶었다. 서사적 긴장감이 필요한 시점에서 흐름을 끊는 철학적 병목처럼 느껴졌다.

5편이 이반의 지적 고뇌가 「대심문관」으로 집약되어 폭발하는 정점이라면, 7편은 알료샤의 신앙적 방황을, 8편은 드미트리의 운명적 파국을 정면으로 응시한다. 이는 소설 전체에서 플롯의 긴장과 사상의 충돌이 가장 날카롭게 교차하는 지점이다.

그 긴박한 이야기들 사이에 뜬금없이, 조시마 장로의 길고 장황한 설교라니…. 알료샤가 영적 스승으로 섬겼던 사람의 말일지라도, 6편은 사족이라 생각했다. 그러나 작품의 전체 구도를 파악하게 되면서 내 생각이 완전히 틀렸음을 알게 되었다.

『카라마조프가의 형제들』은 거대한 성소(聖所)처럼 열두 편의 이야기를 골조 삼아 정교하게 쌓아 올린 세계다. 그리고 그 세계의 끝, 에필로그에서 우리는 일류샤의 죽음 앞에 모인 열두 명의 아이들과 마주한다. 이는 우연의 일치가 아니다. 도스토옙스키는 열두 편의 기록을 통해 인류의 죄악을 고해한 뒤, 그 끝에서 새로운 시대를 열어 갈 '열두 사도'를 세상에 세운 것이다.

결국 이 소설은 한 알의 밀알이 땅에 떨어져 죽음으로써 맺게 될 미래, 즉 거대한 사랑과 기적에 관한 예언서라고 할 수 있다.

이렇게 놓고 보면, 5·6·7편은 작품의 중심축이다. 5편은 이반의 항거, 7편은 알료샤의 순수, 그리고 그 사이에 있는 6편. 여기에서 조시마 장로는 자신의 생을 회고하고, 사랑과 겸손에 대한 철학을 설파한다.

5편에서 도스토옙스키는 신에게 마지막으로 묻는다. 그것은 항거처럼 보이지만, 이미 고해의 형식을 띠고 있다. 그리고 6편에서 조시마의 입을 빌려 우리에게 남기는 말을 정리한다. 이것은 설교가 아니라 유언이다.

조시마는 묻는다.

"지옥이란 무엇인가?"

그리고 답한다.

"더 이상 사랑할 수 없다는 사실에 대한 고통."

이 한 문장이 6편의 중심이다. 지옥은 타오르는 불길 속에 있지 않다. 불의 형벌은 마음의 참혹을 비유한 것이다. 타인의 고통에 무감각해진 상태, 사랑할 능력을 잃어버린 상태, 그것이 진짜 지옥이다. 인간이 존재하는 이유는 사랑이다. 단 한 번이라도 "나는 존재한다. 그러므로 사랑한다."라고 말할 수 있다면, 그 순간 이미 낙원의 문은 열려 있다. 실천적이고 살아 있는 사랑, 그것이 주어진 시간의 이유이다.

이 말을 나는 『악령』의 스타브로긴을 떠올리며 읽었다. 그는 신인론과 인신론을 동시에 다른 이들에게 주입하며, 모든 가능성을 쥐고 있었던 인물이다.

그러나 그는 아무것도 사랑하지 못한다. 그의 어머니는 잠든 그의 얼굴에서 밀랍 인형처럼 텅 빈 마스크를 본다. 『죄와 벌』의 스비드리가일로프조차 두냐의 사랑을 받을 가능성이 영원히 사라졌음을 확인하고 절망한다.

그런데 스타브로긴은 그 절망조차 없다. 그의 자살은 무에서 무로 돌아가는 일이다. 아무것도 사랑하지 못하는 영혼의 종착지. 그야말로 지옥의 차가운 현신.

그러니 조시마의 말은 단순한 위로가 아니다. 그것은 이반의 논리와 악령의 공허를 모두 통과한 뒤에 남는 최종 문장이다. 만약 우리가 단 5분이라도 진정으로 사랑할 수 있다면, 단 한 번이라도 타인의 행복을 나의 행복보다 먼저 놓을 수 있다면, 그 순간 이 지상은 낙원이 될 수 있다는 선언.

그것은 『카라마조프가의 형제들』과 거의 같은 시기에 쓰인 단편 「우스운 사람의 꿈」에서도 반복된다. '우스운 사람'은 깨닫는다. 인간이 서로를 사랑한다면, 지구라는 세상은 당장 천국이 될 수 있다고.

인간이 서로를 사랑한다면,

지구라는 세상은

당장 천국이 될 수 있다고.

그러므로 6편은 사족이 아니었다. 중심이었다. 도스토옙스키는 5편에서 신에게 묻고, 6편에서 우리에게 답한다.

나는 「러시아 수도사」 편을 번역하며, 처음 느꼈던 못마땅함이 부끄러워졌다. 숨이 끊어지기 직전의 노인이 그렇게 길게 말할 수 있겠느냐고 투덜대던 나의 태도는, 지금 이 세상에서 우리가 얼마나 길게 사랑을 잊고 있는지를 생각하면 사치처럼 느껴졌다.

요즘처럼 전쟁과 혐오와 무고한 주검이 화면을 가득 채우는 시대가 또 있었을까. 어린아이의 울음이 뉴스가 되고, 타인의 죽음이 통계가 되는 시대. 우리는 너무 빨리 분노하고, 너무 쉽게 편을 가르고, 너무 자주 사랑을 조건으로 단다.

조시마의 전언은 19세기의 설교가 아니다. 21세기의 경고다. 더 이상 사랑할 수 없게 되는 순간, 그때가 지옥이다.

「러시아 수도사」 편은 그래서 작품의 중심에 있어야 했다. 이반의 항거를 통과한 뒤, 알료샤의 순수로 넘어가기 전에, 인간이 붙들어야 할 마지막 줄을 건네는 자리. 도스토옙스키는 그 줄을 우리 손에 쥐어 준다.

그는 신에게 묻는 사람이었지만, 동시에 우리에게 말
하는 사람이었다.

그리고 그 말은 단순하다.

사랑하라.

그것이 인류가 지옥으로 떨어지지 않는 유일한 방법
이라고.

「러시아 수도사」 편은 설교가 아니라, 유언이었다.

우리는 아직 그 유언을 들을 시간이 있다.

공황 장애
이기는 길은 해치우는 것

『카라마조프가의 형제들』말미에 이르렀을 때, 책상만 봐도 가슴이 뛰었다. 그건 설렘이 아니었다. '콩닥콩닥'이 아니라 '벌렁벌렁'이었다. 내 작업 책상은 거실 창가에 있다. 주방 식탁에 앉아도 정면으로 보인다.

그런데 어느 날부터 책상을 보는 순간, 가슴이 답답해지고 숨이 막히는 느낌이 들었다. 다리도 아프고, 목도 뻐근하고, 허리는 말할 것도 없고, 눈은 침침하고, 머리는 멍했다.

처음엔 그저 "피곤한가 보다." 하고 넘겼다. '카라마조프가 길어서 그렇지 뭐.', '지도도 나침반도 없이 안개

311

자욱한 황야를 걷는 기분이니 그럴 만도 하지 뭐.' 그렇게 생각했다. 어느 날 한 신문사 문학 담당 기자와 밥을 먹다가 이 얘기를 했더니, 걱정스러운 표정을 지으며 말했다.

"그거 공황 장애예요."

나는 순간 밥알을 삼킬 뻔했다.

"네?"

"마감 공포. 저도 약 먹어요. 치료 시기 놓치면 심각해져요. 병원 가 보셨어요?"

그때 나는 처음으로 알았다.

'아, 이게 공황 장애라는 거구나.'

그런데 나는 병원에 가지 않았다. 때로는 모르는 게 약이고, 무지가 힘이다. 내 방식은 간단했다. 시험 때문에 가슴이 벌렁거리면 시험공부를 하면 된다. 번역 때문에 가슴이 뛰면 번역을 끝내면 된다. 불편을 이기는 길은 해치우는 것. 공황이 오면, 그 원인을 밀어붙이면 된다.

나는 더 미친 듯이 작업했다. 새벽을 더 길게 보내고, 문장을 더 빠르게 옮겼다. 원래 생각했던 마감보다 6개월이나 빨리 원고를 넘겼다. 나중에 다시 만난 기자는 웃으며 말했다.

번역가의 공황 장애

우리는 결국,

해치우는 수밖에 없다.

그렇게 한 장씩 넘기다 보면,

어느 날 마지막 페이지가 온다.

"그게 공황 장애 이기는 가장 좋은 방법이에요."

나는 약도 안 먹고, 병원도 안 가고, 공황 장애를 이겼다. 그 덕분에 6개월을 벌었다. 병이 약이 된 셈이다.

2025년 2월 하순쯤, 나는 마지막으로 탈고한 원고를 출판사에 보냈다. 보내는 순간, 가슴이 텅 비었다. 10년이 사라진 느낌이었다.

그 허전함 때문이었을까. 출판사 사람들을 불러 점심을 샀다. 멋진 곳에서, 근사한 음식으로. 말로는 전할 수 없는 마음을 보여 주고 싶었기 때문이다. 이제 그들 차례였다. 그들은 웃었지만, 나는 그 웃음 뒤에 올 고단함을 알고 있었다.

편집이 끝난 뒤, 그들이 말했다.

"출판 몇십 년 만에 이렇게 힘든 작업은 처음이에요. 어떻게 이걸 다 하셨어요? 생각하면 눈물이 나요."

나는 속으로 웃었다.

'눈물? 그건 제가 이미 다 썼습니다.'

이렇게 해서 10년에 걸친 4대 장편 번역이 끝났다. 초록색, 흰색, 붉은색, 검정색. 네 권이 나란히 놓였다. 마치 사계절처럼, 혹은 사복음서처럼. 서로 다른 빛깔과 결을 지녔으되, 결국 하나의 시간과 세계를 이루는 네 개의 얼굴이었다.

그 세트는 러시아 대사관 로비 메인 홀의 캐비닛에 전시되었다. 4대 장편 합본판과 함께.

안드레이 지노비예프 대사는 귀빈이 올 때마다 내 번역의 의미를 설명한다고 했다. 경제 제재와 정치 갈등으로 두 나라가 오랜 세월 쌓아 온 많은 것들이 무너졌지만, 문화는 아직 다리로 남아 있다. 내 번역이 그 작은 다리 하나가 된다면, 그것으로 충분하다.

공황 장애는 지나갔다. 책상은 여전히 거실 창가에 있다. 이제 그 책상을 보아도 가슴이 뛰지 않는다. 아니, 조금은 뛴다. 방향성이 다르다. 이번에는 설렘에 가깝다.

시험 때문에 공황이 오면 시험공부를 하면 된다. 번역 때문이라면 번역을 해치우면 된다.

이건 이미 알고 있는 이야기다. 그럼 인생 때문에 공황이 오면 어떻게 해야 할까? 그 인생을 조금 더 치열하게 살아 내면 된다.

우리는 결국, 해치우는 수밖에 없다. 그렇게 한 장씩 넘기다 보면, 어느 날 마지막 페이지가 온다. 그리고 그 날, 조용히 숨을 고를 수 있다.

나는 지금 그날을 맞고 있다.

질투는 나의 힘

위대한 예언자의 귀여운 약점

『카라마조프가의 형제들』을 읽다 보면 어느 순간 웃음을 참기 힘든 대목이 있다. 세상은 무너지고 있고, 한 남자는 살인 혐의로 법정에 서 있고, 내일이 사형이냐 시베리아 유형이냐를 가르는 절체절명의 순간인데, 드미트리가 붙들고 늘어지는 건 오직 하나다.

"그루셴카, 그 폴란드 장교 놈한테 마음 있는 거 아니지?"

드미트리와 그루셴카.

이 두 사람을 뭐라고 설명하면 좋을까. 폭발적이고 관능적이면서도, 동시에 영혼의 정화를 향해 나아가는 이 두 사람. 처음 시작은 어떻게 보면 치정극이라고 해도 좋을 것 같다.

아버지 표도르와 아들 드미트리는 동시에 그루셴카에게 반한다. 아버지는 돈으로 그녀를 사려 하고, 아들은 질투와 욕망에 눈이 멀어 아버지를 죽이겠다고 위협한다. 폴란드 장교 무스야워비치는 그루셴카가 어렸을 때 그녀를 유혹하고서는 떠났던 인물이다.

드미트리는 아버지를 질투하고, 경쟁자를 질투하고, 심지어 빚쟁이처럼 돈을 빌려 달라며 따라붙는 폴란드 장교도 질투한다. 그루셴카가 폴란드 장교를 밀어내지 못하고 말 상대를 해 주기만 해도 폭발한다. 그루셴카가 삐로그를 들고 와서 화해를 시도해도 그냥 바닥에 내동댕이친다. 사랑하기에 던지고, 절망하기에 던진다.

삐로그는 고기, 야채, 감자 등으로 속을 채운 러시아식 만두다. 맛과 질감은 겉이 빵으로 된 고기크로켓, 야채크로켓, 감자크로켓 등과 유사하다. 속 재료는 같으나 겉이 파이처럼 생긴 것도 있고, 빵처럼 생긴 것도 있다.

겉과 속이 다른 이 음식처럼 그들의 관계 또한 표리가 다르다. 마음속 심리와 드러나는 표정이 판이하다. 너무도 뜨겁게 사랑하기에 그 사랑이 침범당하는 것을 견디지 못하는 드미트리의 순수하고도 거친 영혼이 뿜어내는 모순.

나는 이 장면을 번역하며 웃었다. 웃지 않을 수가 없었다. 왜냐하면 이건 드미트리가 아니라, 도스토옙스키 자신이었기 때문이다.

도스토옙스키와 안나.

이 두 사람은 또 어떻게 설명하면 좋을까. 문학사에서 가장 극적이고도 헌신적인 구원의 서사로 기록해도 괜찮지 않을까. 도스토옙스키가 출판 노예 계약에 얽매여 있을 때 스무 살의 꽃다운 나이에 속기사로 고용된 이가 바로 안나다. 도스토옙스키가 구술하면 안나가 받아 적는 방식으로, 두 사람은 소설 「도박사」를 완성하며 기적적으로 마감 시한을 지킨다.

도 선생님은 스물다섯 살이나 어린 안나와 결혼했다. 안나의 회고록을 보면, 도스토옙스키의 질투는 드미트리 저리 가라였다. 모임에서 안나가 다른 남자와 몇 마디 이야기만 나눠도 표정이 굳어서는 먼저 자리를 떠 버리기도 했다고 한다. 어떤 날은 집에 돌아와 심각하게 따졌고, 또 어떤 날은 아무 말도 하지 않고 방에 틀어박혀 침묵시위를 벌였다고 한다.

이게 누군가. 위대한 예언자, 사상가, 인간 심리의 해부자 아닌가? 그런 그가 삐치고 질투하고 삐로그를 던질 듯한 표정으로 집에 가서는 어린아이처럼 굴었다니….

나는 이런 지점에서 도스토옙스키가 더 좋아진다.

문학에서 도스토옙스키는 냉철한 거인이다. 그러나 이렇듯 삶 속에서 작아지는 순간, 그는 비로소 사람이 된다. 철학적 존재로서의 거인은 멀리서 바라보면 차갑다. 그러나 가까이에서 보면 그도 한낱 온기를 지닌 사람이라는 것을 알게 된다.

거대한 철학자도 사랑 앞에서는 어린아이가 된다. "왜 나만 바라보지 않는 거야?" 이처럼 단순하게 압축한 심리가 대작가의 면모를 산산이 무너뜨린다.

사실 질투는 인간의 원초적 감정 중 하나다. 플라톤도 질투했을 것이고, 니체도 질투했을 것이다. 니체가 바그너를 향해 보인 감정은 과연 순수한 철학적 비판이었을까.

젊은 시절의 니체는 바그너를 존경했지만, 나중에는 강하게 비판했다. 서양 지성사에서 가장 뜨거웠다고 해도 좋을 만큼 '열광적 숭배'와 '처절한 결별'로 점철된 한 편의 드라마였다.

이를 니체의 말로 요약해 본다면 "바그너, 당신의 음악은 삶을 강하게 하는 예술이 아니라 병든 시대의 위로일 뿐이오. 나는 예술이 다시 종교의 무릎 앞에 엎드리는 것을 참을 수 없소." 이런 정도가 될까.

그나마 이것은 점잖게 표현한 것이다. 실제로는 배신감과 질투에 사로잡혔던 니체가 무슨 말을 쏟아 냈을지 알 수 없다.

다른 예술가들도 마찬가지다. 톨스토이는 동료 작가들의 성공을 마냥 축복했을까. 프루스트는 사교계의 친구들이 다른 사람과 더 가까워질 때 평온했을까. 위대한 인간이라고 해서 감정까지 위대한 것은 아니다. 오히려 감정이 더 거칠고, 더 격렬하고, 더 유치할 때도 있다.

드미트리는 사랑 때문에 폭주한다. 그루셴카는 사랑 때문에 의심한다. 그리고 그 둘을 지켜보며 우리는 한편으로는 숨이 막히고, 한편으로는 웃음이 난다. 인간이 이렇게까지 무모할 수 있나 싶으면서도, 동시에 이렇게까지 솔직할 수 있나 싶어서.

무모함은 또한 어리석음이다. 그러나 이때의 어리석음은 자신의 파멸을 예견하면서도 감정에 투신하는 비극적 용기이다.

질투는

사랑의 다른 얼굴 아닐까.

질투는 우스꽝스럽지만,

동시에 생생하다.

살아 있다는 증거다.

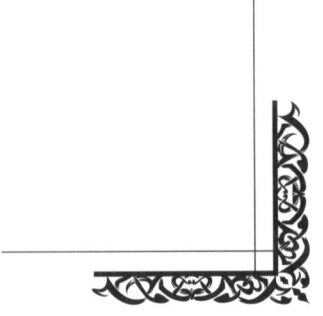

도스토옙스키는 인간을 미화하지 않았다. 그는 인간을 확대했다. 질투도, 욕망도, 분노도, 수치도 모두 극단까지 밀어붙였다. 그래서 우리는 그 속에서 웃는다. "저건 나야."라고.

나는 질투 많은 남자를 좋아하지 않는다. 싫어한다. 그러나 도스토옙스키가 질투했다는 사실은 나에게 묘한 위안을 준다. 완벽한 성인(聖人)이 아니라, 사랑 앞에서 흔들리는 인간이었다는 증거이기 때문이다.

혹시 질투는 사랑의 다른 얼굴 아닐까. 아무 관심도 없다면 질투도 없다. 아무 소유욕도 없다면 상처도 없다. 질투는 우스꽝스럽지만, 동시에 생생하다. 살아 있다는 증거다.

도스토옙스키는 인간의 심연을 파헤친 작가다. 그런데 그 심연 속에는 지옥만 있는 게 아니라, 이렇게 우스운 구석도 들어 있다. 삐로그를 던지는 남자. 젊은 아내가 누군가와 이야기한다고 집에 먼저 가 버리는 대문호.

나는 그 장면을 떠올리며 웃는다. 그리고 조금 더 그를 가까이 느낀다. 거인은 이렇게 거대한 감정선에서 이탈하며 사람으로 내려온다. 그리고 그 순간, 우리는 그를 더 사랑하게 된다.

초인과 아메리카

지옥행 티켓은 편도

『죄와 벌』의 라스콜리니코프는 살인을 저지른 뒤에도 자신이 초인인지 아닌지, 자신이 "선을 넘을 수 있는 자인지 아닌지"에 집착한다. 돈을 훔쳤는지, 얼마나 훔쳤는지, 그것이 가치가 있는지 따위는 중요하지 않다. 그에게 중요한 것은 오직 하나, "나는 초인인가, 아닌가."이다.

그의 정의는 간단하다. 그에게 있어 진정한 초인은 법과 도덕을 넘어설 수 있는 자, 수천수만의 죽음 위에서도 양심의 가책을 느끼지 않는 자, 인간이면서 동시에 인간 위에 설 수 있는 자다. 그는 살인을 저질렀지만 스스로는 한 마리 벌레를 밟아 죽이는 일쯤으로 여겼다.

그런데도 흔들리는 자신을 보며 선언한다.

"나는 초인이 아니다."

그는 또 스스로에게 묻는다. "나는 나폴레옹이나 마호메트처럼 도덕을 짓밟고 일어설 수 있는 '선택받은 자'인가. 아니면 그저 벌벌 떠는 한 마리 '이'에 불과한가?"

노파를 죽인 일은 라스콜리니코프가 자신의 사상과 양심의 이론을 시험하는 도덕적 장치였다. 이론은 침묵했으나, 양심은 침묵하지 않았다.

그런데 흥미로운 점은, 그의 이론을 정확하게 현실에서 구현한 인물이 따로 있다는 것이다. 바로 라스콜리니코프의 누이 두냐를 욕망했던 스비드리가일로프.

그는 두냐에 집착했을 뿐만 아니라, 자신의 하인이었던 소녀를 유린했다. 심지어 아내의 죽음에 깊게 그림자를 드리우면서도 양심의 가책을 느끼지 않는다.

하지만 나중에는 고아가 된 소녀의 동생들을 위해 돈을 주고, 가난한 사람들에게도 온정을 베푼다. 악과 선이 공존하는 인물, 라스콜리니코프의 또 다른 내면을 거울처럼 보여 주는 존재다. 라스콜리니코프가 머리로만 상상한 초인이, 현실에 구현되면 어떤 모습이 되는지를 보여 주는 인물이다.

하지만 그는 영웅이 아니라 괴물이다. 도 선생님은 이렇게 묻고 싶은 듯하다.

"악인이 선행을 한다고 해서 그의 본질이 바뀌는가? 선과 악 자체가 인간이 만들어 낸 환상에 불과한가?"

도스토옙스키가 말하고자 한 진짜 초인은 다른 곳에 있다. 소냐, 미시킨, 알료샤.

이들은 법을 넘어서는 것이 아니라, 자신을 넘어서는 사람들이다. 남보다 위에 서는 초인이 아니라, 남을 위해 자신을 낮출 수 있는 존재, 나를 희생하는 존재, 실천적인 사랑을 끝까지 견디는 존재다. 그들이 바로 초인이다. 그들은 라스콜리니코프가 생각하는 '초인'과는 또 다르다. '성자'에 가깝다.

여기서 흥미로운 코드가 등장한다. 아메리카.

스비드리가일로프는 지옥을 "검댕 숯 가득한 자욱한 연기 나는 목욕탕"으로 묘사한다. 그에게 지옥은 빠져나갈 수 없는 밀폐된 공간이다.

그렇다면 '아메리카'는 그 지옥에서 벗어나기 위해 설정된 또 하나의 출구처럼 보인다. 하지만 실은 같은 공기를 다른 방향으로 밀어낸 것에 불과한, 지옥의 연장선이다.

새벽 거리를 헤매던 그를 수상히 여긴 파수꾼이 그에게 어디로 가느냐고 묻는다. 그는 머릿속에서 '아메리카'를 떠올린다. 도망, 회피, 그리고 파멸을 상징하는 땅.

"어디로 가는 길이오?"

스비드리가일로프는 답한다.

"아메리카로."

이때의 아메리카는 지리적 공간이 아니라, 도피와 외면을 상징하는 기표(記標)이다. 혹은 격리와 망각일 수도 있다. 흥미로운 점은 그가 라스콜리니코프에게도 돈을 대 줄 테니 아메리카로 도망가라고 제안한다는 것이다. 라스콜리니코프가 저지른 일을 알고 있기 때문이다. 라스콜리니코프 앞에는 두 갈래 길이 놓인다. 아메리카—회피와 파멸, 시베리아—책임과 고통. 그는 시베리아를 택한다. 또 하나의 길, 구원이다.

스비드리가일로프는 자살을 택한다. 이 죽음으로써 그는 아메리카, 즉 지옥에 이른다. 그의 종말이 6부 6편에 놓여 있다는 점은 의미심장하다. 이는 구원의 상징인 4부 4편의 '나사로의 부활'과 대척점을 이룰 뿐만 아니라, 성경에서 짐승과 파멸을 상징하는 '666'의 의미를 기하학적으로 완성하기 때문이다.

『카라마조프가의 형제들』에서도 비슷한 장면이 반복된다. 이반은 판결을 앞둔 드미트리에게 돈을 마련해 줄 테니 아메리카로 도망가라고 한다. 드미트리 앞에도 두 길이 있다. 아메리카냐, 시베리아냐. 그는 시베리아를 택한다. 고통을 감수한다.

이반은? 악마와 대화하며 정신이 붕괴된다. 이때 그의 앞에 나타난 악마는 지성과 영혼이 분열되어 자기 파괴에 이르는 심리적 붕괴 과정을 상징한다. 그리고 대심문관의 이야기를 알료샤에게 들려준다.

이 서사는 지상에 다시 내려온 예수와 그를 체포한 대심문관의 만남을 다루고 있다. 이반은 신에 대한 자신의 반항과 인간에 대한 회의를 설명하기 위해 이 우화 같은 이야기를 꺼낸다. 그리고 다시 알료샤에게 "서른 살쯤 되어 '잔을 바닥에 집어 던지고' 싶을 때, 네가 어디 있든, 나는 꼭 다시 한번 너와 얘기를 나누러 오겠어…. 비록 아메리카에서라도 올 테니 그렇게 알아 둬."라고 말한다. 이반의 죽음은 작품 속에 명시되지 않지만, 그의 파국은 이미 예정되어 있다.

이반은 왜 이런 말을 했을까? 이반은 언젠가 삶을 견디지 못하고 모든 것을 내던질 순간이 올 것을 예감한 것이다. '잔'은 고통과 모순을 포함한 '삶' 전체를 상징한다. '잔을 던지고 싶을 때'라는 것은 바로 그 삶을 버리겠다는 암시다. 그래서 그런 순간이 오면, 알료샤와 다시 대화를 나누고 싶다고 했다. 이는 그의 내면 깊은 곳에 남아 있는 희망, 즉 자신이 잃어버린 인간성을 되찾고자 하는 의지이다.

『악령』에서는 스타브로긴이 샤토프와 키릴로프에게 각자의 사상을 심어 준 뒤, 그들을 아메리카로 보내고, 결국 자신도 자살로 끝을 낸다. 샤토프와 키릴로프 역시 아메리카에 잠시 체류하다 다시 러시아로 돌아와 비극적 죽음을 맞는다.

도스토옙스키의 작품에서 아메리카는 이상할 정도로 자주 반복되는 상징이다. 아메리카는 지리적 공간이 아니다. 그것은 서구적 개인주의와 극단적 이기주의의 은유다. 공동체와 신을 떠난 채, 인간이 자기 자신만을 신으로 세운 공간. 회피의 땅, 무책임의 땅, 구원의 가능성이 끊긴 땅…. 도 선생님에게 아메리카는 일관되게 "출구가 없는 곳"이다.

꽤 오래전 서구 정치계에 등장한 묘한 표현이 있다. 2002년 조지 부시 미국 대통령이 북한·이란·이라크를

"Axis of Evil", 즉 악의 축이라 칭했다. 한때 유행처럼 번지기도 했으나, 이 말은 자의적으로 상대를 악으로 규정하여 세계 정치를 선과 악의 도덕극으로 바꿔 놓은 정치적 수사에 불과하다. 이후 시대와 정치 상황에 따라 '악의 축'을 지칭하는 대상은 바뀌었다. 오늘날에는 러시아가 그렇게 불리기도 한다.

하지만 도스토옙스키의 소설 속에서 '악의 축' 혹은 '중심'은 시종일관 '아메리카'다. 그는 러시아 유형 이후, 서구 문명의 타락과 자정 능력 상실을 날카롭게 비판했고, 아메리카를 극단화된 개인주의의 상징으로 그렸다. 자신의 정의를 내세워 상대를 '악'으로 낙인찍는 부시의 오만한 선언과, 스스로를 구원할 영성을 잃어버린 채 파멸로 치닫는 소설 속 인물들이 외치는 아메리카를 대비해 보면 아이러니하다는 생각이 든다.

물론 이런 고찰을 오늘날의 정치성과 동일시하는 건 우스운 일이다. 도스토옙스키의 아메리카는 지리적 공간이 아니라 사상적 공간이기 때문이다. 책임을 지지 않으려는 마음, 도망치고 싶은 회피 욕망, 고통을 건너뛰고 결과만 얻으려는 요행, 남의 아픔보다 나의 이익만을 중시하는 개인주의가 팽배한 땅. 그곳이 바로 아메리카다.

    그래서 흥미롭다. 도망치라는 유혹은 늘 아메리카라는 이름으로 나타난다. 그곳은 고통과 죄책감으로부터 단절된 완벽한 도피처처럼 보이기 때문이다.

    그러나 도스토옙스키의 주인공들은 결국 시베리아를 택한다. 그것은 회피가 아닌 직면, 고통을 정면으로 통과함으로써 비로소 구원에 이르는 길이다.

    초인은 법을 넘어서는 사가 아니라, 고동을 건너는 자다. 초인은 나를 증명하기 위해 살인을 저지르는 자가 아니라, 나를 낮추고 책임을 감당하는 자다. 아메리카는 달콤하지만, 그 끝은 공허하다. 시베리아는 춥고 가혹하지만, 그 안에는 가능성이 있다.

    도 선생님의 세계에서 지옥은 언제나 편도 티켓이다. 아메리카행은 돌아오는 배가 없다. 그는 우리에게 묻는다. 당신은 어디로 가겠는가.

    누군가는 가볍게 웃으며 반박할 수도 있다.

    "아메리카가 왜 지옥이냐."

    하지만 이는 현실의 고통과 죄책감을 외면하기 위해 추상적으로 설정된 공간을, 영원한 안식과 구원의 약속으로 착각한 인물들의 심리를 정확히 이해하지 못했기 때문이다. 그의 소설을 끝까지 따라가다 보면, 우리는 어

초인은

법을 넘어서는 자가 아니라,

고통을 견디는 자다.

오늘을 포기하지 않고 살아 낸 당신,

이미 초인이다.

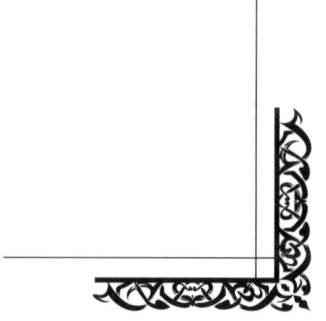

느새 남의 이야기를 하는 게 아니라 자기 자신을 들여다보고 있음을 깨닫는다. 나는 지금 어디로 향하고 있는가. 나는 혹시 '아메리카'라는 이름의 '회피'를 택하고 있는 것은 아닌가. 내 몫의 고통을 정면으로 마주하기보다 다른 도시, 다른 핑계, 다른 논리 뒤로 슬쩍 비켜서고 있는 것은 아닌가.

노스토옙스키가 말하는 초인은 영웅적 제스처를 취하는 사람이 아니다. 세상을 뒤집는 혁명가도, 역사를 밀어붙이는 정복자도 아니다. 아메리카행 배표를 손에 쥐고도 끝내 타지 않는 사람, 시베리아의 추위와 책임을 감수하겠다고 고개를 드는 사람, 도망 대신 직면을 택하는 사람, 바로 그런 사람이 그의 초인이다.

그러니 초인은 멀리 있지 않다. 매일 아침 눈을 뜨고, 무너질 듯한 마음을 추스르며, 해야 할 일을 다시 붙드는 사람, 억울함과 피로와 불안을 안고도 하루를 견디는 사람, 삶을 버리지 않고 묵묵히 껴안는 사람. 그런 사람이 바로 도스토옙스키식 의미에서의 초인일지 모른다.

그렇다면 우리는 이미, 우리가 생각하는 것보다 훨씬 더 위대한 존재인 것은 아닐까. 오늘을 포기하지 않고 살아 낸 당신, 이미 초인이다.

한정판이라는 위험한 사랑

100, 150, 300의 드라마

도 선생님의 4대 장편 완역을 맡아 달라는 제안을 받았을 때, 내가 건 조건은 단 하나였다.

"아름다운 럭셔리 한정판으로 내 주세요."

나는 새벽에는 시적 세계에 사는 사람이지만, 낮에는 패션 회사 CEO이자 멀티숍의 치프 엠디로 변신한다. 예쁜 것, 독특한 것, 잘 만든 것에 사족을 못 쓴다. 도 선생님 책을 양가죽에 금박을 입히고, 24K 리얼 골드로 장정하고 싶었다. 내 이름과 도 선생님의 이름이 나란히 새겨진 그 물성을 갖고 싶었다. 시적 세계의 나를 생각하면 의외일 수밖에 없는 욕심이었다.

출판사 사장님은 그 자리에서 흔쾌히 승낙하셨다. 그 한마디에 나는 무려 10년짜리 프로젝트에 단박에 뛰어들 수 있었다.

나중에 들은 얘기다. 사장님은 속으로 깊은 고민을 하셨단다. 그 회사는 건물 안에 오디오북 녹음실도 갖추고 있고 창고도 있다. 심지어 자체 출력 시설도 갖춰 주문이 들어오면 그때그때 인쇄한다. 재고를 쌓아 두지 않는 경영 방침 때문이다. '럭셔리 한정판' 같은 건 이런 시스템과 어울리지 않는다.

그런데 저자가 최고급 사양을 원한다고 한다. 양가죽, 수작업, 24K 금박. 기본 제작비부터 무서웠을 것이다. 게다가 우리나라에는 이런 고급 출판물 시장이 형성되어 있지 않다고 봐도 무방하다. 그러니 재고가 쌓이면 애물단지로 전락할 수밖에 없다. 출판사 사장님의 고민이 깊었으리라 생각한다.

그래서 『죄와 벌』은 100부 한정으로 찍었다. 역자 증정본이 1부 있었으니 사실상 101부였다. 가격은 22만 원. 이 가격을 정하면서 출판사 관계자들은 손이 부들부들 떨렸다고 한다.

"과연 팔릴까요?"

기우였다. 중앙선데이에 전면 인터뷰가 나가고, 거짓말처럼 일주일도 안 되어 완판되었다. 항의 전화가 빗발쳤다고 한다. "왜 광고도 안 하고 다 팔아 버리느냐." 삼성 출판 박물관, 심지어 청와대 비서실에서도 문의가 왔다고 했다. 그러나 이미 끝이었다. 출판사에도 책이 한 권도 남아 있지 않았다.

한정판이라 책등에 리미티드 에디션 넘버를 붙였다. 이어령 선생님은 88번이 좋다고 하셨다. 그래서 88번을 드렸다. 『백치』도 드렸다. 그리고 선생님은 돌아가셨다. 세상에 안 계신 걸 알면서도 『악령』과 『카라마조프가의 형제들』이 나왔을 때 잊지 않고 보내 드렸다. 세트로 갖고 계시면 하늘에서 좋아하실 것 같아서. 그 일은 지금도 마음 한구석을 건드린다.

문제는 그다음이었다. 출판사는 나와 상의도 없이 『백치』 출간 부수를 150부로 바꾸고 가격도 29만 원으로 올렸다. 나는 화가 났다. 100부 한정은 독자와의 약속이라고 생각했으니까.

그러나 출판은 사업이다. 나 혼자 고집을 부릴 수는 없었다. 『악령』도 150부, 29만 원. 이건 제목도 어둡고 어려우니 잘 안 팔릴 거라 생각한 듯했다.

『카라마조프가의 형제들』에 이르러 나는 말했다.

"이제 더 올리지 맙시다. 150부면 충분합니다."

한정판은 박 터지게 클릭해서 사는 맛이 있어야 하고, 소장 가치가 있어야 한다. 무엇보다 앞에 나온 시리즈 세 권을 산 독자들에게 예의를 지키는 일이라고 생각했다. 그런데 사장님은 내 생각과 다르게 결정했다. 이를 자라투스트라의 어법으로 변주하면 이렇다.

"이 책에 300부라는 사명을 내리노라. 가격은, 그 가치를 지불할 용기 있는 자들을 위해 35만 원!"

나는 해석의 주도권을 빼앗긴 니체처럼 '삔또'가 상했다. 니체도 자라투스트라를 창출하고 후회했을까….

번역은 내가 했지만 출판이라는 세계에서, 아니 사업이라는 세계에서 나는 이방인이었다. 내가 카뮈가 아니라 다행이었다. 카뮈였다면 도스토옙스키 선배의 뒤를 이어 초인 사상을 실험했을 테니까. '그냥 확, 선을 넘어봐?' 이러면서….

『자라투스트라는 이렇게 말했다』의 부제는 '모든 사람을 위한, 그러나 그 누구를 위한 것도 아닌 책'이다. 사장님은 뭔가 착각하고 있는 게 아닐까. 이 책은 출판사를 위한 것이 아닌데….

세상일은 내 마음처럼

흘러가지 않는다.

흐름을 바꾸지는 못했지만,

그 흐름 속에서 건져 낸 보물은

내 책꽂이에 있다.

결국 300부로 결정이 났고, 2025년 7월 7일 출간된 『카라마조프가의 형제들』 한정판은 2026년 3월 30일 현재까지도 10여 부가 남아 있다.

그래도 조그마한 위안은 있다. 네 권을 다 세트로 가진 독자는 처음 계획했던 것처럼 100명뿐이다. 왜냐하면 처음에 냈던 『죄와 벌』이 100부였으니까.

내 지인은 22만 원 주고 산 『죄와 벌』을 중고 마켓에서 120만 원에 팔았다고 자랑한다. 나는 웃으며 생각했다. 이 네 권 세트가 훗날 얼마가 될지 누가 알겠나. 책 테크라는 것도 있다지 않은가. 그날이 오면, 지인이 달려와 호들갑을 떨지도 모르겠다.

"어머, 그때 말리지 그랬니?"

책을 내는 일과 경영의 실체, 그리고 출판 소비 문화를 직접 겪으며 절실히 깨달았다. 한국 출판 시장에서 럭셔리 한정판 마켓의 실제 크기는 아마 200부 정도일 것이다. 수로 보면 적다고 할 수 있다. 하지만 그 200부를 사는 사람들이 얼마나 진지한지, 얼마나 열성적인지, 나는 10년 동안 충분히 보았다.

우여곡절이 있었지만, 네 권의 아름다운 책이 세상에 나왔다. 초록색, 흰색, 붉은색, 검정색.

도 선생님의 네 얼굴이 각기 다른 가죽과 금박 속에서 숨 쉬고 있다. 다른 곳이 아닌, 내 책꽂이에 나란히 꽂혀 있다. 그걸 볼 때마다 속상함과 뿌듯함이 동시에 올라온다.

나는 여전히 '100권으로 한정해 클릭 경쟁을 하게 했으면 어땠을까.' 하는 마음도 있고, '사장님이 초심을 지켰더라면 어땠을까.' 하는 아쉬움도 있다.

그래도 한정판이라는 위험한 사랑을 함께 감수해 준 출판사에 고맙다. 이 모든 게 가능했던 것 역시 그분의 용기였다는 것도 안다. 결국 남은 것은 나의 마음이다. 이 무모한 시장을 우리나라에서 처음 구축해 보았다는 것이 조금은 자랑스럽다.

세상일은 내 마음처럼 흘러가지 않는다. 흐름을 바꾸지는 못했지만 그 흐름 속에서 건져 낸 보물은 내 책꽂이에 있다.

도 선생님의 책 네 권.

그걸로 나는 오늘도 만족한다.

도 선생님도, 아마 웃고 계시지 않을까.

공기 한 모금의 무게

카라마조프성(性)

"너도 카라마조프야. 그것도 완전한 카라마조프지. 피는 못 속인다 이 말이지. 아버지한테서는 호색한의 피를, 어머니한테서는 유로디비의 피를 물려받은 거지."

신학교 학생이자 알료샤의 친구인 라키틴이 알료샤에게 던지는 이 말은 비아냥이지만, 동시에 선언이다. 조시마 장로가 죽은 후 수사들과 마을 사람들은 그의 시신에서 향기가 나거나 몸이 썩지 않는 기적이 일어날 것이라고 생각했다.

하지만 그 역시 부패의 악취가 풍겼다. 그것도 평범한 사람들의 일반적인 속도보다 훨씬 빨리.

평소 조시마 장로의 성스러움을 거짓이라고 비웃던 라키틴에게 이것은 자신의 무신론적 냉소가 옳았음을 증명하는 기회였다.

라키틴이 던진 '유로디비'라는 단어는 도스토옙스키 세계관에서 중요하다. 겉으로는 성스러운 정의를 배경으로 삼고 있지만, 라키틴과 같은 냉소적 합리주의자의 입을 통해서는 철저히 비하의 도구로 전락한다. 유로디비의 핵심은 세상의 논리를 거부하고 신의 논리를 따르는 역설적 지혜에 있다. 하지만 라키틴은 그 역설의 고리를 끊어 버린다.

시신에서 향기 대신 악취가 풍기던 날, 라키틴은 기다렸다는 듯 알료샤에게 독설을 퍼붓는다. 성스러운 스승을 잃고 비틀거리는 청년에게, 그의 뿌리가 결국 호색한과 광인에서 왔음을 상기시킨다. 유로디비의 역설이다. 라키틴에게 그것은 알료샤의 성스러움을 무너뜨리기 위한 비아냥이었으나, 알료샤에게는 오히려 자신의 내면에 도사린 '카라마조프적 심연'을 똑바로 바라보는 계기가 되었다.

'카라마조프적'이라는 말은 단순한 기질이 아니다. 그것은 양극단을 동시에 끌어안는 힘이다. 소돔과 마돈나를 함께 품는 힘, 지옥과 천국을 동시에 응시하는 힘, 무너질 듯 흔들리면서도 끝내 무너지지 않는 생의 힘이다. 이반은 말한다.

"내 내부에 존재하는 난폭할 정도로 광적인 삶에 대한 욕망을 질식시켜 버릴 만한 커다란 절망이 과연 세상에 존재할까, 하는 질문을 스스로에게 수없이 던져 보았지만, 번번이 그런 것은 없을 것 같다는 결론을 내렸어."

사물의 질서를 믿지 않으면서도, 봄에 돋아나는 새잎을 사랑하고, 파란 하늘을 사랑하고, 설명할 수 없는 인간적 정을 사랑하는 이반. 보통 사람은 삶에 의미가, 즉 논리가 있어야 살아가는 힘을 얻는다. 하지만 이반은 삶의 의미를 찾지 못하더라도, 혹은 삶이 논리적으로 무슨 덩어리일지라도 살고 싶다고 말한다. 이것이 카라마조프적 힘이다. 절망을 통과하면서도 삶을 놓지 않는 힘.

도스토옙스키 자신이 그랬다. 사형 선고를 받고 총살 직전 5분을 경험한 사람, 시베리아 유형을 살고, 간질과 도박과 가난과 자식의 죽음을 견뎌 낸 사람. 웬만한 인간이라면 힘없이 쓰러지고도 남았을 삶이었다. 그러나 그는 쓰러지지 않았다. 오히려 고통 속에서 삶을 향한 찬가를 끌어 올렸다.

그의 생명 찬가는 단순한 사상이나 종교적 선언이 아니다. 피로 쓴 고백이다. 그것은 이론이 아니라 체험이다.

스물세 살에 교통사고로 전신 중화상을 입고 마흔 번이 넘는 수술을 견뎌 낸 이지선 작가를 떠올린다. 『꽤 괜찮은 해피엔딩』과 『지선아 사랑해』에서 그는 말한다. 사고가 없었더라면 알지 못했을 삶의 깊이를 알게 되었다고. 단순히 살아난 사람이 아니라, 다시 태어난 사람으로 살아가고 있다고. 비극과 화해하며, 그 이전보다 더 많은 희망을 발견했다고. 그 고통이 자신을 망가뜨린 것이 아니라, 더 깊게 만들었다고.

또 하나의 이미지가 있다. 흥미롭게 본 일본 드라마, 〈아리스 인 보더랜드〉다. 이곳은 죽음의 게임을 통과해야만 살아남을 수 있는 세계다. 여기서 생존은 곧 귀환을 의미한다. 그들이 피투성이가 되어도, 눈물을 흘리며 비명을 질러도, 끝내 돌아가고 싶어 하는 곳은 어디인가. 바로 우리가 매일 아침 아무렇지 않게 눈을 뜨는 이 세계다. 출근하고, 밥을 먹고, 짜증을 내고, 지하철을 타는 이 평범한 세계.

우리는 거저 주어진 것에 감사할 줄 모른다. 공기가 없으면 단 한 순간도 버틸 수 없지만, 우리는 그 귀함을 잊은 채 살아간다. 그것이 당연한 권리라 믿기 때문이다. 우리의 인생 또한 다르지 않다. 삶이라는 거대한 선물을 마치 원래부터 내 것이었던 양 당연하게 여긴다. 그래서 소중함을 모른다. 그러나 죽음의 문턱에 서 본 사람은 안다. 공기 한 모금, 빛 한 줄기, 아이의 웃음소리 하나가 얼마나 절대적인지.

첫아이 낳던 날을 기억한다. 1분 간격의 진통이 24시간 이어졌고, 얼굴의 실핏줄이 다 터지고, 몸 전체가 마치 초가집 지붕 위 박처럼 부어올랐다. 그때 알았다. 생명을 이렇게 힘들게 얻는 이유가 있는 거라고. 그래서 그만큼 더 소중한 거라고.

도스토옙스키는 사형 5분 전에 태어난 생명 찬가를 평생 붙들고 살았다. 그리고 『카라마조프가의 형제들』에서 그것을 완성한다. 삶은 어떤 형태로든 사랑할 가치가 있다고, 절망이 아무리 깊어도 그것이 삶을 무가치하게 만들지는 못한다고, 고통은 삶을 부정하는 것이 아니라 오히려 삶의 밀도를 증명한다고.

그는 인생이 쉽다고 말하지 않는다. 그는 고통이 아름답다고 말하지 않는다. 그러나 이렇게는 말한다.

그럼에도 불구하고, 살라고.

그는 인생이 쉽다고

말하지 않는다.

그는 고통이 아름답다고

말하지 않는다.

그러나 이렇게는 말한다.

그럼에도 불구하고, 살라고.

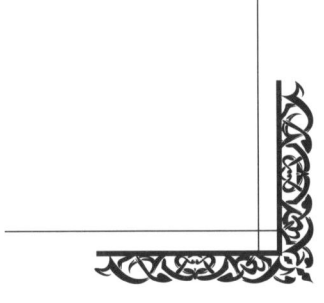

어떻게 보면 평범한 잠언 같지만 이 말은 결코 낭만적인 감상에서 나온 것이 아니다. 세상 누구보다 삶이 가혹했던 사람의 입에서 나온 말이다. 육체적, 정신적, 경제적, 사회적, 정치적 고통을 통과한 사람이 내놓은 결론이다. 그래서 무겁고, 그래서 믿을 수 있다.

때로 우리는 너무 쉽게 포기한다. 시작도 하기 전에 무너지고, 비교 속에서 스스로를 깎아내리고, 실패 한 번에 삶 전체를 부정한다.

그러나 도스토옙스키는 묻는다. 정말로 삶을 질식시킬 만한 절망이 존재하는가. 그 절망이 당신의 숨을 완전히 끊어 놓을 수 있는가. 나는 그의 대답을 안다. 그런 것은 없다.

삶은 잔인할 수 있다. 그러나 삶은 또한 기적이다. 이지선이 말하듯, 다시 주어진 삶과 화해할 수 있고, 그 속에서 이전보다 더 큰 빛을 발견할 수 있다.

〈아리스 인 보더랜드〉에서 주인공 아리스는 그 세계가 무엇인지 끝까지 이해하려 하고, 살아남는 것 이상의 의미를 찾으려 한다. 그가 지옥 같은 게임을 통과하고도 다시 현실로 돌아오고 싶어 했던 것은 이곳에서만 살아 있다는 감각과 타인과의 연결을 느낄 수 있기 때문이다.

우리가 매일 당연하게 맞이하는 이 아침이 사실은 가장 큰 선물이다. 아니, 기적이다.

카라마조프는 검은 심연 속에서 터져 나오는 빛이다. 모든 모순과 욕망과 광기를 품으면서도, 결국은 말한다. 삶을 사랑하라. 그것이 어떤 모양이든, 어떤 상처를 동반하든, 사랑할 가치가 있다.

나는 믿는다. 우리가 이 문장을 읽고, 가슴이 조금이라도 저린다면, 아직 완전히 무너지지 않았다. 아직 살아 있다. 아직 사랑할 수 있다.

그것이면 충분하다.

도스토옙스키가 우리에게 남긴 마지막 말은 거창한 교리가 아니라, 이 단순한 문장일지도 모른다.

살아라. 그리고 사랑하라.

대심문관 1

약한 자들에 대한 연민

「대심문관」은 읽을 때마다 가슴을 파고드는 서사시다. 단 한 장면, 단 몇 쪽의 대화 속에 인간과 신, 자유와 복종, 강함과 약함, 사랑과 권력이 서로 맞부딪친다. 나는 이 이야기를 번역하며 비로소 깨달았다. 열여덟 살에 『죄와 벌』을 읽을 때 끝내 이해하지 못했던 도스토옙스키의 한 얼굴을.

그때의 나는 마르멜라도프를 용서할 수 없었다. 천사 같은 소냐가, 피 한 방울 섞이지 않은 계모와 의붓동생들을 위해 몸을 팔러 나가야 하는 상황을 만든 장본인. 그 소녀가 번 돈, 그것도 '깔끔함'을 유지하기 위해 아껴 둔 돈을 달라고 손을 내밀어 또 술을 마신 아버지. 그 의지 박약, 그 무책임, 그 뻔뻔함. 나는 분노했다. 이런 인간을 어떻게 연민할 수 있단 말인가.

그런데 「대심문관」에서 나는 다른 시선을 만났다.

대심문관은 말한다.

"너의 위대한 예언가가 환영과 비유로 말한 부활의 첫날에 참여한 모든 이들을 보았는데 그 수는 지파마다 각각 1만 2천 명씩이었다고 했다. 하지만 그들의 수가 그것밖에 안 된다면 그들은 사람이 아니라 신이나 마찬가지다. 그들은 너의 십자가를 참아 냈고, 또 수십 년간이나 굶주리고 헐벗은 광야에서 메뚜기와 풀뿌리로 연명해 왔다. 그러니 물론 너는 이 자유의 아이들, 자유로운 사랑의 아이들, 네 이름으로 자유롭고 훌륭한 희생을 한 이 아이들을 자랑스레 가리킬 수 있겠지. 하지만 그들은 고작해야 몇천 명에 불과했고, 신이나 마찬가지인 자들이라는 것을 기억해라."

자신의 논거를 말하던 대심문관은 다시 또 이렇게 일갈한다.

"그렇다면 나머지 사람들은? 강한 자들이 참아 낸 것을 참아 낼 수 없었던 나머지 약한 자들은 무슨 잘못이 있단 말이냐? 그토록 무시무시한 선물을 받아들일 힘이 없는 나약한 영혼들은 대체 무슨 죄란 말이냐?"

이 문장을 읽고 또 읽으며 나는 멈추었다. 도스토옙스키는 인간을 두 부류로 나누지 않는다. 강한 자와 약한 자, 성인과 죄인, 의지의 영웅과 의지박약자. 그는 묻는다. 약한 자는 무슨 죄가 있는가. 그토록 무시무시한 자유와 책임을 감당할 힘이 없는 나약한 영혼들은 왜 비난받아야 하는가.

마르멜라도프는 바로 그 약한 자 중 하나다. 그는 자신의 의지박약을 누구보다 잘 안다. 그는 자신이 소냐를 거리로 내몰았다는 사실을, 자신의 나약함이 딸의 순결을 갉아먹었다는 사실을 통곡한다. 그는 술에 취해 길바닥에 쓰러지며 스스로를 혐오한다. 그런데도 그는 또다시 소냐에게 간다. 술값을 달라고. 그 비참함은 단순한 악의가 아니다. 그것은 자기 통제력을 상실한, 그러나 고통은 분명히 느끼는 영혼의 비극이다.

번역을 하는 사이 나는 지천명의 나이를 넘겼다. 그 말의 의미를 되새기지는 않겠다. 다만 그사이 수많은 사람들을 보았다. 철처럼 단단한 의지의 소유자도 보았고, 작은 유혹에도 무너지는 사람도 보았다. 어떤 이는 책임을 짊어지고 묵묵히 견디고, 어떤 이는 몇 번을 다짐해도 같은 자리에서 넘어진다. 그 차이는 절대적 도덕의 우열에서 비롯된 것일까. 혹은 타고난 기질의 문제일까. 그것도 아니면 환경과 상처가 뒤엉킨 결과일까.

도스토옙스키는 가난한 자들만 연민한 것이 아니다. 그는 '의지력 없는 약한 사람들'을 향해서도 가슴 아파했다. 착하고 선하지만, 강하지는 않은 사람들. 마음은 간절하나 동력이 부족한 사람들.

그는 그들을 단죄하지 않았다. 그는 그들을 이해하려 했다. 이해하려다 보니, 연민에 이르렀다.

나는 이제 마르멜라도프를 미워하지 않는다. 인간의 비열함과 숭고함이 한데 뒤섞인 그 끔찍한 심연을 단 한 번도 외면하지 않았던 도 선생님의 눈으로 그를 다시 본다. 그는 악인이기보다 병든 영혼에 가깝다. 그는 죄인이지만 동시에 고통받는 자다. 그의 술은 방탕이면서 동시에 도피다. 그의 손은 비겁하지만, 그의 눈물은 진실이다.

대심문관은 강한 자들의 승리를 찬양하지 않는다. 약한 자들의 무력함을 변호한다. 그는 질서와 안식을 제공하는 것이 더 큰 자비라고 믿는다. 인간은 모두 강하지 않다. 자유를 감당할 수 있는 사람은 극히 소수다. 그렇다면 나머지 대다수는 어떻게 해야 하는가. 그들은 비난 받아야 하는가, 아니면 이해받아야 하는가.

도스토옙스키의 답은 명확하다. 연민이다. 연민은 약함을 미화하는 것이 아니다. 연민은 약함을 이해하려는 노력이다. 그것은 죄를 정당화하는 것이 아니라, 죄의 이면에 있는 고통을 들여다보는 일이다. 마르멜라도프의 손이 떨리는 순간, 그의 심장도 함께 떨리고 있다는 것을 보는 일이다. 나는 이제 그를 읽으며 분노 대신 슬픔을 느낀다. 그는 강해질 수 없었다. 그러나 고통을 느꼈다. 그 고통이 그의 유일한 구원일지도 모른다.

열여덟의 나는 정의를 원했다. 쉰을 넘긴 나는 이해를 구한다. 도스토옙스키는 나를 그 길로 이끌었다. 강한 자들의 영웅담이 아니라, 약한 자들의 눈물을 통해.

나는 이제 마르멜라도프를 바라보며 속으로 중얼거린다. 그에게 필요한 것은 비난이 아니라, 이해였을지도 모른다고. 그리고 어쩌면 우리 모두, 강한 자로 보이든 약한 자로 보이든, 그 이해를 필요로 하는 존재일지도 모른다고.

「대심문관」은 단순한 신학적 논쟁이 아니다. 그것은 인간을 바라보는 시선에 대한 고해성사다.

어쩌면 우리 모두,

강한 자로 보이든

약한 자로 보이든,

그 이해를 필요로 하는

존재일지도 모른다.

"약한 자들은 무슨 죄가 있는가."

이 질문 앞에서, 나는 이제 더 이상 쉽게 돌을 던지지 못한다.

타인의 죄악 속에 감춰진 고통의 무게를 헤아리게 된 것, 그것이 10년의 세월을 함께하며 나를 변화시킨 도 선생님의 가장 큰 가르침이다.

대심문관 2

예수의 입맞춤, 연민의 최후 언어

도스토옙스키의 작품 전체를 하나의 거대한 성당이라 한다면, 「대심문관」은 그 중앙 돔 아래에서 울려 퍼지는 마지막 종소리와도 같다. 이 짧은 서사 속에는 인간과 신, 자유와 복종, 사랑과 권력, 강함과 약함이라는 모든 대립이 응축되어 있고, 그 긴장이 극에 달한 순간 한 장면이 남는다. 말없이 다가와, 구순 노인의 창백한 입술에 입을 맞추는 예수의 몸짓.

세계 문학사에서 이토록 짧은 장면이 이토록 오래 논쟁의 대상이 된 경우는 드물다. 어떤 이는 그것을 신비라 하고, 어떤 이는 모호한 상징이라 하며, 또 어떤 이는 침묵의 승리라 말한다.

내 생각은 조금 다르다. 인물들의 사유와 고통을 한 줄 한 줄 따라가다가 이 장에 이르렀을 때, 나는 그 입맞춤이 결코 모호한 제스처가 아니라, 그렇게 될 수밖에 없는 필연적인 응답이라는 결론에 이르렀다. 그것은 선택이 아니라 존재의 논리였다.

대심문관은 말한다. "인간은 자유를 감당할 수 없다." 고, "그토록 무시무시한 선물을 받아들일 힘이 없는 나약한 영혼들은 대체 무슨 죄란 말이냐?"고.

그는 인간의 약함을 고발하는 것이 아니라, 오히려 그 약함을 위해 고통받는다. 자유를 견디지 못할 약한 자들, 빵을 원하고 기적을 원하며, 양심의 짐을 누군가에게 맡기고 싶어 하는 수십억의 인간들.

대심문관은 다시 말한다. "우리가 그들의 자유를 대신 짊어지고 그들 위에 군림하겠다. 그들을 기만하겠지만 그 기만 속에 우리의 고통이 있다."라고.

대심문관의 논리에 따르면, 인간에게 자유는 축복이 아니라 저주이다. 무엇이 선이고 악인지 스스로 결정해야 하는 자유는 나약한 인간에게 너무나 무거운 짐이기 때문이다. 그의 말은 다시 예수를 향한다.

"인간을 너무도 존중했기 때문에 오히려 너의 행위는 그들을 동정하지 않는 꼴이 되어 버렸다. 왜냐하면 너는 인간에게서 지나치게 많은 것을 요구했기 때문이다."

이 독백 역시 단순한 신학 논쟁이 아니다. 그것은 인간을 향한, 약한 자들을 향한, 사랑 때문에 생겨난 고통의 절규다. 대심문관은 권력자이지만, 동시에 수난자다. 그는 인류를 사랑하기 때문에, 그 사랑 때문에 신을 배반한다. 그는 자유 대신 빵을, 양심 대신 복종을 택한다. 왜냐하면 약한 자들이 자유를 감당하지 못할 것을 알기 때문이다.

대심문관이 말한 "그토록 무시무시한 선물을 받아들일 힘이 없는 나약한 영혼들"은 바로 『죄와 벌』에서 딸의 희생을 이용하는 아버지 마르멜라도프 같은 이들이다. 의지력이 부족한 사람들, 선하지만 강하지 못한 사람들. 도스토옙스키는 그들을 정죄하지 않았다. 그는 그들을 이해하려 했고, 이해하려다 보니 연민에 이르렀다.

그렇기에 예수는 말할 수 없다. 예수가 침묵하는 결정적인 이유는 그가 인간에게 준 자유를 끝까지 수호하기 위해서다. 만약 예수가 입을 열어 찬란한 논리로 대심문관을 굴복시키거나, 신적인 권위로 그를 압도한다면 그것은 또 다른 형태의 강요가 된다. 예수는 인간이 기적이나 논리적 설득에 굴복해서 믿는 것이 아니라, 아무런 강제성이 없는 상태에서 자유로운 의지로 사랑하기를 원한다. 따라서 그는 자신의 정당성을 항변하지 않음으로써 인간인 대심문관의 자유로운 판단을 끝까지 존중하는 것이다.

그리고 또 하나는 신학적 완결성이다. 대심문관은 예수에게 이렇게 말한다.

"너는 네가 이전에 이미 한 말에 아무것도 덧붙일 권리가 없다."

신의 말씀은 그 자체로 완전하다. 만약 예수가 대심문관의 논리를 반박하는 새로운 말을 보탠다면, 과거에 했던 말씀이 불완전했다는 것을 시인하는 셈이 된다. 그래서 예수는 침묵한다.

그리고 침묵 끝에, 입을 맞춘다. 그 입맞춤은 반박이 아니다. 설득도 아니다. 연민이다. 약한 자들을 위해 고통받는 자에 대한 연민, 자신의 방식으로 십자가를 지고 온 노인을 향한 연민이다. 대심문관은 신을 배반했지만, 인류를 사랑했다. 그 사랑 때문에 고통받는다. 예수는 그 고통을 본다. 그리고 말 대신 입맞춤으로 응답한다.

이 입맞춤은 도스토옙스키의 작품 전반에 흐르는 동일한 몸짓이다.『죄와 벌』에서 라스콜리니코프는 소냐의 발치에 입을 맞춘다. 그것은 그녀의 고통에 대한 경배이자, 연민의 행위다.『카라마조프가의 형제들』에서 조시마 장로는 드미트리의 발치에 몸을 숙인다. 그것은 앞으로 그가 짊어질 고통에 대한 예언적 입맞춤이다. 그리고 알료샤는 이반에게 입을 맞춘다. 이반이 "문학적인 표절"이라 비웃지만, 알료샤는 아랑곳하지 않는다. 이반이 대심문관과 다르지 않은 고통을 안고 있음을 알기 때문이다.

입맞춤은 도스토옙스키의 언어에서 강력한 연민의 표지다. 그것은 논리를 넘어선다. 정죄를 넘어선다. 그것은 고통을 이해하는 자만이 할 수 있는 행위다.

예수의 입맞춤은 대심문관의 사상을 승인하는 것이 아니다. 그것은 그가 짊어진 고통을 인정하는 것이다. 약한 자들을 위해 고통받는 자에 대한 연민, 그것이 예수의 마지막 언어다.

그리고 나는 그 순간, 대심문관이 다름 아닌 이반이라는 사실을, 더 나아가 도스토옙스키 자신이라는 사실을 본다. 신에게 항거하면서도, 신을 떠날 수 없었던 사람. 인류의 약함 때문에 고통받았던 사람. 그는 신을 부

고통에 입 맞추다

연민이 없다면,

우리는

신을 믿든 믿지 않든,

이미 인간을

잃어버린 것이다.

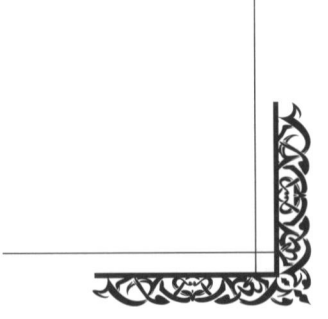

정하지 않았다. 다만 신에게 질문했고, 때로는 주먹을 들었다. 그 항거는 사랑의 다른 얼굴이었다.

그래서 예수는 말하지 않는다. 침묵 속에서 입을 맞춘다. 그 입맞춤은 판결이 아니라, 포용이다. 비난이 아니라, 이해다. 나는 이제 그 장면을 더 이상 신비라고 부르지 않는다. 그것은 연민이 선택할 수 있는 유일한 몸짓이기 때문이다.

책장을 덮으며, 나는 묻는다.

"우리는 과연 약한 자들을 어떻게 바라보고 있는가. 우리는 자유를 감당하지 못하는 자들을 비웃고 있지는 않은가. 우리는 그들의 무력함을 정죄하며, 자신이 강하다고 착각하고 있지는 않은가."

대심문관의 입술 위에 내려앉은 그 조용한 입맞춤은, 오늘도 우리에게 묻는다.

"너는 약한 자를 이해할 수 있는가. 너는 그들의 고통을 함께 짊어질 수 있는가."

그 질문 앞에서, 나는 쉽게 대답하지 못한다.

그러나 한 가지는 안다. 연민이 없다면, 우리는 신을 믿든 믿지 않든, 이미 인간을 잃어버린 것이다.

거인의 그림자에서 벗어나 광장으로

우공이산 이후

산을 옮기고 나니, 꽃이 피어 있었다

산을 옮기겠다고 마음먹은 사람은 대개 두 부류다. 하나는 진짜 산을 모르는 사람이고, 다른 하나는 산의 거대함을 알지 못하는 무지한 사람이거나, 그 위용을 알면서도 삽을 드는 무모한 사람이다. 나는 아마 후자였을 것이다.

도스토옙스키 4대 장편을 혼자 완역하겠다고 말했을 때, 사람들은 대부분 잠시 말을 잃었다가, 곧 조심스러운 미소를 지었다. 그 미소의 의미를 나는 잘 안다. "대단하다."와 "그게 가능해?" 사이 어딘가에 놓인, 경탄도 아니고 회의도 아닌 반신반의의 표정. 기대도 아니고 걱정도 아닌 아주 막연한 유보.

나는 그저 새벽 두 시에 일어나 책상 앞에 앉았다. 삽도 없었고, 중장비도 없었고, 응원단도 없었다. 있었던 것은 오직 문장 하나와 문장 하나 사이를 오가는 숨뿐이었다. 처음에는 '프로젝트'였다. 그다음에는 '습관'이 되었고, 나중에는 '생활'이 되었다.

사람들은 종종 묻는다. 어떻게 10년을 버텼느냐고. 나는 솔직히 잘 모른다. 다만 매일 새벽, 책상 앞에 서면 마치 누군가가 내 곁에 앉아 있는 느낌이었다. 나는 도 선생님을 번역했지만, 사실은 그와 함께 살았다.

중간에 몇 번쯤은 도망치고 싶었다. 『카라마조프가의 형제들』에서 이반이 중심이 되는 5편을 번역할 때는 눈물이 멈추지 않아 안과에 갔고, 의사는 "4주간 울지 마세요."라는 처방을 내려 주었다. 세상에, 울지 말라는 처방이라니! 약은 이해가 가는데, 울지 말라는 처방은 도대체 어떻게 지키란 말인가. 그래도 나는 울음을 잠시 미뤄 두고 문장을 계속 옮겼다. 산은 조금씩 낮아지고 있었다.

그리고 2025년 2월, 마지막 원고를 넘겼다. 폭죽도, 팡파르도 없었다. 그저 "아, 끝났구나." 긴 항해를 마친 자의 작은 탄식이 흘렀다. 이제 남은 것은 내가 건너온 바다를 가만히 바라보는 일뿐이었다.

그런데 이상한 일이 벌어졌다. 출간을 알리는 간담회에 생각보다 많은 기자들이 왔고, 나의 번역이 화젯거리가 되었다. 라디오와 방송에서 연락이 왔다. 러시아 타스 통신과 리아노보스티에서도 인터뷰 요청이 들어왔다.

　　잠시 어리둥절했다. 나는 산을 옮겼을 뿐인데, 사람들은 꽃을 본다고 했다.

　　스크롤이 지배하는 시대, 손가락이 눈을 대신하는 시대다. 인공 지능이 짧게 줄여 편집한 글을 읽고 작품을 다 이해한 듯 말한다. 그러나 어떤 이야기들은 결코 요약으로 닿을 수 없다. 그것은 시간을 요구하고, 때로는 눈물까지 요구한다. 내가 멈춰 두었던 눈물의 의미를 아는 사람들은 1,000페이지가 넘는 책장을 넘기는 수고를 마다하지 않고, 10년에 걸친 여정에 기꺼이 동참한다. 내가 한 것은 번역이 아니라 한 세계에서 다른 세계로 건너가도록 돕는 조용한 안내였는지도 모른다.

　　나는 그때 비로소 깨달았다. 우공이산은 산을 옮기기 위해 하는 일이 아니라, 자기 자신을 옮기기 위해 하는 일이라는 것을.

　　번역을 시작할 때 나는 단순히 도스토옙스키를 사랑하는 사람이었다. 긴 시간을 지나 마지막 문장에 이르렀을 때는 조금 덜 판단하고, 조금 더 연민하는 사람이 되어 있었다. 그 차이는 숫자로 환산되지 않는다. 그것이야말로 내가 받은 가장 큰 선물이었다.

또 하나의 선물은, 패션 업계에서 만난 사람들 속에서도 '사람'을 먼저 보게 되었다는 점이다. 예전에는 숫자와 계약과 시즌 오더가 먼저였다. 이제는 그 뒤에 서 있는 얼굴이 먼저 보인다. 그렇게 나는 번역가에서 나 자신을 읽는 독자로 성장했다.

인문학은 현실과 동떨어진 것이 아니라, 현실을 더 견디게 하는 힘이라는 것을 몸으로 배웠다.

가끔 나는 내 책장에 꽂힌 네 권을 바라본다.

초록색, 흰색, 붉은색, 검정색.

마치 우주의 조화를 알리는 사계절 같다. 나는 산을 옮겼다고 생각했지만, 어쩌면 그 산이 나를 옮겼는지도 모른다. 요즘 만나는 사람들은 나를 "4대 장편을 완역한 패션 CEO"라고 부른다. 고맙지만 조금 민망하다. 나는 그냥 매일 새벽 두 시에 일어났을 뿐이다.

우공이산은 거창하지 않다. 오늘 한 삽, 내일 한 삽. 그리고 어느 날 돌아보면, 산은 아직 거기 있지만, 나는 이미 다른 곳에 서 있다.

이제 나는 안다. 산을 다 옮긴 것이 아니라, 산과 함께 살아 내는 법을 배웠다는 것을. 그리고 그 배움은, 아무 상도, 어떤 기사도, 어떤 박수도 대신할 수 없는 조용한 기쁨이다.

내일도 나는 새벽에 일어날 것이다. 이제는 산을 옮기기 위해서가 아니라, 그 시간 자체가 나를 숨 쉬게 하기 때문이다.

산은 여전히 크다. 나는 여전히 작다.

그러나 작은 사람이 오래 걸으면, 산도 결국 풍경이 된다.

그게 내가 배운 우공이산이다.

선물처럼 찾아온 일들

내가 산을 옮겼더니, 길이 열렸다

나는 한 번도 러시아에 가 본 적이 없었다. 사람들은 그 말을 듣고 늘 의아해했다.

"40년을 도스토옙스키와 함께했다면서요?"

마치 40년 동안 연애를 했으면 적어도 상대의 집에 한 번쯤은 다녀왔어야 하지 않느냐는 표정이었다.

그런데 이상하게도, 나는 러시아를 미뤄 두었다. 내 안의 러시아는 19세기였고, 페테르부르크에 있는 넵스키 대로의 눈발과 촛불, 음울한 계단과 마차 소리였다. 그 사이로 맥도날드 간판이 들어오면 안 될 것 같았다. 그런 낯선 풍경을 마주하면 대성통곡을 할 것 같았다. 번역하는 동안에는 특히 그랬다. 현대의 풍경이 내 문장에 섞여 들어오는 것이 두려웠다. 나는 그저 묵묵히 10년 동안 책상 앞에서만 러시아를 여행했다.

그런데 4대 장편이 모두 세상에 나온 그해 여름 이후, 이상한 일들이 차례로 벌어지기 시작했다. 기자 간담회에 생각보다 많은 기자들이 왔다. "패션 CEO가 도스토옙스키를 10년간 완역했다."는 전언이 기사 제목이 되었고, 30곳이 넘는 매체에서 동시에 다뤄졌다. 출판사 사장님은 "출판 인생 수십 년 만에 이런 건 처음 본다."며 놀라워했다.

러시아의 타스통신과 리아노보스티에서도 보도했고, 그 덕에 『루스키 미르』라는 러시아 대표 문화 잡지와 인터뷰를 했다. 루스키 미르는 '러시아 세계'라는 뜻이다. 그때 한 인터뷰는 무려 열 쪽 특집으로 실렸다. 나는 그 잡지를 받아 들고 한참을 가만히 앉아 있었다. 마치 도 선생님이 "이제 네가 내 나라에 들어올 때가 되었구나." 라고 말해 주는 것만 같았다.

그리고 정말로, 러시아에 갔다.

내 돈을 들여 여행 가방을 싸서, 혼자 결심하고 떠난 여행이 아니었다. 루스키 미르 재단에서 연락이 왔다. 제

17차 루스키 미르 총회 기조연설자로 초청하고 싶다고 했다. 나는 그 메일을 몇 번이나 다시 읽었다. 스팸인가 싶어 발신자를 확인했고, 다시 읽었고, 또 읽었다.

산을 옮겼더니, 비행기표가 따라왔다.

나는 그렇게 초청을 받아 갔다. 문득 '초청'이 아니라 '초대'라는 생각이 들었다. 누군가가 "와서 이야기해 달라."고 불러 주었기에, 나는 러시아 땅을 밟았다. 그러니 이 또한 선물이었다.

중국을 경유해 도착한 셰레메티예보 공항에서 잠시 숨을 멈추었다.

"여기가 그가 태어난 땅이다."

그 생각 하나에 심장이 '쿵' 하고 내려앉았다. 공항 벽에 붙은 푸시킨의 초상과 "푸시킨이 태어난 모스크바에 오신 것을 환영합니다."라는 문구를 보며 괜히 눈시울이 뜨거워졌다. 한 상점 코너에 러시아어로 '여러 과일들'이라고 쓰인 손글씨마저 사랑스러웠다. 이런 사소한 것들이 나를 울컥하게 만들었다.

더 이상한 일이 벌어졌다. 공항에서 34년 전 대학 시절 조교 선배를 만난 것이다. 나는 처음에 못 알아봤다. 그분이 먼저 다가와 "혹시 저를 모르시겠습니까?"라고 했을 때, 나는 그 자리에서 시간을 잃어버렸다. 그분은 모스크바에서 10년을 살았다고 한다. 그곳에서 유학을 했고, 주러시아 한국문화원 원장까지 했다고 한다. 현재는 부산대학교에서 교수로 재직 중이란다. 원래 다른 일이 있어 이 총회에 오지 않으려 했는데, 어쩔 수 없이 왔다고 했다. 그런데 이렇게 나를 위해 '시중'을 들 수 있게 되어 행운이라고까지 말했다.

그는 러시아 공중 매체인 쿨투라 7시 메인 뉴스에서 『카라마조프가의 형제들』 한정판을 들고 나에게 전달해 주는 카메오 역할도 기꺼이 해 주었다. 내 곁을 지키는 수호천사라도 된 듯 나흘 동안 완벽한 가이드가 되어 주었다. 간단한 복사부터 환전과 방송 일정 조정까지.

이런 생각이 들었다. 도 선생님이 "저 아이, 첫 방문이니 누군가 좀 붙여 주게." 하고 보내신 건 아닐까 하고.

총회 기조연설은 생각보다 잘 끝났다. 청중은 감동의 눈물을 흘렸고, 나는 그 광경을 믿을 수 없었다. 러시아 대통령의 문화 특보인 미하일 슈브트코이가 즉석에서 국영 방송 인터뷰를 주선했다. 새벽에 질문지가 도착했다. 준비 시간은 달랑 네 시간. 이 인터뷰는 러시아 전역에 방송되는 쿨투라 저녁 메인 뉴스로 나갔다.

촬영은 스튜디오 대신 호텔 로비 분수대 앞에서 했다. 쏟아지는 물줄기와 조명, 그곳은 이미 완벽하게 준비된 세트장이었다. 비록 몇 차례 실수를 했지만 결과물은 마치 정교하게 설계된 영화의 한 장면처럼 근사했다.

도 선생님은 늘 그렇다. 내가 허둥대면, 묘하게 잘 마무리해 준다.

루스키 미르 재단 총재는 내 연설문을 "마르고 닳도록 읽고 싶다."고 했다. 그 말을 들으며 나는 괜히 어깨가 움찔했다. 열여덟 살에 『죄와 벌』을 붙들고 충격을 받던 소녀가, 이제 그 나라에서 연설을 하고 있다니.

그리고 지금, 러시아 외무부와 문화부의 지원을 받아 루스키 미르 펀드 측에서 모스크바 생가, 옴스크 유형지, 페테르부르크의 집, 옵티나 수도원, 그의 무덤을 잇는 도스토옙스키 답사를 준비하고 있다. 그것도 나 하나만을 위해. 나는 아직도 이 모든 것이 조금 비현실적으로 느껴진다.

나는 산을 옮겼다고 생각했다.

그런데 돌아보니, 산이 나를 옮겼다.

10년 동안 나는 문장을 옮겼고, 그 문장들이 나를 다른 자리로 데려다 놓았다. 정치와 외교가 닫힌 자리에,

문화라는 작은 문이 열렸다. 내가 번역한 책이 러시아 대사관 로비에 전시되어 있고, 귀빈들이 그 앞에서 설명을 듣는다고 한다. 나는 그 장면을 상상하며 조용히 웃는다. 내가 한 일은 그저 문장을 옮긴 것뿐인데.

가끔 생각한다.

'이것은 도 선생님의 선물이 아닐까.' 하고.

그는 내게 부를 준 것도 아니고, 편안한 삶을 준 것도 아니다. 그저 길을 주었다. 사람을 주었고, 만남을 주었고, 내가 몰랐던 나를 보여 주었다. 무엇보다, 나를 여전히 열여덟 살의 마음으로 남게 해 주었다.

'감사합니다, 도 선생님. 사랑합니다. 당신의 문장이 나를 여기까지 데려왔습니다.'

이 모든 선물 앞에서 나는 다시 소녀처럼 조용히 고개를 숙인다.

이제는, 그의 길 위에서

2026년 6월을 기다리며

번역은 끝났다. 책이 나왔다. 인터뷰도 했고, 축하도 받았다.

그런데 이상하게도 마음 한편이 계속 분주했다. 무언가 아직 남아 있다는 느낌이었다. 마치 긴 편지를 다 쓰고 나서도 봉투를 붙이지 못하고 손에 쥐고 있는 사람처럼.

그때 루스키 미르 재단에서 준비하는 도스토옙스키 관련 답사 일정 연락이 왔다. 2026년 6월 6일부터 20일까지.

날짜를 보면서 또 한 번의 우연 같은 운명을 보았다. 6월 6일은 대문호 푸시킨의 생일이자 러시아어의 날이다. 글자와 열심히 씨름한 덕분에 러시아 여행을 하게 된 내게 이보다 더 큰 축복이 있을까?

나는 한동안 화면을 바라보았다. 이건 여행이 아니었다. 이건 순례였다.

옴스크. 그가 죄수로 끌려갔던 감옥과 군 병원, "십자가를 지고 가는 자" 기념비, 그가 기도하던 부활 대성당.

모스크바. 그가 태어난 보제돔카의 별관, 코스토마로프 포럼, 슬라브 문자와 문화의 날, 막내아들 알료샤의 죽음 후 위안을 받았던 옵티나 수도원.

페테르부르크. 그가 마지막 숨을 거둔 집, 임종의 순간 멈춰 선 시계, 페트로파블롭스크 요새, 세묘놉스키 광장, 그의 묘소.

무엇보다, 그의 후손들과의 만남. 미시킨을 연기한 배우와의 만남, 로고진을 연기한 배우와의 만남, 러시아 국영 채널 '쿨투라'의 동행 촬영.

나는 잠시 웃었다. 열여덟 살에 『죄와 벌』을 읽고 울던 소녀가 이제 도스토옙스키의 배우들과 악수를 한다니. 이건 좀 과분하지 않나 싶기도 했다. 하지만 동시에, 너무도 자연스러웠다. 나는 10년 동안 그의 문장을 따라 걸어왔다. 이제는 그가 걸었던 길을 걷는 것뿐이다.

도스토옙스키는 늘 길 위의 작가였다. 사형 직전의 광장, 시베리아 유형지, 유럽을 떠도는 망명자의 방, 빚 독촉장과 마감 사이를 오가는 밤. 그의 삶은 한 번도 정주하지 않았다. 그래서 그의 문장은 늘 이동 중이었다. 나는 그 이동을 번역했고, 이제는 그 이동을 실제로 따라가게 되었다.

정치가 얼어붙어도, 경제가 경색되어도, 문화는 이상하게 길을 낸다. 내 번역은 거창한 무엇이라기보다 그저 작은 돌 하나였을지도 모른다. 그러나 그 돌이 다리의 한 부분이 되었다면, 나는 그걸로 충분하다.

나는 가끔 상상한다.

옴스크 감옥 앞에 서서 그의 이름을 조용히 불러보는 순간을, 세묘놉스키 광장에서 그가 5분 남은 생을 어떻게 붙잡았을지 생각하는 순간을, 그의 묘 앞에서 아무 말도 하지 못한 채 서 있을 나를.

그때 나는 아마도

아주 작아질 것이다.

그리고 아주 가벼워질 것이다.

이제 나는 기다린다.

2026년 6월을.

기대와 예감이 함께 온다. 이건 관광이 아니라, 확인이다. 그가 내게 준 길이, 실제로도 존재했다는 확인.

한 가지 더. 나는 이제 번역만 하는 사람이 아니다. 4대 장편이라는 한 계단을 마련했으니, 그 위에 서서 다음 계단을 쌓고 있다. 지금 내가 쓰고 있는 이 책처럼, 도 선생님을 더 많은 사람들에게 알리는 책을 쓰고 있다. 번역이 그의 말을 한국어로 옮겨 심는 일이있다면, 이제는 그 말이 왜 지금 우리에게 필요한지 설명하는 일을 하고 있다.

4대 장편은 디딤돌이었다. 나는 그 위에 올라섰고, 이제 그 자리에서 조금 더 멀리 보려 한다. 그는 19세기의 작가가 아니라, 지금 이 순간을 통과하는 사람이다. 전쟁과 혐오와 단절이 넘쳐 나는 시대에, 연민과 책임과 삶에 대한 긍정을 말하는 사람이다.

나는 그의 그림자라고 말해 왔다. 빛이 있는 한 그림자는 사라지지 않는다. 도스토옙스키는 빛이다. 위대한 문호의 빛이 발하고 있는 한 계속 함께 걷는다. 나는 여전히 새벽에 일어나고, 여전히 문장을 고치고, 여전히 그와 대화한다. 내가 옮긴 것은 텍스트만이 아니었다. 한 시대의 영혼이었고, 그 영혼이 나를 이 길까지 데려왔다.

번역은 끝났지만, 그와의 만남은 아직 진행형이다. 푸시킨의 생일에, 러시아어의 날에, 그의 땅에서 그의 이름을 말하게 될 그날, 나는 떠올릴 것이다. 이제는 내가 그를 따라 걷는 것이 아니라, 그가 나를 다음 길로 밀어주고 있다는 것을. 그 길은 번역에서 끝나는 길이 아니라 알리는 길, 설명하는 길, 그리고 끝내는 사람과 사람을 잇는 길이라는 것을.

번역은 하나의 계단이었고, 나는 계단을 빠뜨리지 않고 하나씩 하나씩 밟으며 그 끝에 섰다.

그리고 다시 새로운 한 걸음 내딛는다. 그 걸음의 끝에 무엇이 있을지는 모르지만, 분명 또 다른 세계가 나를 기다리고 있으리라는 건 안다.

그러니 두려워할 필요는 없다.

나는 흔쾌히 그 한 걸음을 내디딘다.

내 영원한 사랑, 도 선생님과 함께.

도스토옙스키 번역 일기

1판 1쇄 인쇄 2026년 4월 14일
1판 1쇄 발행 2026년 5월 8일

지은이 김정아

펴낸이 김성구
사업기획이사 김지용

책임편집 고흥준
콘텐츠본부 고혁 양지하 이은주 류다경 한재원 김윤미 김초록 이영민 이아름
마케팅부 송영우 김지희 강소희
제작 어찬
관리 안웅기 이종관 홍성준

펴낸곳 ㈜샘터사
등록 2001년 10월 15일 제1 - 2923호
주소 서울시 종로구 창경궁로35길 26 2층 (03076)
전화 1877-8941 | 팩스 02-3672-1873
이메일 book@isamtoh.com | 홈페이지 www.isamtoh.com

© 김정아, 2026, Printed in Korea.

ISBN 978-89-464-2330-5 03810

- 값은 뒤표지에 있습니다.
- 잘못 만들어진 책은 구입처에서 교환해 드립니다.

샘터 1% 나눔실천
샘터는 모든 책 인세의 1%를 '샘물통장' 기금으로 조성하여
매년 소외된 이웃에게 기부하고 있습니다.
앞으로도 샘터는 책을 통해 1% 나눔실천을 계속할 것입니다.

이 책의 저자 또한 샘터 1% 나눔실천에 동참하여
인세의 1%를 샘물통장에 기부합니다.